中國高校小說

農民兒子上大學

崔銀河 著

1

D省D大學每年數新生入學那天熱鬧。校園裡到處是高掛的彩旗，懸在半空中裡面充滿了氫氣的大氣球以及用好幾台鼓風機提前往裡吹了一夜氣的半圓形拱門，拱門上寫著「歡迎新同學」五個大字。校園裡幾條主要馬路也橫刺刺地往兩邊電線桿子上拴根繩子，扯上些橫幅，橫幅上同樣寫著「歡迎新同學」入學的字樣。

D省D大學新生報到處設在校園裡最為氣派、同時也應屬於本校招牌建築的校本部辦公大樓前廣場上。除了每個院系在指定位置設一個新生報到接待處、放置幾塊介紹本院或本系光輝業績在屬性上嚴格講應屬於公益廣告性質的看板外，學校的各種學生團體，如：演講協會、口才協會、公關協會、大學生鄧小平理論研究會等等，都要不失時機地弄塊看板、占塊地角來顯示一下自己的存在，在新同學中樹立自己的良好形象，以便更多地吸引新同學加入，壯大自己的隊伍。

另外的點綴就是那些聞風而動或者說是聞訊而來的市裡的、區裡的、街道的、官辦的、民辦的各類大小商店，給學校保衛處交上點線或者不用交線選塊地段設個攤點，把那些廉價的、專供大學生使用的小商品，像什麼臉盆啦、毛巾啦、牙刷、牙膏啦等日用百貨擺上，既能給學校添加幾道亮麗風景，又能趕個早集。這樣一弄騰，確實讓人覺得這要比附近農村逢三六九趕大集都要熱鬧得多。

D省D大學是一所著名重點大學，屬於一本批次錄取院校中D省最好大學之一[1]，因此今年光是本科生就招了兩千多人，再加上各種各樣的專科生、進修生等，總共來報到的各類學生有三千多人。只見校園裡人頭攢動，單位小車、計程車、三輪車、偶然間夾著幾輛剛剛致富的大款的私家車……各式各款來送學生的車在校園裡穿梭而過、出出進進，坐在裡面的人更是個個揚眉吐氣、眉飛色舞……保衛處畢處長拿著個手提喇叭一邊聲嘶力竭地訓斥著開低檔轎車的司機把車趕緊開到北院臨時停車場去，一邊面帶笑容地為高檔轎車裡的人指引著路。

弋輝進了校園後一時間竟被這番熱鬧景象給整迷糊了，這是新生報名嗎？這怎比他們鄉下趕集都人多呀，弋輝一時愣在了路邊不知該往哪兒去了……

弋輝拎著東西走進D省D大學這一天是西元一九八五年九月四日，這一天天氣很晴，太陽晃得他有些睜不開眼……

弋輝的家在D省偏遠地區S市下面屬於國家級特困縣一個最窮村子裡。家裡共有五個孩子，可能是正好應了人窮子多這句老話了；弋輝是家中的老小，家裡窮得實在是厲害，除了幾間土坯壘起來的屋子，就再也沒有什麼家產了。不過村子裡的人都很窮，都窮得厲害，只有村支書和村長家能比其他人家的境況好一些。弋輝父母大字不識幾個，但不知是老天照顧還是他家前輩人積了德還是什麼別的原因，家裡五個孩子卻個個聰明，弋輝兩個哥哥和兩個姐姐上小學、初中時都是班上學習尖子，只因為家裡

1 一九七八年中國大陸高等教育改革以後，將中國大陸共四千多所大學分為「九八五大學」（總共只有三十九所）、「二一一大學」（共有一一四所，包括三十九所『九八五大學』）、省屬重點大學（每一個省除去「九八五大學」和「二一一大學」外，另外選三至五所比較好的大學確定為省屬重點大學）、普通大學等不同類型大學。每年高考招生時每一個省都會劃定具體錄取分數線，其中「九八五大學」、「二一一大學」、省屬重點大學為第一批錄取大學生的學校，全稱是：「第一批次本科生招生錄取院校」。

實在太窮，弋輝父親便給幾個子女定了條規矩：「老子當年一天書沒念不也活過來了嗎，隔壁老李家兒子倒是念到了大學畢業，不也只是在鄉中學當個連工資也發不出來的窮教師嗎！我也不讓你們和我當年比，因為現在畢竟是改革開放年代，沒法和過去比，我也不是那種不開通的人；但是我也不能讓你們沒完沒了地念書，將來成了老李家兒子那樣！我就是再難也要供你們上學，但是只能讓你們念到初中畢業，初中一畢業就得出去打工掙錢去，再要是往下念的話，那就是既白糟蹋錢又要白搭上好幾年功夫……」弋輝父親別看沒文化，但是他清楚國家實行的是普及九年義務教育，政府規定小學、初中不收學費；只有上高中那才收費，而且還一年比一年收得凶。不過話說回來現在就連鄉初中都在變項收費了，就不用說縣裡的高中了……

兩個哥哥和一個姐姐都很聽話，都清楚家裡的境況，初中畢業時都沒參加中考，直接回了家，連初中畢業證書也沒領，就跟隨著村子裡的年輕人外出打工去了；只有弋輝小姐姐弋琳畢業前幾天出於好奇心理，被他們班主任鼓動著瞞著家裡的人參加了中考，沒成想這一考竟然考了個全縣第一；班主任這下子急了，連著三天跑了他們家九趟，非要讓弋輝小姐姐念高中，班主任就是他們村老李家那個一直念到大學畢業的兒子，仗著和弋輝家是同村的原因，便拍著胸脯子對弋輝父親說：「七叔，你們家、我們家、還有村子裡的其他人家，為什麼這麼多年一直受窮，不就因為沒文化嗎，不就因為四人幫統治那些年不讓人有文化嗎……是的，你也知道，我是上過大學，但我現在也只是在鄉中學當個窮教師；但是你卻不知道，我好歹也是吃國家糧的人，靠國家養活我，好歹也算是個國家幹部，每月再不濟也有六十多塊錢的收入，哪天要是不想當教師的話，我也能弄他個鄉幹部什麼的幹幹……」

弋輝父親聽得直點頭，班主任說得句句是實話，對於那些天天和莊稼地打交道的農村人來說，能當上國家幹部那可是這輩子最大的願望呀！要想離開這片窮土地，只有一條道路可走，就是設法當上吃國家糧的人，這道理不光是他，村子裡的人都明白，只是沒有辦法去當上國家幹部……

其實班主任說這話時心裡另有打算，好幾年了，鄉中學沒有一個學生初中畢業時能考上縣高中，他們鄉中學年年中考都被剃光頭，鄉教育辦公室主任為此年年都要挨縣教育局長訓斥，弄得鄉教育辦公室主任很沒面子，於是就對鄉中學做了個規定，中考成績與教師本人的工資獎金直接掛鉤，如果你班裡的學生要是有一人能考上高中的話就每月發二十塊錢獎金，有兩人考上就發四十，以此類推……要是能有人中考成績達到全縣前十名，就給晉升兩級工資，並提升為校教導處主任。只是這規定定下了一年多了，全校仍沒有一人能考上縣高中。老李家兒子早就不想當這個窮教師了，只是因為家裡沒路子，只得這麼一年一年半死不活地挨下去；自打鄉裡定下這規定後，班主任就覺得總算時來運轉了，這下子可能真要熬到頭了，這回總算是見到光明就在前面了，心裡能不高興嗎，能放棄這個千載難逢的機會嗎……

班主任在弋輝家裡動員弋輝父親的時候，十三歲的弋輝正在試穿他小姐姐上初中時穿的那條褲子。十三歲的弋輝從小營養不良，發育也就不好，比大他三歲的小姐姐差不多矮了半頭，自個兒擺弄了好大一陣子褲腿還是長一大截，弋輝沒辦法就拿剪刀鉸去一小截再試一次，邊試邊想著父親早上說的話，小姐姐從今天起不再念書了，這條褲子以後就歸他穿了，小學就要畢業的弋輝聽了這消息心裡很高興，心裡想，今後總算能穿上一條像樣的褲子上初中了，那些同學再也沒人會笑話他的褲子後露屁股前露襠了，心裡那份高興勁兒，嘿！別提了……

儘管班主任把嘴皮說得起了好幾個泡，嗓子啞得有半學期講不成課，但是弋輝小姐姐還是沒上高中，去省城打工去了，繼承了家裡幾個子女都念到初中畢業就不再念書的傳統。其實弋輝父親打心裡還是想讓孩子們念書，誰不知道現在的社會沒有文化不行，就是頂不濟成了老李家兒子那樣的人也不錯，人人都照樣見了面後會畢恭畢敬地叫他一聲李老師，你要是個打工的，誰會理你……弋輝父親懂得這道理，只是因為家裡太窮，才沒法子讓孩子繼續念書……

「你家弋琳三年後要是考不上大學，你把我的頭砍下來，」正是李老師最後這句話讓弋輝父親說了一句足足影響了弋輝一生的話，「李老師，就衝著你這句話，我也不讓你為難，弋輝秋天就要上初中了，三年後他要是能考上高中的話，我就是出去要飯也要供他上高中……」弋輝父親說完這句話後怕老李家兒子不信，就又抬起右腳使勁兒往地上跺了一下，像是要發一下誓。

三年後，弋輝果然考上了縣重點高中，雖然沒有他小姐姐當年中考時的成績好，但也考了個全縣第十名，他並且是鄉中學第一個考上縣一中的學生，老李家兒子因此當上了鄉中學教導處主任，又長了兩級工資，老李家兒子也跟隨著沾弋輝的光一下子看見了光明的前途……

弋輝讀高中第三年時，他大哥在外地打工不幸被砸壞了腿，工地老闆只給治得出了院就不再承擔醫藥費用了，弋輝大哥回到家後就只得靠弋輝二哥和兩個姐姐打工掙錢來給他治病，家裡的生活頓時又緊得不得了，弋輝差一點兒為此退了學。就在他自己剛決定要退學出去打工掙錢給大哥治病時，在省城打工的小姐姐弋琳給家裡寄來了錢，小姐姐讓弋輝一定堅持把書念下來，小姐姐說，他是家裡唯一的指望了，她們家這一代人一定要出一個大學生。一定要給四鄰八居爭口氣。

弋輝明白小姐姐出去這幾年長見識了，知道了讀書的重要性，更重要的是弋輝從小姐姐來信中得知了她非常後悔當年沒有念高中，因為小姐姐要是念了高中的話，現在肯定考進重點大學了，就是上北京大學、清華大學也不一定，小姐姐心裡非常後悔這事，所以只得把希望寄託在了弋輝身上……

就這樣，弋輝總算是念到了高中畢業，並且順順當當地考進了D大學中文系……

弋輝高中畢業時老李家的兒子又升了半格，當了鄉中學副校長，他可能也是覺得這裡面有一部分功勞應算在弋輝身上，於是就在弋輝上大學臨走前專門到他家裡去為弋輝送行。老李家兒子想得很是周到，給他買了一些在路上吃的食品，又特地去縣城買來幾本世界名著，名著上還寫了幾句勉勵弋輝好好學習的話。弋輝一家人為此很是感動，弋輝莊重地說，「李老師，我記得你當年曾在課堂上說過，吃水不忘掏井人，這句話我一直記得，我一定不辜負你的期望，大學這四年好好學習，將來……」說到這塊兒，弋輝猛地想起了李老師大學畢業不也是個這結果嗎，一時間啞了聲，他真不知道將來自己會是個啥樣子……

弋輝瞇起眼看了一陣子太陽，又問了幾個人，四下裡瞅了瞅後才提著他大哥打工時買的那個早已磨開了線的人造革提包找到了新生報到處，中文系新生報到處牌子下擺著一排桌子，坐著七八個也像是學生模樣的人正在和那些來報到的新生家長說話；一個女同學看到弋輝是這麼多新生中唯一沒有人送的學生，當下湧上些同情，就自告奮勇地把弋輝帶到了辦手續的地方，幫他排隊、報名、交費，最後又把弋輝送到新生宿舍。長這麼大這是第一次有人這樣熱心幫助他，這也是弋輝踏進D大後遇上的第一個好人，這位好人並且還是個女孩子，弋輝心裡激動得好半天都緩不過勁兒來……

「你家是哪兒的？」弋輝他們這屆新生住的是八人宿舍，弋輝是第二個來的，比他早來的是一個高個子戴眼鏡的小夥子，這人選了個靠窗的好床位，並且已經整理好了自己的床鋪，正躺在床上看書，見送弋輝來的那個高年級女同學走了，就盯住弋輝提的那只舊人造革提包問。

「弋水縣的。」弋輝說話的同時仔細掃了一遍宿舍，發現戴眼鏡小夥子對面床位應是第二好，就決定住這個床位，他把提包放在地上，開始整理學校統一發的被褥。

「弋水縣，那裡的經濟好像不太好。」戴眼鏡的小夥子問話時皺了一下眉。

「是不太好，可是這年頭咱們省有幾個地區經濟是發達的，又有幾個地區能和沿海地區相比？」弋輝雖然沒有看見戴眼鏡小夥子皺眉頭這個動作，但他覺得這人剛剛見面不問別的就先問他們地區經濟發展狀況，也太有些迂腐味了吧，這可一點兒也不像他上高中時的同宿舍同學，心裡有了一些不痛快。

「我叫王猛，我的家就在市裡住，離這兒坐車也就半小時路程，本來我媽說不讓我住校的，可是我嫌家裡環境太孤單，沒情調，就硬要求著住了校。」戴眼鏡的男生可能也覺出弋輝臉色有了變化，就換了話題。

「啊！你是本市的？」弋輝心想，肯定是被錢燒的，要是窮人家庭的子女，能捨得這樣糟害錢嗎……

「對，我父母都在市委工作。」

噢！果然是官宦人家子弟。弋輝有一種天然的厭官情結。

「你叫什麼名字？」王猛沒覺出弋輝的情緒有變化，問。

「弋輝。」

「啊！和你們縣同名。」王猛一副驚奇狀。

「同名能頂啥，還不是照樣受窮。」弋輝對了一句。

「唉，這……」這句話真把王猛嗆著了，他笑了笑，不再問了。

鋪的、蓋的全是學校統一發的，只需要套一套被罩、弄弄床單啥的就完事了，弋輝很快就整理好了自己的床鋪，他選了個牆角那排鐵櫃中間靠上邊的小鐵櫃，拉開門，用紙擦了幾下，隨即彎倒腰拉開提包拉鍊，把裡面幾件上高中時穿過的還算是能拿出手的舊衣服和老李家兒子、也是他初中班主任送他的幾個筆記本、幾本小說放了進去；坐在床上發了一陣呆，忽地看見對面那個叫王猛的床下有個臉盆，這才想起自己的洗漱用具還沒買，就問王猛：「這附近哪兒有小賣部？」

「小賣部，你是想買些日用品？」

「對！」

「那你千萬別去學校小賣部，出了這棟宿舍樓後往東再往南一直揀大道走，快到新生報到處時那條路兩邊全是賣日用品的，你還能和他們使勁兒砍價。」別看剛才和弋輝說話時似乎有一點兒瞧不起貧困地區的樣子，但幾圈話說下來後弋輝覺得王猛這人還挺熱心的，心裡就想，這城裡人其實心眼兒也不壞，不能用老觀點看新事物。弋輝忙向王猛道了謝，順著王猛指給他的路買東西去了。

弋輝接到的錄取通知書上注明學雜費、住宿費每年加在一起總共是五百元，他父親翻江倒海了半天才翻出來六十塊錢，所以他上學的費用全是小姐姐給的。就在弋輝拿到錄取通知書的第二天姐姐就給他寄來了三百塊錢，弋輝父親覺得弋輝的學費不能讓他小姐姐一個人拿，就回信說學費湊夠了，不用再寄了。弋輝父親本想讓弋輝二哥和大姐兩人各出一百塊錢。不成想兩人一個勁兒地訴苦，說現在沒錢，身上沒有一點兒錢，老闆不到年底不給開錢，所以一點兒錢也湊不上。按說小弟考上了大學是天大的一件好事，不用說一百，就是一千也應該出，只是老闆不給開錢，所以實在沒辦法……弋輝父親想想自己這兩個兒女平時挺聽話的，這回看來是確實遇上了困難；沒辦法的情況下，他又到村長家借電話給在省城打工的弋輝小姐姐打了個電話，問她能不能再想辦法給湊上兩百塊錢，弋輝小姐姐就在他要去學校報到的前一天又給湊了兩百塊錢，這才使得弋輝能順利地按時去學校報到。

弋輝的手在口袋裡捏著交完學費後僅剩下的幾張票子心裡想，我這學上得實在是太不容易了，所以我也不能和別人比，也沒法子比，就是想比也比不成，所以除了必須買的東西外，我一塊錢也不亂花。不管買什麼東西我都一定要死勁兒砍價，對，砍價，砍……大刀向、鬼子們的頭上砍去……

弋輝出去買東西也就走了二十分鐘樣子，但是當他回到宿舍後卻大吃一驚，男的、女的、老的、少的……不光是宿舍裡滿滿的全是人，就連走廊上也站著好幾個……足足用了半分鐘時間他才整明白，人家這是一人上學全家送行來了，就和當年紅軍鬧革命時父送子、母送兒、妻送郎上戰場一樣，哪像自己這樣獨行孫一個人，心裡頓時有股空空蕩蕩的感覺弄得直想掉淚。弋輝咬了下嘴唇，用臉盆從人堆中蹭出了一條縫，進了屋。

屋裡幾乎每張床前都有幾個人在忙碌著，有套被罩的、有鋪床單的、有弄枕頭套的，儘管地方太小難以施展手腳，但是每一個人都是全神貫注地做著自己的工作……弋輝床上展著一條剛剛套上被罩的被子，一個也就二十多歲但不知是被子主人什麼親戚的女孩子正聚精會神地縫被罩角上那條縫，上鋪則半跪著一個四十多歲的女人仔細地一下下掩著床單邊角，旁邊另有兩個男人都有四十多歲樣子，肚子都鼓得像懷胎十月似的，正有一句沒一句地點評著那兩個女人的工作……

見弋輝走過來，床前幾人立時明白他肯定是這張床的主人，兩個大肚子男人趕緊往兩邊挪了挪粗腿，讓弋輝往床底下放臉盆，其中一個更顯老相的男人主動搭著話問：「這是你的床吧？」

「嗯。」

「那你以後和我們家建國就是上下鋪了，建國這孩子長這麼大還從來沒出過門，你以後得多關照一下呀。」這個男人說著話的同時往上提了幾下褲腰。

「嗯。」弋輝此時實在沒情緒和他說話，將臉盆放在了床下，把臉盆裡的日用品拿出來，起身往自己的小鐵櫃子裡放。

「我叫趙建國，你叫什麼名字？」不知從哪兒鑽出一個更顯胖相的男孩子，肯定是那個不時提褲腰的男人的產品，站在了弋輝面前和他打招呼。

「弋輝。」

「弋輝，噢，弋輝，上面這個櫃子是你占下的吧。」趙建國見弋輝要往鐵櫃子裡放東西，急忙問。

「嗯。」

「是這樣，咱兩調換一下好嗎？我長得有些胖，彎腰的時候有些吃力，你用下面這個行吧。」

弋輝這才發現他放進櫃子裡的那個提包已被人放到了最下邊一層鐵櫃子裡，他的那個鐵櫃子裡已是滿滿的各種補品，鐵櫃頂上還放了只很漂亮的紫青色玻璃鋼大皮箱。看來這個胖主兒是個有錢人家子弟。

弋輝頓時來了氣，有錢，有錢也不能這樣子霸道呀，他恨恨地說：「不換，我這人從來不和別人換東西。」

正往上提褲腰的趙建國的父親見弋輝這樣說話，便趕緊說：「這樣吧，我給你一百塊錢，算成補你的換鐵櫃損失費，行了吧。」

弋輝的臉當下憋得通紅，正要發作，猛地想起自己這是剛來，什麼正事也沒幹就先和人幹架，有點太啥了；再說這是大學校園，不是農村集市，就又把火硬壓了下來，盯住胖子慢慢說：「不行，請你把櫃子裡的東西拿出去。」

「你……」趙建國父親結巴著不知該說啥，手不由自主地又提了一下褲腰。

「你這孩子有些太啥了吧，你們這還是大學同學呀……」一直沒說話的另一個胖子這時開口了，這人長得有些像打手樣子，邊說話邊瞪著弋輝邊也往上提了下褲腰。

「大學同學怎了？」弋輝不示弱地問。

「學校規定誰來得早誰就可以先占鐵櫃子，這個櫃子是弋輝先占下的，裡面並且有他的東西，你們總得講個先來後到吧。」一直坐在對面床上看書的王猛可能是實在看不下去了，就替弋輝打抱不平。

「是呀，人家已經占下了那就是人家的，這樣做不妥。」旁邊有人也幫著弋輝說話。

「建國，把鐵櫃裡的東西拿出來，放到下邊去。」半跪在上鋪整理床單的女人說話了，看樣子是他媽。

趙建國只得把鐵櫃子裡的東西一一倒在最底下那個櫃子裡。

弋輝咬緊嘴唇站在一邊，等趙建國把鐵櫃倒空後，就把手裡捧著的日用品放了進去，扭頭又走了出去。

剛一走到外面，弋輝氣得就想掉淚，使勁兒咬了下嘴唇，一腳把路邊的一顆石子兒踢出老遠，呆呆地看了一眼這座宿舍樓，順著校園裡的路胡亂走去。

溜達了好大一陣子後再次回到宿舍時，發現宿舍裡像劫後餘生似地一片冷清，剛才那一大幫人走得沒了一個，就連王猛也不知去了哪裡，但是屋子裡的八張床鋪已經有七張都住上了人。因為都是學校統一發的被褥，所以從這上面看不出來某人的家境情況如何，但是有一點可以讓弋輝明顯感到他比不上屋子裡別人的地方是：除他之外的六人都帶著一個很像樣的皮箱，有人還帶了兩個；只有他一人是提著一只舊人造革包來的，而且那只人造革包已經開線了好幾處，太掉價了……弋輝洩氣地沒脫鞋就躺在了床上，無神地盯著天花板。

難道說現在的社會果真是有錢的王八大三倍嗎？現在的人真是有了兩個臭錢就以為有錢能使鬼推磨了嗎？弋輝盯住天花板一遍遍地在心裡問著自己。

忽然，門「呼」地一下被推開了，原來是王猛，他見弋輝閉眼躺在床上，一時間竟有些吃驚，忙問：「你沒事吧？」

「沒事。」

「剛才去哪兒了？」

「瞎溜達了一圈。」

「弋輝，不要為剛才的事生氣了，現在的人有兩個臭錢就真以為能使鬼推磨了，真他媽的沒文化。」

王猛仍在為弋輝剛才的事抱不平，弋輝頓時覺得這是一個講義氣的人，得和他搞好關係，不然這四年還真不知會遇上啥事情。

「算了吧，王猛，別再說了，事情已經過去了，不過我還是感激你在關鍵時候能為我說話。」弋輝很真誠地說。

「沒什麼，同學之間應該的。」王猛一副很莊重地樣子說：「我父親過去一直在部隊，昨天晚上他和我談話時對我說，部隊有個很好的傳統，就是最為看重戰友之間的感情，說這是一種生與死的感情。所以我父親轉業這些年也是全靠了戰友的幫忙才能在市委這種官場氣息特濃的環境中混到了現在。我父親說，你們大學同學的關係就應該像我們部隊的戰友之間的關係一樣，也只有把同學關係發展成戰友那樣，將來在社會上才能夠相互關照。」

這話說得沒錯，現在這時代要是沒有人相互關照的話，那簡直就跟本無法在社會上立足。弋輝臨走前老李家兒子弋輝的原初中班主任也曾這樣安頓過他。弋輝衝著王猛點了下頭，表示同意這說法。

弋輝由於沒地方可去，就在宿舍待了一下午，到吃晚飯時屋子裡的其他人都又陸續回來了，通過相互間介紹，弋輝知道了他們的名字，也知道了每人來自什麼地方。那個叫趙建國的是最後一個回來的，可能是晚飯吃得太好了，或者說是太飽了，褲腰帶比上午又鬆了兩個扣，粗得像水蘿蔔的指頭不時端幾下褲帶，往上鋪爬的時候由於腳板太厚而無法把腳整個伸進鐵梯子裡，因而只得吃力地踩著鐵梯的邊緣費力地挪動著兩隻腳，緊跟著弋輝頭頂傳來一聲沉重響動，床板頓時吱吱叫了起來，不時還混合著幾聲趙建國的打嗝聲。

弋輝這下子被嚇壞了，他先驚恐地看了眼頂上的床板，仔細瞅著是否已被趙建國的超負荷體重壓開了裂縫，隨即害怕地想，這下子劫了，這要是半夜睡夢中床板被趙建國壓斷的話，非得把我砸死；不行，我得和他換一下，我得睡到上鋪去。可是，上午才和他弄了一次不愉快，這時怎好說這事……弋輝心裡亂了起來，一時間沒了主意……

屋裡其他人並不知道弋輝此時的心裡，相互間有說有笑地眾人很快熟悉了起來。

「呯、呯」，幾下有規律的敲門聲後，進來幾個人，其中一個像是高年級的學生指著一位老師模樣的人向屋裡的人介紹道：這是你們的班主任吳老師。

屋子裡七人一聽這是他們的班主任，刷地一下子全從床上跳到了地當間。

吳老師三十多歲樣子，個子不高，面相挺和善的，弋輝覺得吳老師長得挺像是他們村供銷社賣化肥的老王。吳老師衝屋裡的人笑笑，說：「我叫吳江，大家不必拘謹，都坐到床上吧，以後我就要和你們一起相處四年時間，所以我非常想和你們成為朋友，你們有什麼事情需要我幫忙的話，請不要客氣。」

這話說得讓人愛聽，七個人頓時心裡都有一股暖呼呼的感覺。

吳老師等屋裡的人都坐回到了床上後就接著說：「從明天開始，你們這些新生要進行一星期軍訓」，他指了下跟隨他一起進來的一個戴眼鏡的高個子說：「這是你們班的林大偉，暫時在軍訓這幾天擔任你們班長，等軍訓結束後咱們再正式選舉班長。你們每一個人都把自己的身高和穿多大鞋碼告訴林大偉，等一下要給你們發軍訓服裝。」

林大偉這時就拿著筆和本子一個個叫著名字開始登記每一個人的衣服和鞋的號碼。

弋輝剛要上前登記，吳老師忽然問：「誰叫弋輝？」

弋輝忙說：「我，是我。」

吳老師遞給他一份表，說：「這是特困生貸款申請書，你先仔細看一下，有不懂的地方問一下張林同學，他是咱們系大三學生，也是咱們系學生會主席。」說著又指了下剛才進來時最先說話並幫著介紹的那個同學。

屋子裡的人聽吳老師說完就一齊拿了眼去看弋輝，頓時弄得弋輝臉紅了，那幾人見此就又假裝沒事似的收回眼光繼續登記衣服號碼去了……

拆開通知書的時候，弋輝看見裡面有一份申請各種貸款的說明書，意思就是為了能讓每一個家庭貧困的學生都能夠上大學，D大從今年開始特地設立了特困生貸款專項資金，有鄉政府一級證明的貧困學生就可以享受到貸款……弋輝看後還是有些不大明白，就去問老李家兒子。老李家兒子給他解釋說：「這是今年國家專為解決貧困地區大學生上學難而制訂的一項新政策，有這政策你就可以減免一部分學費，其餘學費可以用國家貸款的方式交納，這就不用每年到了交學費時為了這筆錢四處求人借了。但是這第一年的學費還得自己出，只是以後三年的學費就不用你操心了。」於是老李家兒子親自去鄉裡為他開來了所需證明，並且又囑咐了他一番到了學校後如何去申請等等。

此時從屋子裡其他人的表情中弋輝明白，全班有幾個人申請這種貸款目前他不清楚，這間宿舍肯定是只有他一人；但此時的他也顧及不了許多，窮就是窮，沒什麼丟人的，先渡過目前這一關再說，將來還說不定是誰窮呢……就細細地看著申請書……

晚上睡覺時，大夥兒發現挨門口那張上床位仍空著時，有人就說：「不是八個人嗎，怎麼咱們宿舍少了一個，是不是不上了？」

另一個就說：「不可能不上，這所大學雖說比不上北大、清華什麼的，可也是這個省最有名的一所大學呀。」

「是呀。」有人補充道：「這所學校的牌子不算差，聽說在第一批次本科招生院校中這所大學只招第一志願的考生。」

「這倒是真的。」又有人說：「我的一個同學這次高考成績是我們班最好的，但是志願沒填好，第一志願填的是清華，可是被擠掉了。第二志願填的是這所大學，沒想到這所大學不要第二志願的考生，最後被調劑到了一所不怎麼樣的大學……」

「是呀，那咱們宿舍的這最後一個肯定是要來的。」最後一人作了一個總結。

第二天早晨，弋輝他們吃過早餐正要集合開始軍訓，屋裡最後一個叫仝工的人急匆匆地趕來報到了，讓弋輝想不到的是這人竟然和他是一個地區的老鄉，雖然不是一個縣，但兩人的村子相隔只有四十里地。並且這人家境也和弋輝一樣，屬於貧困戶，也要申請貧困生救濟款和特困生貸款，來報到的時候他父親為了省下一點錢，就趕著驢車半夜出發往縣城送他，不料快到縣城時被縣環境衛生監察隊的人攔住要收「排污費」，讓交十元錢。他父親一見要交這麼多錢，當下就和收費的人爭執了幾句，結果對方就把驢車給扣住了。沒辦法仝工和他父親只得步行去城裡，等趕到火車站後，要坐的那趟火車已經開走了，仝工就晚來了一天……

2

第一天開始軍訓就讓弋輝趕上了件新奇事。他們這些考上來的大學生，當年考上高中時都接受過軍訓，所以對這事已沒了一點兒新鮮感，因此大家就都是用一種應付的態度來對待；雖說他們的教官是個非常認真的戰士，據說剛入伍半年多，對他們很凶，可是因為大家個個都無精打采全是一副懶洋洋的樣子，教官也就沒了情緒，到了第一天下午時，他也就不太認真了。

正這時，班主任吳江老師來了，他見班裡同學頭一天軍訓就個個無精打采沒了精神頭兒，當下來了氣，笑咪咪的面孔立刻換成一副嚴肅相，幾步走到大家面前，大喊一聲：「立正」。

想不到吳江的嗓門比那個領著他們軍訓的小戰士都大，所有同學頓時被嚇了一跳，趕緊站直了身子。

「稍息」，又是一聲，比剛才那聲還亮，別說膽小的女同學了，這次就連弋輝都被嚇得哆嗦了一下。

「立正」，大家剛弄成副稍息樣子，吳江竟然又喊了一聲「立正」。全班同學趕緊把兩腳又併攏在一起。

連著喊了三個來回後，吳江仍舊弄成副嚴肅相，訓起了大家：瞧瞧你們，剛考上來就成了老油條了，就這還是二十世紀八十年代的青年，就這還把希望寄託在你們身上，一個個的就這麼副鬆垮相，國民黨不等打過來你們就一個個舉手投降了……

吳江的話有的邏輯性很強，有的卻前言不搭後語，但他的表情始終非常嚴肅，同學們也就顧及不上細想他的話，只是站得筆直地挨著訓；足足訓了有五分鐘他才停住。這時，吳江先看了一眼教官，那個小戰士此時也被吳江這一頓訓話給整迷糊了，就發楞地回看了他一眼；吳江就又狠勁兒瞪著大家說道：「同學們，雖然史無前例的無產階級文化大革命已經勝利結束了，但是美帝國主義、蘇修反動派亡我之心並沒有死，他們仍然時刻想要在中國復辟資本主義，他們更是把希望寄託在了你們身上！因此，我們從現在起，就要百倍警惕美帝、蘇修的各種新動向……」吳江說到這兒稍停了一下，又看了一眼站在前排的同學，指了下他前面的空地，神情嚴峻地說：「全體注意了，假如美帝、蘇修現在就站在了我們前面，我要你們打起精神來和我一起喊。」只見他要過教官的步槍，平端在手上，往前一刺，大喊一聲：「殺！」

吳江用的勁兒特大，他自己竟然也被弄了個踉蹌，差一點兒摔倒，弋輝看得心裡直嘀咕，這時真要站一個美帝或者蘇修，那非得被吳江刺穿肚子不可……

雖然吳江的示範動作和喊出的聲音非常亮，但不料班裡四十多個同學卻沒有一個人跟隨著喊那個「殺」字。吳江就更生氣了，他挨著掃了一遍前後排同學，再次使勁兒端著步槍朝前刺去，同時又大聲喊道：「殺」！

「殺」，這回只有一個女生低聲跟著喊了半聲，見其他同學仍然不喊，反而都轉了眼看她，就趕緊把另外半聲嚥了回去……

吳江氣急了，把步槍一扔，高聲罵道：他媽的，簡直是不可救藥，魯迅早就讓我們救救孩子，怎麼救？真的沒救了，沒救了！隨後氣急敗壞地走了……

對於從小在農村長大的弋輝來說，一星期的軍訓太輕鬆了，每天就是跑步，走步，立正，稍歇；最大的運動量也只不過是朝郊區那邊走個十幾里地，但是對於那些城裡長大的孩子來說，可就苦慘了；自從吳江那天一頓折騰後，教官就加大了訓練量，於是，每天的軍訓要比給他們上刑都痛苦萬分。剛剛軍訓了三天，就先後暈倒了四個同學，班裡一個長得挺好看的女孩子暈倒時還連帶著磕斷了兩顆前門牙。睡在弋輝上鋪的趙建國也是如此，頭一天訓練下來就累得喘不上氣了，等最後一天再到郊區拉練時剛走出一半路他就累得直喊走不動了，沒辦法，部隊派來的教官和班主任商議後只得讓同宿舍的弋輝留在後面攙扶著趙建國慢慢走，但是不准半道返回去。

「弋輝，咱們坐計程車吧。」兩人歇了一陣子後，趙建國懶懶地說。

「坐計程車？你不是自找倒楣嗎，大家正走著時，忽然身邊停下一輛計程車，再一看鑽出來的竟然是你和我，吳江罵不死你才叫你命大。」弋輝覺得像他這種家庭肯定是趁著改革開放初期政策上的不完善而暴富起來的，純粹是叫錢燒的。

「不是你說得那樣，教官不是說今天的軍訓內容仍然是讓咱們爬上昨天已經上去過的那座山嗎？我的意思是說咱兩坐車繞道到那山的後面，從後面上到山頂等他們；到時就說咱們也是爬上來的，只是打聽到了一條近道，所以先上來了一會兒，反正已經是最後一天了，教官肯定也不會像前幾天那樣嚴格了。」

嘿！這小子別看胖，還挺有心計的。弋輝見趙建國確實疲憊得厲害，一時也想不出個別的法子，就同意了趙建國的主意。

計程車從山後面能開到半山腰處，下車後兩人沒費多大力氣就爬到了山頂，看看錶估算著班裡的同學還得一會兒才能來，兩人就揀了塊較平整的大石頭坐下來等著班裡同學。

「弋輝，那天跟隨著吳江喊了半聲『殺』的女孩子叫什麼名字？」趙建國忽然問。

「叫……好像叫勞麗詩。」

「勞麗詩？她長得挺好看的。」

「噎！我說胖子，你是不是看上了？用不用我給你搭橋。」弋輝也覺得勞麗詩長得很漂亮，但是不成想趙建國先說了出來，他只得換個話頭。

「操！看上也不用你搭橋，我自己能搞到手的。」趙建國一副認真語氣。

「聽說她讀高中時就入黨了，要不能跟隨著吳江喊『殺』。」弋輝一幅羨慕語氣。

「我操！老吳真是『左』得可愛，你看他那天的表現，和咱們第一次見到他時簡直是判若兩人；我忘記了是哪位外國作家曾寫了一部小說，書名好像叫《兩面人》，書裡的主人公簡直和吳江活脫脫地是同一個人。」趙建國連罵帶諷刺道。

「請你不要背後議論皇帝。」弋輝不想剛入學就評論老師長短，雖然他也覺得那天吳江的表演實在是有些低檔次，一個人的反差怎麼會有這麼大？是不是一場史無前例的無產階級文化大革命把人都給折騰成了這樣子……他搞不清，但此時才剛剛入學，絕對不能對班主任說長道短的。弋輝就轉了話題問：「趙建國，你們家有幾個孩子？」

「幾個？一個吧，這年頭城裡人一般不都是每家一個嗎？」

「那你爸肯定是總經理了。」弋輝故意諷刺一句。

「你怎知道的？」趙建國一臉驚奇。

「我怎知道的？就連晚會演的小品中不是都說『脖子腦袋一般粗，不是大款就是公僕』，所以我猜你爸不是總經理那就肯定是個市長。」弋輝很認真地說。

「噢，他只是個很一般的經理。」趙建國淡淡地回答。

「很一般？那你畢業後也要當經理吧，現在就連電視廣告中都在號召：『我爸是經理，我長大了也要當經理。』」

「我操！你也別諷刺我，我還偏不當經理，我要考研究生，我要當大學教授，我要成為作家，我要幹高雅的、上檔次的工作。」趙建國聽出來弋輝話裡有諷刺成分，但他沒太當真。

嘿，趙建國竟然是這理想……弋輝一時不知該說啥。

「趙建國，你用我的鐵櫃子吧，我用你的。」弋輝忽然說。

「怎了？你同意換了。」

「對，我同意了，我還想和你連床位也一起換了。」

「為啥？」趙建國一臉驚奇。

「不為啥，我只是感覺到你好像不習慣住宿舍，更不習慣睡上鋪。」

「這你說對了，我上高中三年一直是住在家裡，這是第一次睡集體宿舍，加上我人又胖，每天爬上爬下的真不得勁兒。」

「那你從今天晚上起就睡下鋪吧，我上去睡。」弋輝認真地說。

「弋輝，報到那天真對不起，我爸說的話傷了你。」趙建國真誠地道歉著。

「算了，你們沒說錯什麼，社會就是這樣，沒錢什麼也幹不成，不說別的，就說我吧，我要是家裡像你一樣有錢的話，我也就用不著申請勤工儉學了；每天不就能多學習好幾個小時嗎。所以我畢業以後一定要想方設法當經理，我要掙好多的錢，再也不讓家裡的人和我一起受窮了。」

「弋輝……」趙建國嘴光抖，說不出下一句話。

「看，他們來了。」弋輝站了起來……

軍訓結束第二天，中文系在文科教學樓階梯教室召開本院全體教授、各教研室主任與新生見面會。

弋輝和二百多名新生端正地坐了有二十多分鐘樣子，才見十多個風度翩翩像是教授模樣的人或拎著或夾著公事包一個個相互謙虛著魚貫而入，在臨時弄起的主席臺上尋找到了擺著自己名字小牌子的位子坐了下來，弋輝挨個仔細地一一掃了一遍後，第一感覺就是這些學者挺和藹可親的、沒什麼架子。

「你覺得這些教授怎樣？」旁邊的趙建國問。

「第一印象還行，你認為如何？」弋輝想聽聽他的看法。

「我一時還不能下評語，我得通過一段時間的接觸才能評價；因為在我的心目中大學教授是最為神聖的。」趙建國一臉嚴肅。

主持會議的中文系黨總支副書記是個年輕的專職政工幹部，他先說了幾句如文革時期「東風吹、戰鼓擂，現在世界上究竟誰怕誰……」之類的文革語言，然後才開始介紹到場的各位教授。讓弋輝聽著有些感覺上不對的地方是，他是先介紹幾個系領導、然後才挨個介紹其他教授……弋輝就小聲對趙建國說：「怎麼大學裡面竟然也是這麼濃厚的官場習氣，有兩個副系主任好像不是教授，因為他在官銜後面說的是老師二字，沒有說教授，那這兩人就肯定不是教授了，也就肯定是官人了，竟然也排在了教授前面先介紹。他這樣一介紹也就說明大學裡現在也是公僕要比教授檔次高，你說是不是……」

趙建國看了弋輝一眼，沒答話。

不過總支副書記在介紹每一個教授時還是很賣力氣，他先特地渲染一番這人的學術官銜，比如：D大著名教授、碩士研究生導師、著名郭沫若研究專家、中國郭沫若研究會常務理事、中國現代文學研究會理事……最後才是本人名字。每一個被介紹到的教授都很有風度、並沒有計較自己被排在了系領導後面，非常和藹地站起來向下面點下頭。當介紹到最後一位教授時，趙建國忽然瞪大眼睛使勁兒盯住那人，急切地說：「弋輝，快，拿筆幫我記一下他的名字。」

還沒等介紹了幾位教授，弋輝就聽得有點兒頭大了，剛有些昏昏欲睡，猛不丁地被趙建國這一驚一炸給嚇了一跳，便有些不滿地問：「記啥？怎了……」

「唉，你剛才去哪兒迷糊去了，沒聽到介紹最後那個教授嗎？」趙建國一把搶過弋輝的筆說：「快，幫我看一下，最後那個穿一身黑西服的教授叫什麼名字？」

弋輝這才想起趙建國是個深度近視，今天早上不巧把眼鏡打碎了，還沒來得及配新的就趕上了開會；弋輝就放眼仔細瞅著那人前面小紙牌上的字，告訴趙建國：「叫曲藝。歌曲的曲，藝術的藝……」

介紹完畢，下一項議題是系主任講話。這人先來了番開場白，內容無非是D大是一所具有七十多年歷史的國家重點大學，也是本省僅有的兩所由教育部和省裡共建的綜合性大學。D大目前已經擁有多少個博士點，多少個碩士點，多少個本科點……具體到中文系來講，現已有四個碩士點和三個本科專業……雖然還沒有博士點，但是正在積極申報，用不了幾年就會有的，多少年來這所大學一直是省內第一批本科批次錄取院校中錄取考生分數較高的大學，D大歷來只招收第一志願考生……

系主任這番話對於這些剛入學的新生來講無疑具有很大煽動力，尤其是那些胸懷大志的同學，更是一個個激動得臉都憋成了茄子色，恨不得明天就能考上研究生……

看到把這些新生給煽動起來了，系主任得意地四下掃了一眼，然後又開始講大學生的學習生活是如何與高中時不同，大學老師的講課方式如何與高中教師不同，這段話他講得有些太長，也有囉嗦之嫌，有的同學就開始犯睏了……系主任忽然發現了這個情況，就趕緊停住，先故意咳嗽一聲，又停頓一下，見下面的同學都又支愣[2]起了耳朵，忽然說道：現在大學裡好像在傳著這樣一個順口溜，說：「大一傻乎乎，大二氣乎乎，大三油乎乎，大四不在乎……」下面立時一陣哄笑，新生一下子全精神起來……

系主任也覺得說得有些離譜，趕緊改口道：「當然了，你們剛剛入學可能不知道這個順口溜，但是希望你們在以後的學習與生活中，能夠繼續保持上高中時的優秀傳統，珍惜能考上D大的不易，能對得起家長和老師對你們的培養與期望……」

系主任說這番話時又有人開始犯睏了，他見狀就又說道：「當然了，你們已是成年人了，有權利戀愛，但是我還是希望你們把這事放在以後考慮……」說這話時台下的學生又馬上清醒過來……

就這樣，系主任在同學們的犯睏與清醒的輪迴中講完了話。最後是教師代表講話，讓弋輝想不到的是上臺講話的竟是那位最後才被介紹給同學們的中國現代文學專業教授曲藝。弋輝發現那位教授還沒等走上台，趙建國的眼睛就已經瞪得像銅鈴一樣，眼珠子只是隨了曲藝教授的身影轉動……

曲藝教授走上台後先向台下的同學鞠了一躬，這才開口說道：「同學們，衷心地歡迎你們考到D大來讀書。偉大領袖毛主席教導我們說：世界是你們的，也是我們的，但是歸根結底是你們的。你們青年人，朝氣蓬勃，好像早晨八九點鐘的太陽，希望寄託在你們身上。謝謝大家。」曲藝教授又點了下頭，就下去了。好大一陣子新生們才反應過來，台下響起了一陣雷鳴般的掌聲……

嘿！就這麼背一段毛主席語錄就下去了？這不是在調侃我們嗎……弋輝心裡有些不滿，但他細想一下，又覺得這話並不能簡單地定性為調侃，給人的感覺是好像話中有話，意在言外……

「妙語，妙語；真不愧是教授語言……」趙建國竟然晃著腦袋進入了狀態……

---

[2] 支愣：大陸慣用語，意思是「豎起」、或「立起」，特別用心聽別人說話的意思。

正式上課第一天，弋輝在文科教學樓走廊碰到了那天幫他報名的那個大二女生。

「你好。」弋輝說，想不到在這裡碰到了你。

「你好。弋輝，」女生說，她也認出了弋輝。「習慣了吧。」她問。

「是的，基本上習慣了。對了，新生報導那天我真是被搞昏了頭，不但忘了感謝你，就連你的名字也忘記問了。」弋輝抱歉地說。

「我叫藝丹。」

「藝丹。」弋輝重複道。

「你的特困生貸款申請書交上去了吧？」

「交上去了，謝謝你。」弋輝又是一臉真誠。

「不用謝。」藝丹淡淡一笑。

「你也學中文專業？」弋輝問。

「不，我學廣告。」藝丹說。

「咱們學校還有廣告專業？」弋輝有些驚奇，因為他記得當初填報志願時並沒有看到D大有廣告學本科專業呀。

「有，我是第一屆。」藝丹看著他。

「這專業沒聽說過。」

「我們這是專科專業，比你們差了一截，你填志願的時候只顧看本科專業，當然不會看到了。」藝丹洩氣地說著。

啊！弋輝心裡一震，怪不得呀……但他馬上給藝丹打氣道：「我覺得專科也不低人一等，咱們省今年專科錄取線只比『二本』少十分呀！」

「可是走在D大校園裡就像是三等殘廢似的，別人要是問起來的話，都不敢說實話。」藝丹仍是一副洩氣樣子。

「不，你可千萬不要那樣想，我覺得你要是心裡面覺得窩火的話，畢業後就考研究生，考上了不就擰過來了嗎。」弋輝給她出了一個主意。

「噢，我也是這麼想的。」藝丹說，她的臉色像是緩了過來。

「藝丹，我覺得只要是D大的學生，不管是專科還是本科，畢業後都好找工作的。咱們學校這塊牌子在社會上還是挺亮的。」弋輝認真地寬慰著她。

「謝謝你的鼓勵。」藝丹感激地點下頭。

「有事你就找我。」弋輝趕緊和她套近乎。

「好的，我住八舍四〇九。」藝丹告訴了弋輝她的宿舍和宿舍電話。

兩人就分手了，弋輝也把自己宿舍的電話告訴了藝丹。

宿舍八個人中有四個是外省考來的，正好占了一半。這天晚上睡覺前，睡在門口下鋪的符號已經鑽進了被子，忽然說：「咱們班其他宿舍的人都已排好了大小，我看咱們也排了算了，叫名字既費勁兒又顯得有些生疏，不如人家老大、老二喊得親切。」

符號家在外省，父母親都是政府公務員，符號那天報到時父母都來送他，幫著弋輝說話的那位家長就是符號的父親。

「排吧，這還不好辦，每人把出生年月日報上來一排不就成了。」王猛說。

「別的宿舍可不是這麼排的。」

「不這麼排還能怎麼排，大學裡的同學多少年了不是都這麼排嗎？」有人冒出一句。

「其他宿舍是按照家庭情況排的。」

「那是怎麼個排法？」有人問，「貧農排老大，地主排老八……」

「不是，李瑞你可真逗；他們是按各人家庭經濟狀況和父母親的官職來排的。先看誰的父母親官最大，然後看誰的父母是大款，再往下就是……」符號猶豫著說，末了補充一句，「就連女生宿舍都是這麼排的，聽說這所學校去年就改成這樣排了……」

符號說這番話時，弋輝正蹲在地上拿著支粉筆認真地往剛洗好的舊球鞋上上色，這是雙回力牌球鞋，弋輝穿了快三年了，鞋幫四周全起線了，弋輝還是捨不得扔掉。這雙球鞋是弋輝讀高一時被選進了校田徑隊後學校給統一買的，當時說好比賽完要收回，可是當比賽完弋輝洗淨交給班主任後，班主任又偷偷給了他。這也是弋輝第一次見膽子很小的班主任竟然敢做這種事，心裡特別激動，就把這雙鞋當寶貝似的保存到了現在……

符號剛一說完，弋輝心裡騰地一驚，不由地「啊」了一聲……改革開放、改革開放，剛剛改革了幾年功夫竟然把人改革得勢利成了這樣子，舊社會的地主老財也沒有這般瞧不起窮人呀……這新社會的窮人竟然連舊社會的窮人也不如……這可真叫「人窮萬事不如人呀……」弋輝一扔粉筆，痛苦地閉上了眼……

「純粹是狗吃驢雞巴，瞎扯蛋，哪個混蛋出得這損招……」趙建國聽得大怒，「噌」一下跳到地中間開口罵道。趙建國已和弋輝換到了下鋪，上下床也就容易了許多，但是弋輝沒想到他竟然頭一個反對這種排序法，要知道他父親就是總經理呀……

「文化大革命前的十七年是按家庭成分來劃分人與人的界限，偉大的、史無前例的無產階級文化大革命十年是按『紅五類』和『黑五類』來劃分人與人之間的界限；現在總算是不再搞文化大革命了，可又出了這麼個妖娥子，開始按父母親的官大小來劃分階級隊伍了，這不成了林彪所鼓吹的『老子英雄兒好漢了』嗎？」趙建國憤憤不平地罵著，脖子上的青筋一蹦一蹦地鼓起粗粗一條，本來就圓大圓大的眼睛此時瞪得像個銅鈴……

「趙建國說得對，中國人被人為地折騰了這麼多年，可是現在不但不去痛定思痛地反省，反而我們這下一代竟然繼續著這種十分荒謬的『階級鬥爭論』，這不是故意在搞挑動群眾鬥群眾嗎……」也是外省考來的李瑞說話了，李瑞家也在城裡，父母好像也都是當官的，可是他竟然也反對這種排位法，弋輝更是不解。

「就是，魯迅他老人家終其一生都在致力於救救孩子的呼喚，可是救了好幾十年了，這些後代們卻自覺自願地做起了奴隸……你們說，魯迅他老人家能合上眼嗎？」外省農村考來的江南也聽著不得勁兒，就跟隨著說。不過江南雖然是農村的家，但是他們那裡是沿海地區，這幾年沿海地區農村也富得流油，這次他來報到時一人帶了兩個高級旅行箱。

「就是，就是，這可真成了九斤老太說的『一代不如一代了！』」弋輝老鄉仝工也氣憤起來，幫著搭腔了。

「這樣的排序法不成了印度的種姓制了嗎……」趙建國又憤慨地補充道。

弋輝痛苦地低著頭……

在眾人的口誅筆伐下，全宿舍一致同意仍照著上高中住宿舍時的辦法，按歲數大小來排序。報上生辰八字後，很快就排好了順序，李瑞上學晚了一年，再加上又補習了一年，歲數最大，排為老大，弋輝今年十九排老二，仝工和他同歲、但生日比他晚兩個多月排老三，江南排老四，王猛排老五，符號排老六，施然排老七，趙建國最小才十七歲、排老八……老大李瑞並且被推選為宿舍舍長，大家一致決定，從明天早上開始正式改稱呼。

新生入學後，學校各個學生組織都把目光瞄向了這些新生力量，演講協會、口才協會、公關協會、大學生鄧小平理論研究會……幾乎所有學生組織都認定了中文系的學生應算最能說會道的，應是天生搞活動的好手，於是天天都有人來弋輝他們宿舍遊說，動員他們加入進去，但是宿舍裡卻沒有一個人願意參加進去。原因儘管有各種各樣，但最主要的原因則是這些人有的是想繼續刻苦下去，畢業時考研，有的人則是家庭境況不怎樣，上中學那幾年沒少花家裡的錢，現在上大學了再花就有些不忍心，看到大學的課程遠沒有高中時緊張，就想利用業餘時間出去掙點錢補貼一下，還有的人則是摸不清這些群眾組織的虛實，不敢貿然參加進去……

不過當藝丹來找弋輝要他加入到校學生廣告協會時，弋輝有些心動了，他倒不是對這個學生組織有興趣，農村長大的他家裡因為太窮連台黑白電視機都沒有，平時他根本看不到廣告，更談不上研究了；但是他要給藝丹面子，要給藝丹捧場。另外則是和藝丹接觸了幾次後，心裡竟然對藝丹有了一些說不清的感覺，現在幾天不見藝丹的面心裡就有些空空蕩蕩的難受感。雖然藝丹在中文系算不上一個出眾的女孩子，但弋輝更清楚自己長得也很一般，家庭情況又屬於貧困地區的貧困戶，是個農村家庭，人家藝丹好壞也是城裡人，雖然家只是在縣城裡，可是那也和自己不是一個檔次，因此弋輝很願意和藝丹在一起。

「學生廣告協會是幹啥的？」弋輝問，他想這事答應肯定要答應，但是不能答應得太痛快，不然會顯得自己沒層次。

「學生廣告協會主要是由學生組成，屬於校學生會管轄，就是用業餘時間出去到廣告公司學習做廣告業務，或者是當廣告公司找上門讓幫他們想創意時就把大夥兒召集到一起，幫廣告公司想創意；這是培養大學生實踐能力的一個好機會，考慮到這個組織的專業性質，所以一般情況下只吸收咱們系的學生，其他系的人很少。」藝丹詳細地給他講了一遍這個組織的情況。

「你是不是裡面負責的？」弋輝問，他覺得憑感覺藝丹應是個管事的。

「我剛剛被選為業務部部長，想擴充幾個新人。」

「那我就入了吧，跟隨著你幹踏實些。」

「踏實什麼？」藝丹問。

「一時還說不出來，但有這感覺。」弋輝很誠懇的樣子。

藝丹見他答應了下來，就給了一張表，讓填好後交給她，說完就走了。

過了不久，弋輝加入了大學生廣告協會，有空就跟隨著藝丹四處跑去了。

3

開始上課沒幾天，姐姐弋琳來看了他一次。

弋輝知道弋琳在省城打工，但是不知道具體地方，弋琳一直沒說過她的打工單位，也沒說過其他具體情況，只有在回家過年時才簡單地告訴家裡人說她當收款員，工作挺輕鬆，就是錢掙得不太多。說是說，可每年回家過年時她總要給家裡帶回一二百塊錢，這筆錢在城裡人看來或許不算是太多，但是在弋輝他們家卻要比全家人在地裡忙半年的收入都要多，所以家裡人對她的工作挺滿意的。

姐姐弋琳比弋輝長得漂亮，是家中五個孩子中長得最耐看的一個，也是最聰明的一個，只是家裡太窮，才沒能讓她像弋輝那樣步入到大學生的行列中。

弋琳來的時候弋輝剛好在上課，回到宿舍時姐姐已等了他有一會兒了。弋琳最親弋輝，這倒不是因為弋輝是家裡最小的一個，主要是因為他平時最聽話，或者說最懂事；另一個原因則是他在家裡排行正好緊挨著弋琳，弋琳排老四，他排老五；可能也就是人們所說的距離最近最親的原因。所以打上小學起姐姐就特別護著他，那年她決定不上高中的當天就把她平時最喜歡穿的褲子給了弋輝。弋輝上高中那三年，姐姐儘管掙錢不多，但每月總要給他寄去一些，所以弋輝也特別親姐姐弋琳……

「感覺怎麼樣？」弋琳問。

「還算行。」
「功課緊不緊？」
「比起上高中時差遠了。」
「怎麼個差法？」
「覺得上學就跟玩似的，我們班主任說，只要我們拿出讀高中時的一半勁頭兒，保證四年後能考上研究生。」
「你想考研？」弋琳眼睛一亮。
「還沒決定，到時看情況再說吧，家裡經濟條件也不好，能供到大學畢業就很不容易了，我不想再給你們添麻煩了。」弋輝說得是實話，確實，仔細算算，從上高中起到大學畢業，一個大小夥子要讓家裡養活七八年，多丟臉……
「你也不用自卑，咱們家幾代人了都是擺弄土坷垃[3]的，好不容易才出了一個大學生，你要是想給咱家繼續爭一口氣，你就再往上念，我肯定能供得了你，你要是覺得沒臉面，那就算你借我的，將來還我就成。」弋琳可能是在城裡待了幾年的原因，知道學歷的重要性……
剛見面就把話題引下這般沉重，弋輝覺得有些沒意思，雖然他最親的人就是小姐姐，但他確實不願意談這種太正經的事，可又不能讓小姐姐掃興，只得裝出副非常願意的樣子使勁兒點了下頭。
弋琳放心了，頓時高興起來，轉了話題問：「伙食怎樣？」
「可以吧，比高中時要強多了。」

3 土坷垃：河南、河北方言。意指「土塊」。

「一個月花多少伙食費？」

「不一定，這已經快一個月了，我大概花了有三十塊錢吧。」

「其他人呢？」

「不知道？」其實弋輝知道其他人的境況，家庭條件差的和他花銷差不多，家庭情況好的，像趙建國天天差不多要花個八九塊錢，這社會就這樣，人和人沒法比。

「小輝，你不要太摳自己，身體最重要，姐姐知道你是不想給家裡增加負擔，但是姐姐掙的錢和城裡人比也不算少，姐也不多給你，每月給你補貼三十塊錢做伙食費。」弋琳看定弋輝說話的同時，掏出三十塊錢遞了過來。

「不……不用，我勤工儉學每月掙的錢夠伙食費了。」弋輝急忙推辭。

「拿著，和我別來這個」，弋琳訓斥道：「讓你拿你就拿著，你先花著，不要摳著了自己，將來有出息了還我就是了……」

「姐……」弋輝感激地叫了一聲。

弋琳流出了眼淚，她擦了幾下，緩緩情緒說：「姐姐就要你做到兩件事，身體好，用心學習。」

「我懂，我知道你從小就對我最好，我一定會用功的。」弋輝真誠地表著態。

弋琳放心了，便問：「有女朋友了嗎？」

「沒有，剛來幾天，哪有那麼快。」弋輝想不到他姐姐會問這事。

「姐，你有男朋友了嗎？」弋輝忽然想起他姐姐今年已經二十三歲了。

弋琳臉上立時掠過一絲說不清的表情，但她馬上就恢復過來，淡淡一笑，說：「還沒有，不急，這事急不得。」

弋輝就不好再問了，也換了話題說：「姐，當年要是你讀高中的話，你肯定能考上燕京大學。」

「別逗我了，就我這水準還能考上燕京大學？」

「不是逗你，是真的，燕京大學今年在咱們省的錄取分數線才比我的高考成績高了二十分，咱們縣一中今年就有三個人考上了燕京大學，你當年的中考成績是全縣第一呀。」弋輝惋惜地補了一句：「唉！全是讓一個『窮』字把你害了。」

弋琳咬了下嘴唇，想要說話，但沒說。

弋輝也不知該怎往下說，就起身給她倒了杯水。

「姐，你現在還在那家娛樂城幹？」弋輝問，他知道小姐姐自打初中畢業出來打工後，這幾年換了好幾個地方，老換工作這事小姐姐只對他一人說過，家裡其他人都不知道。

「嗯。」

「還做收銀員？」

「嗯。」

弋輝看得出來她不大想說這事，就不再問了。

「小輝，下午有沒有課？」弋琳忽然問。

「只有兩節『古代漢語』，好幾個班在一起上大課，老師不點名，好多同學就都不去聽。」

「姐姐想帶你去我上班的地方看看。」

「行，要不是你說你要先來看我的話，我早就找你去了。」弋輝當下興奮了起來。

弋琳上班的地方叫大富豪娛樂城，是香港人和內地老闆合資建起來的，集吃、住、玩、樂為一體，據說總共投資了三億多，是省城數一數二的高檔娛樂場所，也是D省引進的第一個外資項目，光是員工就有六百多人，這家娛樂場省裡挺重視的，經常有省裡的領導來視察。弋輝小姐姐在酒吧部做收銀員，工資是按照營業額來計算，平均下來一個月加一起差不多能掙一百一十塊錢，但是在整個娛樂城裡不算高工資，因為這裡的許多小姐全靠掙工資單上看不到的錢，根本不把這點兒工資看在眼裡。不過說起來每月一百多塊錢要是和工廠裡的工人比起來那可就算得上是高工資了。

姐姐住的宿舍和弋輝的宿舍一樣，也是八個人一間，但是條件要比弋輝他們宿舍好一些，屋子不但稍顯大，而且屋裡的擺設也多，正面桌子上還擺了台彩電。

弋琳今天休班，把弋輝帶到了她的宿舍。

宿舍裡有幾個姐妹也休班，弋琳向那幾人作了介紹，那幾人以前也聽她說過弟弟的事，今天見著了本人，誇獎了一番後就都出去了。

「大哥的腿怎樣了？」弋琳有大半年沒回家了。

「差不多全好了，已經能下地幹活了；但是據醫生講，就是全好了將來也不能再幹重體力活兒了，再幹重活兒怕再把那根縫住的根腱給綳開。」弋輝洩氣地說。

「不是說斷了腿骨了嗎？怎麼根腱也斷了？」弋琳著急起來，大哥出事時她工作太忙沒回去，不知道詳情。

「腿骨斷了，根腱也斷了，當時怕你知道了著急，爸爸就沒讓告訴你。」

「二哥和大姐給家裡寄錢不？」

「早不寄了，你也知道，現在的人一結了婚就只顧及自己了……」一想起他大姐和二哥，就越覺得他這個小姐姐要比他們好許多倍，起碼對自己是這樣。

「爸和媽的身體怎樣？」

「都還行，只是一年忙到頭也找不到幾個錢，咱們那裡可是太窮了。」一說起這話題，弋輝更加洩氣了。

「家裡把希望全寄託在了你的身上。」弋琳看定了他：「你一定要給咱們家爭口氣。」

「行，你放心，我一定不讓你失望，我決定畢業後考研。」弋輝鄭重地決定著。

「好，姐姐等的就是你這句話。」弋琳興奮起來，臉上是一種弋輝從未見過的光彩，就像是古代中了狀元的人一樣。

「到吃飯時間了，走，吃飯去，姐姐好好招待你一頓。」弋琳高興地拉著他就走。

兩人剛要走，響起了幾下敲門聲，還不等屋裡的人答應，門就被推開了，進來一個五十多歲穿著挺有派的男人，剛說了一句：「小琳，你這住的地方還真不大好找呀。」忽然看見了弋輝，臉色一緊，「問：這是誰？」

「我弟弟，在D大讀書。」弋琳給弋輝介紹道：「這是一個熟人，也是咱們縣老鄉，姓張，D市遠東廣告公司總經理。」

「張經理好。」弋輝不知道這人和小姐姐是什麼關係，就顯得有些拘束。

「啊！你就是弋輝，聽你姐姐說起過你，你是你們家的驕傲呀。」張經理伸出胖呼呼的手禮貌性地和弋輝握了一下。

「謝謝。」弋輝說。

「小琳，我找了你一上午，打電話說你不在，來娛樂城你還是不在，我心裡那個急呀……」張經理可能是真著急了，說話時臉上有不少急出來的汗珠跟隨著往下滴。

「找我幹啥？」可能是當著弟弟的面，弋輝小姐姐顯出副冷淡樣子。

「我……你……」張經理當著弋輝的面一時竟不知該怎解釋。

弋琳就說：「先坐一會兒，有什麼急事、慢事你都得慢慢說。」

「我……好吧……」張經理無奈，只得坐了下來，可是坐了沒半分鐘就坐不住了，便站了起來，顯出一副與經理不大相稱的侷促不安樣子，看著弋琳說：「你們姐弟兩好好聊聊，我還有點事，我先走了。」說完又友好地和弋輝握了下手就走了。

弋琳也站了起來，對弋輝說：「你先坐一下。」就跟了出去。

弋輝從兩人的神態表情上看出姐姐和這個張經理不像是一般客人間那種關係，但他又不好多想這事。好大半天，弋琳才回來，弋輝看得出來，小姐姐臉上稍有一點兒變化，不過她馬上就恢復成正常神態，說：「走，吃飯去，姐姐好好招待你一頓。」

弋琳此後再也沒和弋輝提過一句有關張經理的事，弋輝也就沒好再問。

這天上午上後兩節課，是一門共同課，叫《中國革命史》，弋輝覺得這個老師講課水準還不如他們高中老師講得好，全是照著書上內容念。本來是紅軍在毛主席的率領下四渡赤水，但是他偏說是在張國濤的帶領下還有一次五渡赤水，但是他又舉不出五渡赤水的例子，課講得真是乏味極了。但是弋輝不敢蹺課，因為這個老師有一個很奇怪的特點，就是到了快下課時才點名，所以許多和弋輝有同樣想法的同學也就和他一樣，只得耐著性子聽到下課。

因為是下課時才點名，所以等下了課點過名再去了食堂時，大多數同學已經吃過飯了，好幾十張飯桌上全是學生吃剩下的飯菜。弋輝買了一份兩角錢的素炒白菜、兩個饅頭，找了個稍乾淨些的飯桌坐了下來，剛要吃飯，猛地看見桌上有大半碗不知是哪一位同學吃剩下的菜，碗裡幾乎全是大塊豬肉，只有不多一點兒豆腐和粉條極不情願地陪伴在旁邊……這，這應該是屬於是食堂裡賣得最貴的一種菜，名字叫紅燒肉。弋輝見同宿舍的趙建國常買這份菜吃，好像是一塊八角錢一份。弋輝見剩下這麼多，頓時有一股心疼感覺，他見桌子四周空無一人，就猛地一下將那碗菜端了過來，挨在自己那碗菜旁邊，又抬起頭四下裡像做賊似的瞅了一眼，見沒有一個人注意他，這才夾起一塊肉迅速送進嘴裡，上下牙使勁兒碰了幾下，猛地一吸氣，又香又爛的一大塊紅燒肉順著食道進到了胃裡……

弋輝上高中三年沒有吃過一頓肉。縣一中對他們一千多名住校生分成了兩個檔次對待。凡是家在農村生活貧困的學生，每月要從家裡帶十五斤白麵、十五斤玉米麵，另外要帶二十斤白菜、十斤土豆和三斤蔥。縣一中伙食管理員將每一個學生從家裡帶來的上述主副食秤過後，就給學生發一個月的飯票，飯票是綠色的；食堂裡的大師傅看見遞上來的是綠色飯票時，就給每一個學生事先準備好的大茶缸裡盛上一勺土豆白菜合在一起的燴菜；同時發給一個饅頭、一個玉米麵窩頭，頓頓如此，四季不變。另一個檔次的同學是家在城裡生活條件比較好的，他們都是用現款買飯票，這種飯票是紅顏色的。大師傅看到這種飯票後就根據學生的需要給他們盛其他各種菜，當然包括紅燒肉，這些肉菜是按價打份的。弋輝家裡窮得一年地裡家裡忙下來，全家人總共才能收入幾百塊錢，哪有錢讓他享受，弋輝就月月從家裡帶麵帶菜住了三年宿舍……

考上D大後，臨走時母親本來想給他做一頓好飯菜，一來讓他解解饞，二來也算是送行和祝賀。但是他上大學的季節不對，正是個剛立秋時節，他們家養的那隻豬只有幾十斤重，不能殺；去鎮上買肉吧，家裡那點兒錢全給他做了學費，就這還和村子裡的人借了好幾十塊錢。弋輝父親就說：「算了吧，鍋裡多放點兒豆腐就頂了肉了；不要到鎮上買肉去了，不然的話讓村子裡的人看到就不好解釋了，你一邊和人家借錢，一邊卻跑到鎮裡買肉，你這不是裝窮嗎……」

弋輝他媽覺得這話有理，擦掉了剛流出來的幾滴眼淚，去村裡豆腐房買豆腐去了。

不過就在弋輝媽剛買回來豆腐正要做飯時，離他們家有三十多里遠的弋家村弋姓家族的老族長，也算是弋輝的遠房太爺爺趕著輛驢車來了。他是知道了弋輝考上大學的消息後特地趕來為弋輝送行的。因為弋輝是整個弋水縣所有弋姓人家多少年來出的第一個大學生，太爺爺就認定弋輝是第一個給弋姓家族爭了氣的人；太爺爺雖然已是快七十歲的人了，但是他一定要親自來送弋輝……

老族長親自來為弋輝送行，讓弋輝全家大為感動，更為感動的是他還帶來了一隻肥大的公雞，太爺爺說這隻大公雞是一隻蘆花雞，吃了它的肉可以補大腦，弋輝到了大學念書時就會更聰明；這話說得讓弋輝和他媽兩人差一點兒哭了起來……於是，弋輝就在臨走之前吃了一頓久違的雞肉……

想起了淒慘往事，弋輝就又控制不住了自己，掉下了幾滴淚水，他趕緊擦掉眼淚，定了定神後運了幾下氣，大口吃起了紅燒肉……

「弋輝，你小子行呀，一個人躲在這兒吃好菜呀！噎，還打了雙份菜！」弋輝一驚，抬頭一看，竟然是仝工。

「怎麼，你也現在才吃飯？」弋輝無法回答，就轉移開話題反問他。

「是呀，大學生勤工儉學協會剛開了個會，所以來晚了。」仝工把他那份炒土豆絲放在了飯桌上，看了眼那碗紅燒肉，說：「弋輝，有一個活兒，你想不想做？」

「什麼活兒？」弋輝忙問。

「學生食堂要用幾名勤工儉學的同學幫著打掃衛生，具體工作就是每天中午和下午開飯時在食堂工作兩小時，專門負責把學生吃剩下的飯菜打掃到剩飯桶裡，把桌子上的空碗和筷子收拾起來送到食堂後面的洗碗間，然後把飯桌擦乾淨，就幹這些活兒，幹一個月能掙三十塊錢。」

「啊！這活兒……」弋輝一驚，他壓根兒也想不到會有這種勤工儉學的工作。

「怎麼樣，你幹不幹？」

「你幹不幹？」弋輝反問，他非常想幹，但是又不能表現得太那個了，就先問一下仝工。

「我……我是這樣想的，你幹我就幹，反正要是只有我一個人的話，那我就不幹。」仝工看定了他。

「那我就和你一起幹吧。」弋輝看了一眼碗裡的紅燒肉，心裡竟然有些激動起來，好像有許多塊紅燒肉正競相爭搶著要往他面前的碗裡跳似的……

「那好，我等會兒就去給咱兩報上名，咱們一起幹。」仝工說著話的同時又瞅了一眼那碗紅燒肉……

「仝工，你吃幾塊吧，我已經吃飽了。」弋輝把那碗紅燒肉往仝工那邊推了過去……

入學還不到一學期，宿舍八個人中就有五個有了女朋友，這其中有四個是找各自高中時的同學，據本人說高三時就已經確定了關係，另有一人本來也是在高中時就找好了的，但由於種種原因，上了大學後又都沒事了，但是這人很快又在本系尋覓到了新戀人，並且據本人講也確定了關係。據那些大四同學說，在前幾年的時候，大學生最快也得入校半年後才能有女朋友，要想發展為戀人則至少得一年，但是現在畢竟時代進步得很快，過去的常規作法就顯得落伍了，現在入學一兩個月就確定關係已經是件很正常的事，所以這人也就在一個月之內找到了自己的女朋友。

這一來則只剩下了弋輝、趙建國和施然三人還沒著落。

趙建國嚴格一點兒說還不能算是沒有女朋友，因為他們班有一個女同學上高中時就和趙建國同班，並且那時就對趙建國有了意思；而且據說是聽到趙建國第一志願報了D大的消息後，這個女同學才改了主意，將第一志願由燕京大學改成了D大，為這事家裡父母氣得半個月沒和她說一句話；按說這個女同學長得也不錯，趙建國足以應當為女同學的這份癡情感動和自豪。但是，他卻只和他的這個高中同學保持著同學關係，不願意再往深入發展，女同學乾急沒辦法。後來大家才搞清楚，原來趙建國剛入學就看上了勞麗詩，但是他一來不願意放下架子去追，二來聽人說好像勞麗詩對他們班主任吳江老師有好感，趙建國一時間就不知道該怎辦了……

施然則是早在剛入學時就明確表態：他這一輩子既不打算找女朋友，更不想結婚，至於是什麼原因使他做出的這一決定，他卻不願意多解釋，宿舍裡的人就不再好問他什麼了；只是有時在私下裡猜測著，施然怕是在上高中、甚至是初中時曾經遭受過愛情方面的打擊，這才使得他看破了紅塵……

前幾年大學生晚上睡覺前談論最多的話題是國家如何進一步改革開放、國際風雲變幻等大事，或者是校園裡的各類新聞；但是到了弋輝這一屆時，晚上睡覺前的話題則只有一個，就是女人，每天晚上睡覺前必做的最後一道功課就是要說半小時女孩子，否則都要失眠。弋輝由於家境一直不好，再加上高中那三年只顧了學習，也就沒能和一個女孩子真正地有這方面的接觸，確實是孤陋寡聞那種人。因此，每當晚上宿舍裡的人在談到這個主題時，尤其是各自在繪形繪色地介紹自己那方面的經驗時，弋輝雖然聽得渾身充血，心跳加快，但同時又覺得自己很沒面子，長到快二十歲了，竟然沒和女人有過哪怕是一次真正的接觸，他覺得一下子比別人矮了半頭……

因此他就撒謊說大二的藝丹就是自己的女朋友，剛開始那陣子宿舍裡的人都信，並且覺得弋輝這人別看平時不顯山不露水的，道行還挺高，別的人只能在同年級女孩子中打食吃，弋輝卻能把高年級女學生弄到手，於是宿舍裡的人就對弋輝肅然起敬了。但是後來當他們打聽到藝丹早已有了男朋友，並且是她上高中時就好上了的，現在也在這座城市另一所稍稍不如D大的大學讀書時，宿舍裡的人就有些瞧不起弋輝了，就不時地拿他當靶子來開幾槍，弄得弋輝又覺得自己沒了面子；心裡就想，放假前我一定給你們領來一個讓你們瞧瞧，再不行就在這間宿舍睡一晚上，讓你們再敢瞧不起我……弋輝想這事的時候心裡一直發著誓。

果然，就在不久後的一次弋縣老鄉聚會時，弋輝認識了一個長得挺好看、叫張瑞珍的大一女孩子。張瑞珍是從省城D市郊區考上來的，家也是農村的，家裡也挺窮，窮得叮噹響，她就不由有些自卑，有些抬不起頭來。這次是她們宿舍一個弋縣女生硬拉著她來作陪，她才不情願地來了，來了後就被弋輝注意上了，相互介紹了一番後才知道原來弋輝也是農村的，家境也很差，兩人就有些惺惺惜惺惺的感覺，後來就慢慢好上了。

要說長相，張瑞珍要比藝丹好不少，算得上漂亮堆裡的人，衝她這一較好自然條件竟然不嫌棄長相一般的弋輝，弋輝心裡自然很高興。還有一個情況就是張瑞珍雖說也是農村長大的孩子，但是她十四歲就上了高中，十七歲就考上了大學，從年齡上推算比弋輝整整早了兩年，這事讓弋輝聽得頓時有些佩服張瑞珍了；為了能和張瑞珍發展關係，弋輝乾脆放棄了剛做了一個多月的勤工儉學活兒，雖說僅這一下子弄得弋輝每月伙食費下降了不少，但他一邊和姐姐要錢，一邊咬緊牙根堅持著。

不知從哪一屆起，這所大學的男生晚上開始找藉口往宿舍裡領女孩子睡一起了，這事雖然不時地被校方查獲，並處以嚴厲處分，但對於這些正處在青春躁動期的青年男女來講，卻屢禁不止，經常以身試法。後來校方一看處分得有些太多了，學校各項指標評估也因此受到了一定影響，校方就改成了罰款處理，逮著一次，罰款一百。但是這個法子同樣治不住這些男生，他們順應形勢改在晚上等宿舍樓門鎖了後，再敲開樓門給樓管員塞上十塊錢，就能順順當當地把女孩子領進去了。

弋輝是他們宿舍第一個領回女孩子睡覺的人，這讓全宿舍的人都大吃一驚，因為他認識這個女孩子不到一個月呀，而其他人的戀令[4]都要比他長得多，但他們一次也沒把女孩子帶回宿舍睡覺，宿舍裡的人立刻把吃驚改成佩服了。

弋輝帶張瑞珍回宿舍睡覺那天是張瑞珍過生日，張瑞珍同宿舍的女生加上弋輝一起給張瑞珍在外面飯店過了生日，吃完飯別的人散了去複習馬上就要開考的期末考試，他兩卻覺得還有些不盡興，就又找了家舞廳跳了一氣，一直折騰到晚上十點多才回學校，弋輝先送張瑞珍到女生宿舍，可是樓門已鎖了，就返回男生宿舍樓給了樓管員十塊錢，把張瑞珍領回了自己宿舍。

拉滅燈剛睡下弋輝就激動了起來，但是他不敢動作，一直挨了半個多小時估計其他人睡著了才試探著親了一下張瑞珍，因為這是他長這麼大第一次和女孩子接吻，所以渾身上下抖得很厲害，第一下竟然親在了張瑞珍眼簾上……張瑞珍卻早就控制不住了，弋輝一發出信號，她馬上主動湊了上來，並且非常熟練地引導著弋輝往下進行……

這天晚上為了給弋輝創造更好的條件，趙建國臨時和弋輝換了床位，讓弋輝睡下鋪，但是弋輝畢竟是第一次弄這事，又是當著同宿舍的人，所以好大一陣子都找不到進處，最後還是在張瑞珍的幫助下才勉強完成了第一次作業，而這第一次的感覺，弋輝後來在多少年裡竟然回憶不起一點兒當時的滋味……

對於張瑞珍來說，則更是不滿意弋輝的無能，這一結局也是她事先根本沒想到的事，她還沒等上來勁兒弋輝就不行了，弋輝剛剛洩了下來，她就咬住弋輝耳朵氣憤地罵道：真是個廢物，見了多少人也沒見過你這號沒用的，太笨了……這句話罵得弋輝半個多月都緩不過來氣，不巧被當時正要出去尿尿的仝工給聽見了，事後他在宿舍為此又教導了弋輝半個多月……

---

4 戀令：大陸流行語，表述男女青年相互之間戀愛時間有多久的叫法。

4

Ｄ大是國家重點大學，近幾年辦學方針越來越活，比如說轉系這件事，國內許多大學規定是不准學生轉系，有的大學雖然允許學生轉系，但要經過寫申請、填表、系領導開會研究、準備轉入系的領導開會研究等多道手續，然後必須得再交納一筆數額不菲的轉系費方可轉系；但是Ｄ大的規定卻是新生入學後在第一學期就可以隨便轉系，只要填份表格，交上一千塊錢就可以馬上轉到你所想要去的系和你所喜歡的專業去就讀。因此，當中文系新生入學後知道有這一優惠政策時，家境好的、為了畢業後能夠找一個好工作的紛紛要求轉到那些目前在社會上屬於是就業熱門的專業，比如說像外語啦、電腦啦、國際貿易啦等等。

弋輝他們宿舍雖然沒有人轉系，但是眾人對這件事議論了好一陣子，宿舍八個人中有一半人不喜歡中文，這其中就包括弋輝，弋輝其實挺想轉系，他喜歡法律專業，還在上高中時他就有個幻想，將來上大學時要讀法律專業，畢業後當一名律師，替那些像他大哥那樣打工不幸被工傷事故致殘而又因為沒有錢打官司的民工免費打官司，為這一不幸社會弱勢群體討回一個公道來……但是他知道他的家境是不可能拿出一千塊錢讓他轉系的，所以最終也只是個念頭而已。

他們宿舍雖然沒有人轉系，但是全班四十三人一下子就轉走了六個，班主任就有些著急了，連著開了三晚上會動員大家不要轉系。班主任吳江老師挺會做思想工作，他看著班裡還剩下三十七名同學的面孔莊重地說：「要讓我來評價這事，我認為最好找工作的就是中文專業的畢業生。為什麼這樣說呢？因為我們看看現實情況就全清楚了，中文專業的畢業生可以到政府機關當祕書，可以到其它行政事業單位當幹部，可以到新聞單位當記者，可以到企業去當職員，就是到了找不到任何工作時還可以到中學當語文老師……也就是說，可以勝任任何單位的工作，因此幾乎所有單位要人時都會要中文專業的畢業生。多少年來人們都說，中文專業的畢業生是萬金油。但是別的專業可就不行了，他們就業的方向很窄，比如說法律專業畢業生，只能去政法單位，比如說考古專業學生，就只能去考古部門就業……這樣一比較你們就明白了當初選擇中文專業來就讀是非常正確的……」

班主任一頓點撥後，果然止住了轉系勢頭，班裡再也沒人要求轉系了。

班裡同學不再明著要求轉系了，但是私下裡的議論卻仍然有大潮湧入之勢，班主任把中文專業說得那麼美妙，可為什麼沒有一個人往中文系轉呀！這不就是最好的事實勝於雄辯嗎？熄燈前的半小時自由論壇開始後，李瑞率先開始批判班主任了。

「這話對頭，我要是家裡有一千塊錢的話，我肯定要轉到外語學院學日語去，光是咱們省今年就新建起十多家日資企業，需要的日語人才海著了。」說話的正是弋輝鄰縣老鄉仝工，這倒讓弋輝沒想到。

「老弋，要是不花錢就能轉系的話，你轉不轉？」不知從哪天起，仝工開始叫弋輝「老弋」了，弋輝覺得這是暱稱，是關係到了親密地步時才用的稱呼。

「轉，我想學法律，將來為我大哥討回醫藥費來。」弋輝一想起他大哥因工受了傷卻花了家裡好幾千塊錢醫藥費這事，心裡就堵得厲害。

「NO、NO、NO，你這目的首先就不對，思維邏輯混亂。轉系的目的雖然因人而異，但基本點則應是相同的，就是使這四年接受的教育應是自己所希望的，能對自己的知識構成有一個自我認同幫助，同時又能在將來到了社會上以後成為進一步往下發展的基礎。換句話說，學你所感興趣的知識才是轉系的目的；而不是你現在所說只是為了討回醫藥費。」趙建國插話批駁他。

嘿！這傢伙兒這話怎帶著股哲理味兒？但是弋輝打心裡不得不承認他說得有道理。

「那你想往哪個系轉，你轉系的目的是什麼？」弋輝反問，他想聽聽趙建國的觀點。

「我才不會轉系！就是咱們系轉得只剩下了我一個人我也不轉系。」趙建國嚴肅地說，這讓眾人吃驚不小。

「為啥？往細說說。」有人問。

「你們知不知道，文學對於任何一個國家來講都應是母體社會科學，文學實質上也是一個國家發展演變的歷史縮影，從這一意義上說，研究文學則是對民族文化的宏揚。就是到今天，『五四』的時代使命實際上仍未結束，在這種情況下更需要用文學的自身功能來喚起人們的民族精神感。」趙建國仍是一副莊重樣子。

眾人見他上升到了國家民族的高度，頓時被嚇住了。

「剛才老六說了，現在是沒有人往中文系轉系了，但這只能說明當代青年民族意識觀念正在淡化，說明不了別的；只能說明當代人缺失了歷代熱血青年那種以民族為己任的民族精神。我們現在成天學魯迅，從小學一年級開始，語文課本裡就數魯迅的作品多，到了大學，對我們中文專業的大學生來講就更不用說了，開一學期現代文學課，其中魯迅就要講差不多半學期；但是有誰想過，魯迅當年就是從醫學專業轉到文學專業的……」

嘿！趙建國這話在理。宿舍裡的人這次差不多是異口同聲地稱讚著他。

弋輝也暗暗點著頭。趙建國確實是不一樣，他們宿舍其他人來報到的時候帶的書都是些金庸、古龍的武俠小說，只有趙建國帶的是《文化大革命十年史》、《法國大革命史》、《人權與民主》之類的書，從這些日子每天晚上的談吐中弋輝明顯感覺到，趙建國非常像一個當年的五四青年，他身上有一種似乎可以被稱之為風格的東西不時地在屋子裡迴盪著……弋輝打心裡對趙建國有了股佩服的感覺……

第一學期快要結束的時候，大家對大學生活到底是怎回事也就基本上知道得差不多了，尤其是對於大學的學習方式更是有了一個明確體會；弋輝認為自己最大的感受就是沒想到上大學竟是這樣輕鬆，想想高中那三年，哪一天不是在教室裡折騰十五六個小時，要不是全靠著要考上大學這點信念硬撐著，恐怕早就崩潰了……和那時比比，現在絕對是在天堂裡，平均下來一天只有五節課，而且除了外語，其他都是百十號人在一起上大課，因為人太多老師一般不點名，不過就是讓點名，不少老師也不點，因為大學老師講究的是形象吸引力，不是靠點名來湊人數的，講課好的大學老師一般不點名，因此有些安排在下午上的課不少同學就不去聽。

不管聽與不聽，這些同學剛來的時候心裡個個都充滿了對大學生活的神祕感和對大學老師的崇拜感，但是時間過了不算長，大家的這種心理就開始有了變化，每天晚上半小時自由廣播節目，議論大學老師成了一個主要話題。

最先被宿舍裡的人議論的對象是《中國革命史》、簡稱「中史」課的老師。

「照本宣科，完全是照本搬科。大學老師講課怎麼是這水準，這也叫大學老師？聽他講課簡直是一種痛苦折磨。」仝工率先發議論，別看仝工也是農村長大的，可是比任何一個城裡人都能說。

「聽說這位老師還是個副教授呢，我看連我們高中歷史老師的水準也不頂。」外省考來的江南說。

「教《思想品德修養》課的老師也不怎樣，講課就和幼稚園的阿姨哄孩子似的，學雷鋒、學焦裕錄、學董存瑞，都什麼年代了還讓我們唱『我在馬路邊，揀到一分錢，把它交到員警叔叔手裡邊……』拿我們當三歲小孩哄呢……」王猛也算得上宿舍裡的一個思想者，說出來的話常常一針見血。

「教《古代漢語》課那位老先生倒是別有風采，每天『之、乎、者、也……』地連說帶哼，差不多有半教室的人能被他催眠過去。」又有人點評道。

「不過咱們也得實話實說，有的課講得確實很好，像《現代文學》、《現代漢語》、《寫作》等等，我最愛聽《現代文學》老師的課了，講得真有煽情力，真像我們又回到了「五四」那個年代……」趙建國點評著。這學期他好像是對教《現代文學》課的老師有些五體投地了，每次上課時看他那份焦急樣子就像是等了八輩子才等上聽這門課似的，下課後還要再纏著老師問上好大一陣子；不過弋輝覺得這位教現代文學的曲藝老師對趙建國好像也很賞識似的，很願意和他說話。

雖說弋輝一時還難以認同眾人的說法，但是心裡也覺得大學老師講課不應和高中老師用同一種方法，大學老師在講課時應多給學生一些啟發，設法啟發學生的思路，應當讓他們自己來總結「這是為什麼？」不應該老是被動地告訴學生「這是為什麼」。弋輝覺得一個好的大學老師講課應具有一種煽情力，把學生的情緒煽動起來……

快到期末時，又一個消息把弋輝驚得連著好幾天都睡不著覺，張瑞珍決定要從外語系轉到中文系來。這消息在整個宿舍就像是扔了顆原子彈，眾人亂哄哄地議論了好幾天，要知道這是好幾年裡第一次有人往中文系轉系，而且還是從一個許多人都非常嚮往的外語系往外轉，弋輝清楚，D大錄取分數線最高的就是外語系，聽說和燕京大學一樣，再往下才是國際貿易、經濟、法律等，中文則排在很後位置，因此他高考成績要比張瑞珍低四十多分……

弋輝得到消息後決定趕緊找張瑞珍核實一下消息的準確性。

弋輝已經有十幾天沒見到張瑞珍了，那天晚上張瑞珍對弋輝的床上作業極不滿意，完事後弋輝很快就舒適地睡著了，可張瑞珍卻渾身難受個不停……氣得她第二天早晨天剛亮就起來走了，連招呼也不和弋輝打一聲。弋輝後來才明白過來張瑞珍生氣的原因，可他知道原因後也覺得自己冤得很，因為長這麼大自己畢竟是第一次做這事，就是悟性再高，再能無師自通，也不可能頭一次就達到能被授予段位的水準吧。再說了，你張瑞珍既然懂得這其中關鍵之處，那你應及時點撥我呀，難道說都到這時候了你還要考驗我嗎……弋輝也為這事氣得好幾天都抹不開這個理，也就沒去找她。

但這一次不得不去找她……

張瑞珍早不生氣了，她甚至都忘了自己曾生過弋輝的氣，她告訴弋輝，她轉系只有一個目的，就是為了能和弋輝在一起，這是主要原因，也就是說，是愛情的動力促使她做出了轉系決定。

這話聽得讓弋輝差一點兒激動得背過氣去，做夢也夢不到兩人才相互愛上沒多少日子，張瑞珍就能愛他愛到了死去活來的地步，竟然會從外語系轉到中文系來。

「決定了？」弋輝問。

「決定了。」

「家裡同意嗎？」

「同意。」

「這要花一千塊錢轉系費的。」

「知道。」

「你有這筆錢嗎？」弋輝覺得她一時半會兒的怕是拿不出這麼多錢來，因為她家也是農村的，她們那裡比弋輝他們那塊兒還窮，她又是家裡老大，沒人能幫她，她去哪兒找這麼多的錢呀……

「我和別人借了一千塊錢，等畢業後再還。」張瑞珍平淡地說了一句，語氣像是她借給了別人錢似的。

「借了一千？」弋輝又是一驚，張瑞珍真是一個敢說敢做的人！弋輝此時才覺得雖說兩人都談了這些天了，自己其實一點兒也不瞭解女孩子的心理。

「怎麼，你不同意我轉到你們系？」張瑞珍可能覺得弋輝有些太婆婆媽媽的，有點兒不耐煩了。

「我……不……不是，當然不是。」弋輝結巴著。

「那好，我給你提個要求，以後我要是在外面打工的時候，你要陪我去。」張瑞珍看住他說。

「這還用說，這沒問題。我會時時陪在你身邊的。」弋輝知道一個女孩子出去確實沒有太大安全係數，便趕緊表態，此時心裡全是激動感。

張瑞珍轉系了，交了一千塊錢後轉到了中文系，不過按學校的規定她這學期仍然要參加外語系各門課程考試，所學的學分仍然有效，下學期再開始修中文專業的課，這學期拉下的專業課跟隨著下一屆新生補修。

要說上高中那三年弋輝最害怕的事就是考試，因為他就讀的縣一中是省重點高中，非常重視高考升學率，尤其是重點大學的升學率，所以學校是每天有日考，每星期有周考，每十天有一次旬考，每月更有一次月考，三年下來弋輝被考得頭昏眼花心驚膽顫，到了高三那年，每逢考試他的手就開始顫抖，鋼筆便在紙上跳起了舞，有好長一段時間他都懷疑自己肯定是得了恐考症了。剛到D大當藝丹告訴他這裡每學期只有一次考試時，有半個月時間他都不相信這是真的，直到向無數人證實了無數次後，心才算放進了肚子裡。這下可好了，恐考症這回不治就能好了……

雖說考試次數比高中時少了無數次，可能是高中時養成的習慣所致，也可能是已經做出了要考研的決定，所以弋輝還是很認真地對待每一門專業課和共同課，不但平時聽課認真、筆記做得認真，就連老師規定的必讀書宿舍的同學中也數他讀得多，所以到了期末複習這段日子，他竟覺得像沒什麼事可做似地每天都嫌時間過得太慢……

其他人可就不像他那般瀟灑了，宿舍八個人中有五人平時根本不用功，這五個人像是害了傳染病似的，只要一個人今天不去上課，另幾個人肯定也不會去，有的專業課老師有時看到來的學生太少時也會點名，並且威脅說缺課者將在期末考試時被扣除一定分數，但是這一法子好像效果並不大，不來者照樣不來……

不少同學雖然和弋輝一樣也按時來聽課，但是當他們看到老師根本不像高中時的老師那樣注重課堂紀律時，就把教室當成了晨睡或者午睡的好地方，有人竟然還能打出響動挺大的呼嚕……

但是不管他們平時如何瀟灑，可是真到了期末這段日子一個個就都沒了平時的瀟灑勁兒了，只得把那些已經講完的專業書一本本揀起來從頭再挨著看，幾座教學大樓不管是文科的還是理科的，每一間教室全都是人滿為患；晚上熄了燈後宿舍樓走廊上也全是些螢火蟲般的蠟燭光……這絕對可以被稱作為一道高校獨有的考試風景線。

考試前幾天，睡覺前半小時自由論壇的內容自然而然地被改成了與考試有關的話題，這其中議論最多的則是監考嚴不嚴，任課老師抓不抓，哪個老師可能要抓，哪一科可能有人要「掛」，不知是哪一屆哪一位學漢語的學生也不知是在哪一次考試後把那些考試不及格者稱之為「掛」，後來這個「掛」字就成了不及格的代名詞。當然這首先應感謝中華民族的母語——漢語自身所獨具之藝術魅力，也得感謝那位學生現代漢語學得好，才造出了這樣一個極具表意功能的詞素。

每天晚上的議論中說得最多、大家聽得最害怕的則是由一屆屆學生接力傳下來的「四大名捕」之說。

「咱們系的四大名捕依次是講《現代漢語》課的鄭重文，教《寫作》課的方國林，講《外國文學史》課的耿彪、教《古代文學》的萬半天。」符號被宿舍的人一致推舉為探子，他準確地把所探來的情況告給了宿舍裡的每一個人……

「這四大名捕一個比一個厲害，只要遇上考他們的課，那才真叫篩子底下的麻雀兒——沒跑。」符號最後用一句歇後語來作結束。

「我聽說教《現代漢語》的鄭重文特能抓，有一年他教的學生一共有三十人，他一下子抓了二十六個不及格的，有兩個班幹部入黨志願書都填了，就等著宣誓了，可是也被他給抓了個不及格，結果整得硬是沒入了黨。」仝工補充道。仝工也算得上是一個傳聲筒，消息來得挺快。

「他是挺可怕的，但是要和《古代文學》課的萬半天比起來還只能算是小巫見大巫。」符號連忙補充道：「萬半天就連選修課都要抓，抓到最後學生沒有一個敢選他的課了。」

「媽媽呀，這可愁死我了，這頭一學期就攤上了兩大名捕的課呀……」王猛嚇得叫了起來。

「我這還沒給你們彙報完，不但系裡有四大名捕，學校還有四大名捕，校級四大名捕比系裡那四位更是厲害。」符號緩緩勁兒繼續彙報著。

「這名捕還分級別？聽你這一說，我怎覺得就像圍棋賽中的段位一樣了，這是不是也有九段、八段的……」弋輝也聽糊塗了。

「這比那厲害，這比那要厲害……」符號連連搖頭，「我給你們說個事吧。有一年，有一個學生考完試後拿著飯盆到食堂打飯去，剛走到河東食堂的宣傳欄前就發現上面有張光榮榜，是剛剛貼上去的，漿糊還沒乾，他的名字赫然立在上面，內容是因上午的某科考試中他有作弊行為而被學校給予記大過處分，並且還寫著他的具體作弊事實。這人當下就愣了，自己是事先抄下了幾個定義，可都抄到了胳膊上了呀，外面還有兩層衣服擋著，也沒見有人到他面前來過，更沒人挽起他的袖子看過，怎就知道他作弊了呢？後來過了好久，這人才知道這是因為當天正好碰上了校級四大名捕之一去巡考而被發現的，但這位名捕是用了什麼方法測出了他胳膊上的字則不得而知……」

「那這校級四大名捕叫啥名字？」王猛竟被嚇得全身都在抖，哆嗦著嘴問。

「具體叫啥名字還不清楚，但這四人中有兩人是教務處的，另兩人是學生處的，要是攤上這四個人來巡考，那可慘了……」符號洩氣至極地說著。

「別的還好說，關鍵是給處分，這就受不了，一背上處分的話，那這一輩子都怕是完毬[5]了。」仝工補充道。

眾人一時間都被嚇壞了，個個唉聲歎氣，一晚上八個人都沒睡好。

第二天，弋輝到其他幾個宿舍串了一下，發現大家都在議論著同一內容，就是系級和校級四大名捕，和他們宿舍昨晚上說得沒有太大出入，只是有的地方知道得似乎更細一些，那些平時同樣不大用功的學生個個唉聲歎氣，愁眉苦臉……弋輝心裡就也有些空空蕩蕩起來……

但是不論每個人如何害怕，都得要參加期末考試，這一關是沒一個人能免得了的。

---

[5] 完毬：意指「完蛋」，也就是這件事不行了的意思。這是一種具有調侃意圖的現代漢語用法，大陸民眾常用。

頭一科就考《現代漢語》。對仝工來說這可慘了，剛入校時聽大二老鄉講，上大學就跟玩似的，只要不打算考研的話，平時根本用不著學習，只是到了期末時用上幾天時間把這學期要考的課看上幾遍教材就肯定能及格。這人還給仝工現身說法；他已經讀了一年了，這一年中有十個月時間是在省城一家經貿公司搞推銷，掙了七百多塊錢，就這樣子所考過的每一科照樣都過了……

聽了這個老鄉的話，仝工也就不想學了，還沒等入學他就已經打定了主意畢業後不再考研了，不打算繼續念書了：像我這家境還考什麼研，家裡窮得多少年了一直是吃了上頓沒下頓的，還考研……哼！要是能像文革前那般好找工作的話，我連大學也不上，早出去工作了……

仝工就打定了主意學老鄉的樣子，邊出去打工掙錢，邊把這四年混下來，沒幾天他就跟隨著老鄉也出去搞推銷去了。但是讓他萬萬想不到的是這學校裡頭竟然有四大名捕之說，早知有這名堂的話，那他怎說也得早點兒投入精力去對付這次的期末考試……可是現在別的不說，這次就有兩門課正好撞在了系四大名捕手裡呀……

仝工那天晚上聽了符號的介紹，嚇得一晚上沒睡，從第二天起，他就再沒看別的書，只是一遍遍地翻著《現代漢語》和《寫作》教材，心裡同時暗暗地念叨著，老天保佑，可千萬別「掛」了，老天保佑……

頭一門考試課就是《現代漢語》，因為害怕被校級四大名捕捕住，宿舍裡的人都沒敢做小動作，再加上試題沒有所想得那麼難，全是些平時講過的內容，大多數人都答得較輕鬆，兩小時考試時間弋輝一小時就答完了，檢查了一遍後他就提前交卷出去複習別的課去了。

只有仝工頭一科沒考好，雖說這幾天每天晚上都在看現代漢語教材，考試出的試題全是平時講過的內容，但仝工這學期只聽過一次現代漢語課，複習這幾天他又沒向別人借來筆記看，所以只有他覺得出的題太難了，他感覺自己肯定要被掛了，考完回到宿舍後急得差一點兒哭出來。

還是符號給他出了個主意，符號先問他：「不管會不會答你都照我說的在紙上全寫滿了吧？」

仝工胡亂點著頭，說，「嗯，寫滿了。」

「卷上沒有留白吧。」

「沒有，這又不是考美術專業課。」

「那就好辦，如果你答不上來留了白的話，那可真要被掛。」

「沒留白是沒留白，可我那全是瞎謅胡編的，答得是驢頭對不上馬嘴呀……」仝工著急地說。

「只要你沒留白，那就有辦法。」符號神情怪怪地說。

「有什麼辦法？」仝工急忙問。

「辦法其實很簡單，就兩字……」符號故意停了一下。

「啥辦法？你快說呀！」仝工著急地叫著。

「送禮！」

「送禮？」仝工一愣。

「對，送禮。」符號拿了下派頭，換成一副嚴肅樣子，說：「我聽我的老鄉說，不管是名捕也好，不是名捕也罷，如果你覺得沒考好的話，那一考完你就趕緊買些東西送到任課老師家裡，保證你能過去。」

「這法子行嗎？大學老師能收禮……」仝工猶豫地問。

「為什麼不收？」符號一副冷笑樣，「你還當成是毛澤東時代呀，現在已經是二十世紀八十年代了，大學老師怎了？大學老師也是人，是不是？大學老師也得吃飯拉屎，也得性交做受，也得養家糊口，大學老師同樣得適應現在這個正在發展變化的社會，大學老師要是還像五十年代那樣廉潔奉公的話，有一天也在這個社會上混不下去……你沒聽說過這個順口溜吧？」符號吧咋下眼連唱帶說道：「五十年代的大學老師，兩袖清風；六十年代的大學老師，敢打敢衝；七十年代的大學老師，家裡真窮；八十年代的大學老師，既有存款又有女生……我說你呀，早該換換腦子了。」

「這段子不錯，我說老符呀，這可是你這學期發揮最佳的一次，能打滿分。」王猛聽得高興了起來，稱讚著。王猛現代漢語考得不錯，心情正好著了。

「那……那……那你說我該找個什麼藉口送禮呀？」仝工著急地問。

「藉口？現在送禮還要藉口？你真傻了？真成了系主任在順口溜裡說的『大一傻乎乎了……』告訴你吧，等你找好了藉口時，你早被掛在牆上了。」符號像看動物園裡的大猩猩似地看著仍在發愣的仝工，冷笑一聲，說：「千條理，萬條理，不送沒道理；這道理，那道理，送是硬道理。什麼藉口也不用找，你只要把東西往他家裡一放，把你的名字和學號告訴他，立刻掉頭走人，你這一科就算過了。」

「這……能成嗎？」仝工還是半信不信地問。

「信不信由你，主意你自己拿。」符號說完又意味深長地看了仝工一眼，打飯去了。

「弋輝，你說老師會收禮嗎？」仝工問，他還是拿不定主意，這間宿舍只有弋輝和他是老鄉，他想再討一下主意。

「會收的，古人還說官家都不打送禮的。再說了咱這又不叫送禮，咱是去向老師請教一下學習上的問題。符號說得對，現在這社會不送禮可真不行。」弋輝也覺得現在這社會可能就這樣子了。

這形勢明擺著是非得送禮了，但對於農村長大的仝工來說幹這事畢竟是第一次，心裡慌得不行，他取出前段時間搞推銷掙的三百多塊錢，按照符號的指點，買了一瓶茅台，叫上弋輝壯膽和他一同去了現代漢語課任課教師、也就是四大名捕之首鄭重文老師家裡。

讓兩人想不到的是有幾個和他們同屆但不同班的同學已比他們先來了一步，和鄭老師聊了有一陣子了。

兩人沒想到會有這般遭遇，仝工臉紅赤赤地四下裡瞅了一會兒，把東西放進了廚房，賊似地往出口溜……

鄭老師人挺熱情，一點兒也覺不出像個名捕，相比之下倒是更像個學者。見仝工和弋輝要走，和他愛人連忙送了出來，他愛人可能正在做飯，手上還沾著濕呼呼的麵粉就和兩人親熱地握手。沒等仝工自我介紹，鄭老師就先問仝工和弋輝的名字，他這次教的學生有三個班，一共有一百多人，就連每次都去聽課的弋輝他也是只覺得臉熟，名字一點兒也記不起來，更不用說從來不去聽課的仝工了。

仝工事先早作了準備，一聽問他名字，馬上把事先已寫好名字、班級和學號的紙條遞了過去，兩人就和鄭老師告辭了。

「這事原來挺簡單的，可是卻差一點兒嚇出我一身病。」仝工喃喃道。

弋輝瞅了他一眼，沒說話。

「仝工，送了？」返回的半道正好碰上了趙建國，問他。

「送了，沒想到挺容易就收下了。」仝工興奮得就像是他收了別人的禮。

「仝工，我勸你以後搞推銷適可而止一點兒，還是把精力放在學習上，你的家庭情況是不好，可這更不能不學呀，四年以後有你幹推銷的時間。」趙建國一臉嚴肅地說。弋輝還從未見過他這副神情。不過他覺得趙建國說得對，「是呀，畢竟是來念書來了，不是應聘到企業打工去了，得分清個主次才行。」

全工低頭不語，好大一陣子後才喃喃道：「你說得對。」

想不到第二天考《思想品德修養》課時，符號自己攤上了事。符號最不愛上的課就是《思想品德修養》，一學期他連一次都沒去聽課，但是他有高招，還沒等到考試，他就提前去老師家裡打點了一下，老師就給他當場劃了複習範圍。回來後一看這複習範圍實際上只是二十幾道題，他就把這些題用極小的字抄在了好幾張紙上，最後縮成火柴盒大小的二十多張，又把這些紙弄成一個像是手風琴樣子的玩意兒。考試時正好是任課老師監考，管得不嚴，他就從袖筒裡不時拿出來一下下地拉著手風琴往上抄答案。但是，沒想到的是當他眼看著就要抄完時，任課老師被人叫了出去說話，也該著他倒楣，正好這時一個校級四大名捕巡視到了這個考場，到底是名不虛傳，也不愧是名捕水準，隔著窗戶就把符號的運動方式看了個一清二楚，符號就被逮了個現行。

符號畢竟是從小被家庭薰陶過來的，據說他父親過去是個賣水果的小販，遇上他母親後在他母親的調教下開始了與官人真正意義上的接觸，後來竟然能從一個販子成長為一名人民公僕，當了一個鄉鎮鎮長，雖說這期間曾有好幾任他的上級犯了事在主動交代時說出了他父親，但是他父親憑著他母親的幫助和自己的努力，最終一一化險為夷，官升至副縣長。符號自然也學會了遇事處亂不驚的作風，出了考場他立刻找到了任課老師，告訴了情況，在任課老師的幫助下，最後還是化險為夷了，只是被系裡給了一個通報批評。

考試前儘管眾人議論得邪乎，也擔心害怕了好些天，可是沒想到實際情形並沒有那般嚴重。一個多星期的期末考試結束後，全班三十八人中只有三個人被掛了一科，其他人則順利過關。而這三人沒有一個是弋輝他們宿舍的，正應了《平原游擊隊》中那句話：「平安無事」。

5

考試完了就放寒假，最後一科考試前一天下午，弋輝在食堂買飯時碰上了張瑞珍。這段時間複習考試太忙，弋輝已有半個月沒見她了，趕緊叫了她一聲。

張瑞珍一見是弋輝，就從隊伍裡退了出來，問：「寒假回不回了？」

「不回了，我二姐在娛樂城給我找了個臨時工作，我想掙點兒下學期的生活費。」弋輝姐姐上星期來看他時說，春節期間娛樂城不放假，堅持上班的人老闆答應給發加班費，她就想留下來多掙點錢，可是一個人過春節畢竟有些孤單，就給弋輝在娛樂城也找了個臨時工作，順便陪伴她過年。

「你回去嗎？」弋輝問張瑞珍。

「我也不想回去了，在農村過年一點兒意思也沒有。」弋輝知道張瑞珍家裡更窮，家裡連台收音機都沒有，兩人好上後，有一回張瑞珍說她小時候每年過春節都和家裡其他孩子到和她們家算是親戚的村支書家裡看黑白電視。上高中那三年因為長大了，也就不好意思再去村支書家看電視了，那幾年的春節過得就一點兒意思也沒有，可能這才是她不想回家過年的原因。

「咱兩到『天之嬌』吃飯吧！」張瑞珍忽然說。「天之嬌」是學校後勤產業處處長老婆開的一家飯店，就在學校北門外，不但飯菜可口，價錢也便宜，去那裡吃飯的學生很多。

「這……」弋輝本來想晚上再看一遍書，但他剛一猶豫，馬上想起了那天晚上的那件事，因為自己的無能而讓張瑞珍一點兒也不開心……這是個道歉機會，弋輝馬上答應了下來。

兩人進去時，「天之嬌」裡面樓下樓上全是人滿為患，可能是都想在這裡整上一次這學期的最後一頓晚餐，來吃飯的同學亂哄哄的說笑聲讓弋輝心煩起來。張瑞珍掃興地皺下眉正要叫上弋輝換個地方，恰好有個她們班在這裡打工的女同學看見了張瑞珍，就迎了過來把兩人領到了樓上一個包廂裡。

包廂坐了兩個男女學生，兩人吃和說都正在興頭上，就連弋輝和張瑞珍進來都像是沒看見。這樣最好，弋輝頓時覺得現在的年輕人是最懂得互不干涉這一道理的一代人，兩人放心地坐了下來。

「考得怎樣？」弋輝問，因為張瑞珍下學期要轉到他們系來，弋輝怕她從心裡不把這次的考試當成回事。

「還算湊合，老師說成績要帶到你們系，能頂選修課學分，但你們學院的專業課卻一門也不能頂，也就是說，這學期拉下的專業課都必須補上。」張瑞珍有些發愁的樣子。

「其實你用不著轉系的……我覺得學外語就挺好的……」雖說張瑞珍最反感弋輝說這話，只要弋輝一提這事她就要發火；但弋輝心裡一直想不通文學能比外語好在什麼地方……他還是實在憋不住了時就不由要說了出來。

「我喜歡當作家，我想學魯迅，我這輩子就愛文學。」張瑞珍這一次沒發火，只是用一副嚴肅口氣答話。接著她瞅了對面男女一眼，轉了話題問：「放假不回家你住哪兒？學校有規定，寒假期間不准學生留宿，各宿舍樓都要關閉；有不想回去的學生只是因為沒地方可住只得打消不回家的念頭。」

「我二姐給我在娛樂城找了個住的地方，我住在那兒。」

「我也想到娛樂城打工，和你姐姐說說吧。」張瑞珍看住弋輝說。

弋輝立刻盯住了她，他從張瑞珍的眼光中讀懂了些什麼，心裡一哆嗦，馬上問，「可是你去了做什麼工作呀？」

「你做什麼工作？」張瑞珍反問。

「我……說是春節期間客人多，讓我做保安工作，這工作挺掉價的。」弋輝像是偷了東西的賊似的，臉紅赤赤地說。

「那我可以做招待，這年頭只要是靠自己的勞動掙錢，沒什麼掉價不掉價。」張瑞珍發狠地說。

「那……那行，明天就和我二姐說說，讓她給你想辦法找個工作。」

「還得讓我住在娛樂城，明白嗎，學校是不讓住的。」張瑞珍看住他囑咐道。

弋輝當下激動起來，他明白了這裡面的沉層次意思，這次過年兩人可真要有事了，這次我可不能再比那狗熊都不如了……身子隨即抖了好幾下……

「行，這好說。」弋輝馬上應了下來。

「來，喝酒。」張瑞珍竟然先端起杯提議。

「啊……喝酒！」弋輝激動起來……

兩人喝了沒幾杯，弋輝發現對面桌子上那兩個男女學生大概是已經吃得差不多了，開始了下一個節目，不知什麼時候那個女的竟然坐在了男的懷裡，兩手緊緊勾住男的脖子，視弋輝和張瑞珍而不見，兩人的嘴緊緊咬在一起，腮幫子鼓了老大，像是殺豬的正在大吹豬肚子，又像是其中一個溺水剛被救上來，另一個正給做人工呼吸，兩人同時還不停地一遞一下哼哧著大喘氣……

弋輝當下被驚呆了，可他看見張瑞珍一副見怪不怪、熟視無睹的樣子，就又趕緊鎮定下來……

「別看了，快吃飯。」張瑞珍不滿地催促著。

弋輝急忙幾大口吃完了飯，說：「我去結帳吧。」

「去吧。」張瑞珍低頭喝了一口湯。

弋輝心裡頓時一陣發虛，最近這段日子不敢見張瑞珍其中另有個原因，就是以前兩人一起吃飯時，每次還沒等弋輝吃完張瑞珍就已經搶先一步結了帳，他知道這是張瑞珍愛他的實際表現。但是要知道張瑞珍的家境連他也不如呀，而他一個大男人的怎能好意思老讓她結帳……這次到食堂打飯時弋輝根本就想不到會碰上張瑞珍，身上只有九塊錢，這下子怕要出洋相了……

弋輝只得站起來，盯了一眼對面桌子邊仍在大喘氣的男女，下樓結帳去了。

沒想到的是張瑞珍已結過了，啊！她什時候下樓結的……弋輝當下臉紅了，心裡卻挺熱……

出了飯店弋輝問：「你還有幾科沒考？」

「都考完了。」

「那咱兩溜一會兒吧。」

張瑞珍沒說話，但主動挽起了弋輝胳膊。

D大校園裡有一處著名景點，名叫情人角，顧名思義情人角肯定是情人約會的地方；其實這地方實際上最初只是一片小樹林，剛恢復高考後的頭幾年，那些正處於青春期的大齡男女到了晚上沒地方發洩時就不約而同地往這裡集中，後來有一個大四男生一次在這裡和他班裡一個女同學衝動起來就幹了好事，正幹上了勁兒時因為樹木有些稀，被一個學校警衛巡邏到這裡從樹縫中發現了，就把兩人給抓了個正著。因為這個男生當時是學校的紅人，再加上他正和那個女的談戀愛，學校就低調處理了這事。但是卻把這個男生給驚嚇得得了個陽萎，那個女的一見他成了這樣子就和他分手了。沒想到的是這人畢業後竟留校當了團委書記，二十多歲就成了正處級幹部，春風得意了好些日子；只是有一件事讓他一想起來就有些背氣感覺，那就是每當他在校園裡巡視時，一走到這地方就不由得要想起當年那件晦氣之事，心裡就疙疙瘩瘩的不好受；於是有一年植樹節時他發動全校學生每人在這片樹林中種一棵樹，沒過幾年這片樹林就長得快趕上那大興安嶺原始森林了，別說人走過的時候看不見裡面的動靜，就是進到樹林裡也是三步不見人，五步不見影，這舉措深得全校男女同學的喜愛。漸漸地D大這個情人角不但在校內頗有名氣，而且在整個省城也大名鼎鼎，再後來就經常有社會上的男女也慕名來這裡約會；不過這樣一來，每當到了第二天早上清潔工打掃衛生時，地上就全是些濕呼呼的衛生紙和裡面仍有半筒黏呼呼液體的安全套，清潔工便反映到了有關部門。但是這種事情真還一時半會兒的想不出個解決的辦法來，慢慢地清潔工也就不打掃那塊兒了……那裡的景象就更不雅觀了，一些常去那兒晨練的退休老教授聯名寫信反映到了校長辦公室，校長只得讓保衛處抓一下，抓住後把女的放掉，罰男的把那些遺洩物全收拾乾淨，這樣一整才算是好了一些……

話說弋輝和張瑞珍剛進了情人角，就聽見不遠處有呼哧呼哧喘氣聲，雖然樹木很密一點兒也看不清附近的情況，但弋輝明白有人已經幹上了，他頓時激動起來，但是因為有了上次在宿舍裡非常狼狽的教訓，也就不敢造次，只是試探性地向張瑞珍伸出了一隻手。

其實張瑞珍想來這裡的目的也是這些天有些憋不住了，那次在弋輝宿舍完事後，張瑞珍才真正地相信、就是到了這年頭了仍然有人是處男，這讓她驚喜不已，她為弋輝的守身如玉而高興，當然也對弋輝更增加了幾份喜歡，她心裡想要早一點兒教會這個可愛的傻瓜，當然她有個更深的想法，就是這個處男身子一定要屬於她，不能讓別人占了先機……

「咱們找個乾淨點兒地方。」張瑞珍是個深度近視，她抓緊弋輝的手說。

「好吧。」弋輝拉著她摸索著四下裡胡亂尋找著。

但不巧的是由於天太黑，再加上樹木又太密，弋輝根本就看不見裡面的情形，好幾次都差一點兒撞在樹上。

樹林深處早已枯黃的草地上已蓋上了一層厚厚落葉，這倒省下往屁股下面墊報紙了，張瑞珍靠著一棵樹坐了下來，不由想起了那段心酸的高中生活……

上高中沒多久，班主任就看上了這個來自農村的樸實女孩子。張瑞珍上初中時讀的是一所鄉中學，師資力量太差，所以她的外語也是這所重點高中同年級中較差的一個，張瑞珍是個要強女孩子，為了能儘早趕上其他同學，就在每天晚上利用上自習時間請班主任、也是那所中學外語特級教師為她惡補一番。張瑞珍的這一要求正中這個已經離異多年的中年人的下懷，開始那段日子他還只是在教室裡為她補課，後來隨著時間的推移和張瑞珍的努力，她的外語成績慢慢趕了上來，戒備心裡同時也一點點地消失，班主任就把補課地點改在了他家裡。終於在一天晚上，班主任在端給張瑞珍喝的茶裡放進去了幾片預先碾碎的安定片，麻翻了張瑞珍，然後強暴了她……

第二天早上醒過來後，當張瑞珍明白了這一切時，除了一場放聲痛哭外，她清楚憑著自己一個貧窮的農民家庭是不可能讓這個惡魔得到應有懲罰的。為了自己的名聲，也為了能圓大學夢，只得打掉牙往肚裡嚥。在班主任用小說裡常用的情節跪在地上發了好幾次非她不娶的誓言後，張瑞珍原諒了班主任……

頭一次經歷那事後，帶給張瑞珍的感覺只有下身的疼痛，可是當班主任再和她有第二回時，不但沒有了疼痛感，反而就像是口渴了三天的人終於喝了滿滿一缸子涼開水一樣；讓人想不到的是，這個五十多歲的男人不僅性慾望很為強烈，同時亦有著很高超的性技巧，張瑞珍很快便被她的班主任征服了……

就這樣，她和班主任來往了兩年多時間，直到高中畢業考上大學。

就在上大學臨走前，班主任把她約到家裡問她有無改想法，大學畢業後是不是還要和他結婚，要是沒改想法的話，他就等張瑞珍四年，張瑞珍要是改了想法不打算和他結婚的話，他就另想辦法。總之，一切聽張瑞珍安排。

張瑞珍就說她改主意了，畢業後不打算和他結婚了，因為班主任的年齡有些過大，雖然張瑞珍對此無所謂，但是家裡肯定不會同意，因為她們那裡不但窮，而且很閉塞，班主任比她父親還要大十歲，這種事家裡肯定接受不了。班主任就說，那就算了，我衷心希望你能找到一個既英俊又有才華的小夥子，到時我重重送一筆禮。張瑞珍就說，既然你有這份心意，那你乾脆現在送了吧，我提前存入銀行還能吃幾年利息。班主任一聽這話當下取出一萬塊錢遞給了張瑞珍。這倒把張瑞珍弄了個措手不及，她雖然知道班主任有錢，其實不只班主任、這所高中的老師都有錢，哪一個人一年下來光是補習費就能掙個七八千的，高中三年她也真沒少花班主任的錢；但她沒想到班主任早就為她做了準備，早就算出來她要改主意，這讓她有些不知所措；短暫的猶豫後張瑞珍還是接過了一萬塊錢……

不管任何時候，只要想起這段傷心的往事，張瑞珍的眼淚就會落下來，她擦掉淚水，軟軟地靠在了弋輝肩上……

放寒假當天，弋輝和張瑞珍一起到大富豪娛樂城打工去了。

弋輝被分在保安部做保安，張瑞珍的工作安排則有點難度，因為弋輝二姐只是娛樂城的一般員工，根本沒有一點兒用人權力，再說像大富豪娛樂城這種高檔場所經常有高校大學生來打工，所以他們要人是很嚴格的。弋輝二姐知道張瑞珍是她弟弟的女朋友後，就託了酒吧部經理和總經理說了好幾次，再加上春節期間確實需要臨時加人，總經理才答應把張瑞珍收了下來並且也分在了酒吧部，正好和弋輝二姐在同一個部，當招待員，工資是一個月一百一十塊錢。「錢多錢少無所謂，權當是體驗生活吧！」張瑞珍滿心歡喜地說。

「這話有道理，權當是體驗生活，將來真要當了作家後，寫小說就不用現找素材了。」弋輝應和著，他見張瑞珍一點兒也沒嫌這營生掉價，心裡便踏實了下來。弋輝以前的夢想是當律師，認識了張瑞珍後夢想又改成了當作家，但是當他頭一次聽張瑞珍說她也想當作家時，心裡竟然有了股說不清的嫉妒⋯⋯

「我記得你想當作家的話好像已經說了有七遍了，但是你千萬不能效仿當今那些趕時髦的年輕作家也用身體寫作，到最後作家沒當成卻寫來一身性病可就成了D大的熱點看題了⋯⋯」張瑞珍見弋輝扯到了當作家這一話題上，立馬諷刺他。

「用身體寫作那是女作家的專利，我就是想用身體寫作也沒人要我寫呀⋯⋯」弋輝一副悲哀樣。

「怎麼沒人要，那些有錢的大富婆喜歡的還就是像你這樣的小夥子，她們再要是知道你是個後補作家的話，那選你的人至少要排半里地，光電話預約就得排到明年年底⋯⋯」

「真要有那一天，我也只選你這個富婆。」弋輝盯住張瑞珍認真地說。

「去，誰要你，滿身騷氣味⋯⋯」

兩人打了一會兒哈哈，各自上班去了。

春節，多少年來都是中國人最為看重的節日，這句話每年過年時中央電視臺的節目主持人都要當做開場白說上幾遍。但是自打解放後，中國人的過年方式卻經歷了幾次不同的變化。文革前的那十七年間，每年到了過年時，上級都提倡要求老百姓過一個革命化的春節。十年文革時期，每年到了過年時，上級又提倡要求老百姓過一個反修防修的春節。粉碎四人幫後的頭幾年，上級要求人們過的是防止精神污染的春節，後來又改為要求人們過一個講求精神文明建設的春節……不管提法上有啥變化，但細細一瞅，實質上基本都一樣，就是過年時全家人待在家裡，沒有電視的那些年一般情況下就是一家人說上一會兒話，早早就睡覺了。第二天起來鄰里相互拜拜年，這個年就算是過去了。但是不知從什麼時候起，人們過年的方法開始有了變化，那就是當有了電視後，人們就改成看電視過年了；後來又有了春節聯歡晚會，人們就又多了一份精神享受；再到後來有些人有錢了就又覺得看電視、看春節聯歡晚會也有些乏味了，就尋覓著想到更能發洩精神能量的地方去過春節。於是，不知從哪一年春節開始，原本是放假關門的娛樂場所一到春節時反而變得更加熱鬧了起來。

改革開放後的這些年裡，D省有錢的人慢慢地都集中到了省城D市，不知是這座城市人氣旺，還是這裡相對來講好發財一些，總之是有錢的人就像蜜蜂採蜜似地都搬到省城來住了；而人一但要是有了錢的話，心裡面一般要比那些窮人憋屈得厲害，也就更想趁過年這幾天找個地方發洩一下，那些大大小小的娛樂場所自然成了他們的首選之地。

大富豪娛樂城由於是中外合資經營，規模在省城所有娛樂場所中數一數二，因而過年時來這裡進行感情消費的富人也就日見增多，大富豪娛樂城過年這段時間的生意就要比平時好了許多。

弋輝和張瑞珍剛來那幾天因為還在年根底下，人們還都在為過年而忙碌著，因此生意不是特別紅火，兩人一天下來也就沒覺出有多累，晚上雖然收工很晚，有沒有人差不多都要到半夜時分才關門；但是白天一般都是在上午十一點以後才營業，因此睡眠上倒是沒虧多少。

弋輝晚上就睡在娛樂城頂值班，另算半個工；張瑞珍則在弋輝她二姐宿舍和弋輝二姐擠著睡，「反正也就一個多月，冬天天又冷，兩人擠一塊兒還能相互取取暖。」弋輝二姐說。張瑞珍也是農村出來的人，能吃苦，也沒覺出有什麼不好，剛開始她心裡想，這樣擠著睡有些讓弋輝二姐受屈了，但是聽弋輝二姐這麼一說，也就不再想什麼了……

弋輝的具體工作叫保安巡視員，保安部把他和另外十四個保安分成五個小組，娛樂城開門後就不停地在各處來回走動，來回巡視，萬一有哪一位客人遇上了什麼麻煩、或者有什麼事情就能及時處理。

這工作說累可真不算累，既不用搬麻袋又不用扛大包，只是走走路而已，但是說苦也還是夠苦的，弋輝老在想，如果不巧遇上了醉鬼的話，被糾纏住可真還有些麻煩，還有就是要是來了幾個尋畔[6]鬧事的流氓，事情就更不好處理了。

弋輝二姐告訴他，這方面倒是用不著擔心，因為這家娛樂城是一個香港商人和一位省領導的兒子合夥開的，屬於公安局重點保護場所，一般情況下沒人敢在這裡打架鬧事，他們來回走動著只是為娛樂城助助威而已。

張瑞珍幹招待員工作可就沒那麼輕鬆了，她要不停腳地一個個包廂來回走動著為客人添酒上飲料，並且還要時不時地尋找機會設法推銷吧台裡各種牌子的洋酒。娛樂城規定，每推銷出一杯洋酒可提成五到十塊錢，但是如果一晚上下來要是連一杯酒也沒推銷出去的話，則要被扣除五塊錢工資；所以酒吧部的女招待人人都想盡法子推銷洋酒掙提成，因而這裡的工作就很累。

到了年三十晚上，娛樂城的生意頓時從前幾天的冷清一下子變成了火爆，桑拿、按摩、歌廳、舞

[6] 尋畔：「故意找碴」或者是「故意找事」的意思。

廳、酒吧、餐廳……間間都是人滿為患，門外停車場停滿了各種牌號高檔轎車，整個娛樂城的服務員立刻全部忙碌了起來。

八點整，中央電視臺春節聯歡晚會節目剛開始，酒吧的客人就滿了，招待員來回穿梭著往各包廂送酒、送菜、送飲料……人人都忙碌個不停……

弋輝抽空就往張瑞珍這邊來一趟，倒不是不放心，就是想看看她在幹啥，畢竟兩人關係已不一般了，心裡時不時地想著的人就是她呀……一會兒不見張瑞珍，弋輝就覺得心裡慌得不行。

「怎麼樣？」弋輝叫住正往包廂裡送飲料的張瑞珍問。

「還行。」

「累不累？」

「不累，已經幹了十幾天了，早習慣了。」

「今天晚上人多，悠著點兒，別累著了。」

「謝謝你，我沒事的。」張瑞珍感激地點下頭，說：「我進去了。」說完剛走了一步又說：「下班後來接我。」

弋輝稍一愣，立刻明白過來接她是什麼意思，這是兩人自打有了那事後的暗號，張瑞珍如果想要弋輝了，找到他時如果有別人在旁邊就說這話，弋輝就明白了，晚上弋輝就按著時間接上張瑞珍然後浪漫一番。只是有一次天太冷加上兩人比平時多弄了好幾分鐘，結果第二天兩人一起感冒了，這才停了下來……

「好的，下班後我來找你。」弋輝激動地答應著。

張瑞珍轉身走了。

張瑞珍負責的十八號包廂裡坐著兩男三女五個客人，兩個男的都是四十歲樣子，穿著打扮顯得很有派，三個女的看上去也就二十多歲，三人長得都非常漂亮，只是有一點讓張瑞珍看不明白，這男女數量上有些不搭配呀……

張瑞珍正在愣神時，只聽一個客人對她說：「小姐，我的一個朋友馬上就到，麻煩你到大廳裡迎一下，他穿一身黑色西裝，繫一條紅色領帶，戴一副窄邊眼鏡，中等個，四十歲樣子，見到後把他領到包廂來。」

剛來那幾天客人叫她小姐時張瑞珍真聽不慣，雖說她是農村長大的，可是再怎麼落後她也知道小姐是個貶義詞，她現在再怎麼不濟也不是那個層面上的人呀，怎能叫她小姐……但是聽了幾次後她就聽習慣了，在這裡工作還想讓客人叫你什麼，叫你女士、叫你大學生……再說小姐也是人呀，叫你經理你也不過是個人吧，你還能成了神，關鍵是看別人把不把你當人看……張瑞珍後來也就慢慢習慣了這個稱呼。

張瑞珍答應了一聲就出去了，剛到大廳，果然看到一位如那個客人所說模樣的男人走了進來，正在向一個值班保安詢問，張瑞珍忙迎了上去問：「先生，你是不是要去酒吧部十八號包廂？」

「啊！是的，你是……」那人有些發愣。

「我是負責十八號包廂服務員，包廂裡的客人讓我在這兒等您。」張瑞珍趕緊解釋著。

「好，謝謝你。」那人很有禮貌地衝她點下頭，跟在張瑞珍身後進了十八號包廂。

今晚張瑞珍明顯感覺到十八號包廂幾位客人身份很不一般，行話講就是很有派，或者說很有來頭；但今天畢竟是過年，不是平時，因此幾人還是比較放得開，一個多小時後，幾個男的就都有了一些醉意，不但說話不再之乎者也了，而且一個個已經香玉在懷了……

這場面張瑞珍已經見過多次了，所以她也不覺得有啥難堪，反而覺得這是一個推銷洋酒的好機會，反正這些大款兒的錢也沒有多少是靠辛苦得來的……張瑞珍就介紹了幾種價格很貴的名酒牌子。

正是剛才讓張瑞珍出去迎客人的那個人說：「行，就聽你的，今晚咱們一定要讓李書記好好放鬆一下。」

張瑞珍領進來的那個客人可能就是李書記了，他臉色雖然喝得紅了起來，但神志還好，右手此時正在最為漂亮的那個小姐懷裡摸索著，一聽這話，忙停下手說：「不要太奢侈了，不要太浪費了……」

「沒事，今天晚上聽我一把。」那人吩咐張瑞珍道：「你看著上，什麼酒牌子新鮮就上什麼酒……」

張瑞珍還未等答應，那個被稱為李書記的就說：「今晚上又是錢市長買單吧，你可真能吃大戶呀……」

一直沒說話的那人原來竟是市長，張瑞珍一愣，但不知是哪個市的市長，可不會是省城的市長吧？

「今天可不是我買單，你沒來的時候我和陶部長就已經說好了，今晚上他買單，按說咱們也早該吃他一次大戶了。」

啊！原來讓她出去迎接客人的人不是老闆，是個部長，但不知是個什麼部長……張瑞珍更有些吃驚了。

「李書記，這裡面數你官大，可是你卻讓你的下屬買單，你也真好意思呀。你沒聽人說過嗎，組織部最窮，商業部最富，宣傳部不窮也不富……待在組織部除了國家那點兒財政撥款外可就再連一點經費也沒了……」被稱為陶部長的人摟在懷裡的小姐幫著陶部長說了一句。

啊！這人竟是組織部長，張瑞珍更是吃驚不小，她曾聽同宿舍的一個父親是省委幹部的同學說過，省委大院最要害的部門就是組織部，組織部掌握著所有幹部的生殺大權，這樣一個要害部門怎麼會窮呢……

「小雪呀，剛剛升了科長就開始替你們部長說話了，哪天你要是升了處長的話，還不得和陶部長穿一條褲子……」李書記開始說帶色的話了。

噢，搞了半天，這幾個女的也不是社會上的應召小姐，竟然也是黨政機關幹部……張瑞珍更是驚得回不過來神了……

科長、部長……她似乎有些弄懂了，這一級級地換算下來，眼前的這個部長的官可絕對小不了。那這樣一來，那個李書記和錢市長的官也肯定小不了。張瑞珍還從未見過這樣大的官，她一時竟有些發抖起來……

這時，李書記注意到張瑞珍還在等著回話，就吩咐道：「小姐，你去吧台看看，先搞一瓶牌子比較新的威士卡來，要新牌子的，去吧。」

張瑞珍被這幾個大官給嚇得不輕，直到去了吧台還有些緩不過勁兒來，弋輝二姐看她情緒不對，忙問：「怎了？」

「噢，沒事，十八號包廂的客人想要最新牌子洋酒。」張瑞珍硬是穩住情緒說。

「最新牌子洋酒？」弋輝二姐低頭從酒架櫃上挨個兒尋找著。

「二姐，你知道十八號包廂裡的客人是幹什麼的嗎？」張瑞珍強按住還在亂跳個不停的心問。

「不知道，是大款吧。」

「不……不是……大款，是大官。」張瑞珍有些結巴著說。

「誰是大官？」還不等弋輝二姐答話，弋輝晃了過來，接喳問道。

「唉呀，弋輝，今天晚上十八號包廂來了幾個挺大的官……」張瑞珍左右瞅了瞅，把弋輝往邊上拽拽，把她聽到的情況告訴了弋輝。

弋輝一愣，忙問：「是不是D市領導？」弋輝說的D市就是省城。

「不知道。我沒敢問。」

「對，你千萬不要問他們的身份，這種人來這裡消費最害怕的就是被人知道他們的身份。所以你一定要注意這一點，什麼也不要問，只聽不問，知道嗎。」弋輝緊張地囑咐著。

「好的。」張瑞珍也緊張地點著頭。

「對了，等會兒你注意聽一下他們談話，設法從側面搞清他們到底是哪裡的大官，說不定哪一天有啥事了還能去找他們。」

「我只是一個招待，或者說只是一個小姐，人家是大官，明天早上一走，下午就把你忘了，還想去找他辦事，做你的夢去吧。」張瑞珍覺得弋輝太有些世俗了，便沒好氣地頂了他幾句。

「我不是那意思，我是說正好碰上了這麼個喳口，能認識了更好，不能認識就拉倒，咱們也不是非死皮賴臉地要去攀這門親。」弋輝連忙解釋道。

「行了，不要再說了，煩不煩呀！」張瑞珍嗆了他一句，走了。

弋輝四處轉了一陣子後，心裡還是惦記著這事，就有意識地往三樓酒吧大廳走了幾次，但是沒看見張瑞珍，又不敢冒失進十八號包廂，只得在外面站一會兒就又走開了。有一次當他又轉過來時正好碰上了他二姐，就問他是不是找張瑞珍，弋輝連忙遮掩著說：「不是，只是例行巡邏……」

一直到了年夜十二點，人們都跑到外面放鞭炮時，弋輝才看見張瑞珍從十八號包廂出來，就裝作不經意地迎了過去。

張瑞珍瞅了眼四下裡走動的人，把弋輝往邊上拽拽，壓低聲說：「唉呀，還真讓你給說準了，包廂裡姓李那人是A市市委副書記，姓錢那人是省城D市副市長，另一個姓陶的則是D市市委委組織部長，而那三個陪著來的女的和他們是同一個單位的……」張瑞珍一臉興奮。

嗎呀！這官確實夠大的了。弋輝被嚇了一跳，他曾經聽同宿舍的王猛說過，A市和D市都是副省級編制，那要這樣的話他們不就都是省級幹部了嗎……可是他們為什麼不待在家裡過年非要來這種地方呢……弋輝著實搞不懂。

「你好好把他們招呼周到。」弋輝很快鎮定下來，吩咐道：「看樣子他們怕是要玩到天亮才會走。我呢，沒事也多往這邊跑幾次，雖說這些人的身份別人不知道，可是咱們還是儘量給他們一些安全感，讓他們玩得開心一些……」

「這事不用你吩咐。」張瑞珍從弋輝的話中似乎也感到了責任重大，點頭答應著走了。

張瑞珍再次往包廂裡送進山珍果茶飲料時，裡面幾個人仍在興頭上，一人摟著一個女的正在唱歌，見是張瑞珍進來，幾人暫時停住了嗓子，但是手仍沒鬆開，只有錢市長騰出一隻手從張瑞珍端著的盤子裡抓住一筒飲料給他懷裡的女孩子遞了過去，可是那女的撒著嬌不接，讓錢市長給她啟開，錢市長只得騰出另隻手給弄開，那女的仍不接，又讓錢市長餵她喝，錢市長便把她平放在懷裡，擺好姿勢，把飲料口對準她的嘴，一口口地餵，剛餵了兩口，那女的就說：「沒情調，換種餵法。」錢市長先是一愣，隨即便明白過來，就先自己喝了一口，然後嘴對著那女的嘴給往裡餵，沒餵幾口那女的就興奮地哼了起來……另外兩個女的見狀，就也讓摟著她們的男人學著餵，於是那兩個男的也每人拿過一瓶飲料，學著錢市長樣子，嘴對嘴就像人工呼吸似地給那兩個女的餵了起來，沒餵幾口，兩個女的竟然也哼哼了起來……

張瑞珍雖然看得連帶著自個兒身子也有些難受起來，但她覺得這幾個人能不避開她就幹這事，顯然已經不把她當外人了，心裡一陣感動，忙悄悄出了包廂。帶上門後站在門邊想，這幾位領導現在已經不把我當外人了，作為我來講，這時候就有義務讓他們玩得開心，讓他們在這裡過好這個春節；他們選擇來這裡過年的目的也就是圖個安靜，因此就更不能讓別人進去打擾他們。張瑞珍這樣想著，就站在門外為他們站崗了。

到了半夜兩點多時，包廂裡的幾個人玩興仍然很濃，只是他們都不喝酒了，改成了喝飲料，飲料的牌子不停地換，張瑞珍也不時地被叫進去為那幾個人去取飲料，也幸虧這家娛樂城檔次高，各種牌子飲料都有，所以那幾個人讓她去取的飲料都能取來，那幾個人心裡就很高興，後來為了方便，乾脆讓張瑞珍待在包廂裡以便隨時招呼。

「陶部長，你覺得在這兒過年還算是別有情趣吧。」李書記邊摸索著懷裡女子邊問。

「這叫別有刺激。」錢市長深深親了一口他懷裡叫小王的女孩子，抬起頭搶先說了一句。

「唉！這大過年的還真就得躲出來，這要是在家裡待著的話，這會兒光是應酬就能把你整得暈過去。」陶部長親了一口懷裡女孩子脖梗子，抬起頭說。

「是呀，現在這些人也真是，連個年都不讓你過。」叫小王的女孩子往起探了下身子，幫著說話。

「陶部長這主意好，明年咱們幾個還在這裡過年，這年過得才叫開心，這可真是長這麼大過的第一個開心年呀。」李書記像是感慨萬千地說著。

「就是，就是，我也是……」幾個男女紛紛說道。

這中間弋輝又巡走過來幾次，但是都讓張瑞珍給打發走了，她怕那幾個人知道外面有人就會不再玩下去了。也是為了能讓包廂裡的幾個人更加放得開，張瑞珍還是選擇了待在外面站崗。那幾人這時也知道了她的名字，張瑞珍就對他們說：「我就在門口，有事喊我一聲就行。」

半夜三點多時，幾人可能玩得有些膩了，想換節目，就把張瑞珍喊了進去，陶部長問她：「你不是說這個包廂能隔開嗎？」

張瑞珍馬上回答：「是的，先生要隔開玩一會嗎？」

陶部長說：「對，我們想分開休息一會兒。」

張瑞珍趕快答應道：「行，馬上就能弄好。」

原來十八號包廂是大富豪娛樂城最為豪華的包廂之一，不但裡面的娛樂設施既高檔又齊備，而且這個包廂還可以隨意拆分成幾個小單間。張瑞珍按了一下牆上一個按紐，只見天花板和幾堵牆來回動了幾下，三個小包廂就被分隔好了，幾個領導看得目瞪口呆，好大一陣才緩過勁兒來，錢市長問：「小張，這是什麼設備？我怎一點兒也不知道。」

張瑞珍忙說：「我聽老闆講，這是從日本引進的最新研製成的活動房屋，一套要八、九萬美元。」

「好，好，太好了，這種房屋應該推廣。」錢市長讚許著。

「那是以後的事，現在咱們不談公事，先休息一會兒吧。」李書記說著話的同時先進了一個小包廂。

「好的，好的。」另外幾人應和著，也進了各自小間裡。

不大一會兒，陶部長竟跑了出來，紅著臉問站在走廊裡的張瑞珍：「你能不能幫我們再找一個套子。」

張瑞珍馬上明白過來這幾個人要幹什麼了。她便說：「包廂牆上有一個自動取套機，你按一下紐，就能出來一個安全套。」

「是這樣，我按了，可是裡面只出來兩個，還得要一個。」陶部長有些不好意思地解釋著。

張瑞珍一聽趕緊說：「您先回包廂，我馬上給您再取一個。」陶部長點下頭，在她頭上輕輕按了一下，回了包廂。

張瑞珍知道，娛樂城酒吧每一個包廂都裝有自動安全套機，她心想，今晚二十七號包廂是幾位女客人，沒有男的，她們肯定用不著安全套，去二十七號包廂取上一個不就得了。於是去了二十七號包廂。

這個包廂裡的幾個女客人正玩在了興致上，見張瑞珍進來也沒在意，繼續對著話筒唱歌。張瑞珍走到自動安全套機前按了一下，不料裡面不掉出安全套，她又連著按了幾下可是仍未出來一個。這時，一個臉上畫了濃妝可不知為什麼酒窩處有一個唇印的女孩子瞅了她一眼，說：「別按了，已經用完了，我正想找你再去給弄幾個呢。」

張瑞珍一驚，低頭看了一眼腳邊的廢紙簍，這一看頓時把她嚇了一跳，裡面竟有好幾個用過的安全套，她趕緊抬起頭說：「好的，我去給你們取去。」說完連忙走了出去。

出來後又去了幾個包廂，可是每一個包廂裡的安全套機都是空的，她這下子有點急了，正這時恰好弋輝過來了，張瑞珍趕緊告訴了弋輝，讓他去別的地方先找一個安全套，把陶部長他們安頓住，然後再讓酒吧經理去保管那裡領去。

弋輝聽得一樂，笑道：「今天晚上想不到竟然是這東西脫銷了，早知這樣我應當提早進些猛男油、久戰水之類的補藥，肯定能賣個好價錢。」

「什麼時候了你還有心思扯這混水！」張瑞珍罵道：「你現在趕緊想辦法給陶部長先弄上一個，這是立功機會。」

弋輝一聽忙說：「對，你說得對。不過看來在娛樂城裡是找不到了，娛樂城外面馬路轉角處我記得有一個自動安全套機，你有沒有一塊錢？」

「有。」張瑞珍趕緊摸出一塊錢，弋輝拿著一路小跑著買安全套去了。

不大功夫弋輝果然從自動安全套售套機上給買來了一個。張瑞珍送進去時見陶部長正在屬於他那間被分隔好的包廂門口站著等她，另外兩個包廂裡隱隱傳來「啪、啪」的響聲和女人的呻吟聲，張瑞珍忙把安全套遞給陶部長，並解釋道：「娛樂城裡沒有了，是在外面自動售安全套機上買來的。」

陶部長沒說話，又在她頭上輕輕按了一下，拿著安全套進去了，不大功夫，這個小包廂裡也有了呻吟聲……

已經到了凌晨四點鐘了，可是娛樂城的客人個個仍在興頭上。張瑞珍長這麼大這是頭一次熬夜，到了這時她實在睏得堅持不住了，要不是弋輝說這是百年難遇和大官套近乎的好機會，她恐怕早就睡著了，也全靠了好好為這幾個大官服務一次的信念她才堅持到了這會兒……張瑞珍使勁兒扭了一把大腿，看了眼另外幾個包廂外站著睡覺的招待員，硬是打起了精神頭兒。

正這時，她見弋輝從遠處慌慌張張地走了過來，心裡頓時一驚，但仍撐起臉問：「怎了，踩死耗子了？」

弋輝四下裡瞅瞅，壓低聲問：「那幾位領導還在不在了？」

「在，怎了？」張瑞珍不滿地回答。

「他們在幹啥？」

「幹啥？幹好事，他們正在加緊生產無產階級革命事業的接班人；你問這幹啥？」張瑞珍見弋輝一副神神道道的樣子，心裡有些火了。

「我沒時間和你開玩笑，我在說正事。」弋輝急了。

「誰和你開玩笑了，有啥事你就直說，不要抖包袱，沒事該幹啥就幹啥去，不要在這兒影響領導們的重要工作。」張瑞珍說著推了他一下。

「瑞珍，這次可真是有個急事。」弋輝見張瑞珍發火了，就緊著幾句把事情告訴了她……

原來，就在十幾分鐘前，有一個戴眼鏡小夥子和兩個壯漢急匆匆進了娛樂城。一進來就問門口值班保安，昨天晚上是不是有三個市領導領著幾個女孩子來這裡了？保安聽後覺得這話說得太離譜，市領導去哪兒過年不行，能到這種場合過年？

保安就說沒有，這裡平時都沒有領導光顧，就更不用說大過年的了。

可是那幾個人根本不信保安的話，就進了大廳挨著包廂尋找。可是這種地方這種時候每個包廂裡的人都正在幹著好事，這幾個人突然進來，包廂裡的人就不高興了，有客人找到了值班經理，但值班經理還沒等和這幾個人說幾句話，這幾個人先火了，雙方爭吵了起來，隨後動起了手；戴眼鏡小夥子拿著根木棒好像是壘球棒，砸碎了一個景德鎮陶瓷大花瓶，另外兩個可能是小夥子雇來的打手，好幾個保安都打不過……這時連弋輝他們在別的大廳值班的保安也都被緊急叫了過來，這才把那三個人給制伏住，隨後經理讓保安把那三個人帶進了保安部。

進了保安部後，小夥子情緒才稍稍穩定了一些，他對經理說他是來找妻子的，不是來鬧事的。他和妻子是前天也就是陰曆臘月二十八才結的婚，昨天兩人一起回娘家。下午他先回來做好了熬年準備，等到晚上去岳父家接新婚妻子回家時才得知妻子已經走了，可是他返回家後見妻子仍未回來，心裡乾急但不知道該去哪兒找去。正急得要命時，有個匿名電話打了過來，告訴他，他新婚妻子已經和錢副市長去了大富豪娛樂城。因為是匿名電話，他沒有相信，繼續邊看春節晚會邊等，春節晚會結束後他實在睏得不行就睡著了。當他被電話吵醒後看下錶已經是凌晨三點多了，妻子仍未回來，還是頭天晚上那個匿名電話，那位通風報信者在電話裡說，如果在大富豪娛樂城找不到他新婚妻子，這人輸給他一萬塊錢……

接了這個電話，小夥子心裡急得不得了，趕快叫了兩個過去和他一塊兒當兵的戰友來大富豪娛樂城找他妻子……結果遇上了後來的事……

「你妻子叫什麼名字？在哪兒工作……」值班經理這時也覺得這人的話可能是真的，就問。

「叫王麗，她在……在……」猶豫了一陣後小夥子只得結巴著說：「她在市政府工作……」

經理這下子吃驚不小，他稍稍想了一下後說：「這樣，你們先在這裡歇一會兒，我們也不報警了，這事真要鬧大了對你的影響會更不好。你們剛才打碎娛樂城那個花瓶價值一萬多塊錢，我也不讓你們賠償了。我先派人到各處看一下，如果真看到了你妻子，再叫你把她帶回家。你看行不行？」

那小夥子一時也沒更好的主意，再加上經理一張一弛的話，只得同意。經理趕緊吩咐幾個保安分頭去找一下。

在場的只有弋輝明白其中是怎回事，他當下就急得不得了，好不容易堅持著等經理吩咐完，趕緊跑到張瑞珍這裡報信。

張瑞珍聽後頓時也緊張得不行，她想了想說：「你先等著，我進去和他們說一聲，看他們是什麼意思。」

弋輝緊張地點下頭。

三個包廂裡的人可能是玩得太累了，已經都睡著了，但就是在睡夢中一對一對還摟得挺緊。事情緊急，張瑞珍也就顧及不了許多，她先叫醒了那個讓她去給弄安全套的陶部長，把弋輝告訴她的話說了說，陶部長一聽不好，急忙叫醒了另外幾人，讓張瑞珍又把事情仔細說了一遍。

事情剛說完錢市長摟著的那個女孩子就大罵起來：「這個雜種養的，剛結婚就竟然敢管起我來了，明天就和他離婚。」看來她就是那個叫王麗的人，外面找來的小夥子是她的新婚丈夫了……

錢市長急忙拍著她的肩說：「不要罵人，現在不是罵人的時候，你平時嘴挺緊的，怎麼這次竟向別人講了你來這裡的事？」

「我可真沒講，對誰也沒講過半個字，這事我能對別人說嗎？」王麗急得要哭。

「誰會對王麗愛人說這事？老錢你和王麗來這裡時碰到誰了？這事可是太有目的了。」陶部長疑惑地說。

「沒碰到別人呀……」錢市長也是一臉不解樣子。

「我看這樣吧，這事肯定有陰謀，咱們以後再查。現在要做的事就是趕緊設法脫身。」李書記此時顯出了一副指揮員風範。轉身對張瑞珍說：「小張，這事我們非常感謝你和你的男朋友，現在你把你的男朋友叫進來，看能不能幫我們找個後門讓我們離開。」

張瑞珍急忙拉開門把弋輝叫了進來，對幾位領導介紹了一下，然後對弋輝說了李書記的意思。

弋輝聽後連忙答應道：「這沒問題，這半個月我一直在這裡值夜班，這裡的情況我最熟悉了。酒吧最裡邊有個小門直通西餐廳，穿過西餐廳從安全通道下到地下一樓就能到地下停車場，從地下停車場出去就是大街……這樣，我給你們帶路，把你們安全送出去……」

李書記拍了下弋輝的肩，說：「好的，那就麻煩你了，咱們走吧。」幾個人跟隨著弋輝繞了出去。

弋輝一直把他們送到了大街上，臨分手時三位領導再次和弋輝握了手，王麗還給了他一張名片，直到望不見了幾位領導的身影，弋輝鼻子酸酸的直想哭……

6

快開學那幾天，弋輝才知道仝工寒假也沒回家。原來，仝工一個期末考試下來後竟然和被稱為系級四大名捕之一、教現代漢語課的鄭重文老師結下了緣，臨放假前一天，鄭老師把仝工叫到家裡問他寒假回不回家了，仝工便問：「鄭老師，有什麼事嗎？有事我不就回了，其實我挺害怕回家過年，家裡窮得叮噹響，連台黑白電視機都沒有，只要有三分奈何就不想回那個窮山溝。」鄭老師便說：「那好，我包你吃住，你和我的兩個研究生一起幫我搞一個課題。這是個國家級課題，現在已到了攻堅階段，課題組的力量有些吃緊，你願意幫忙嗎？」仝工沒想到鄭老師會這樣信任他，要知道他才是個大一學生，老師竟然就讓他參與研究國家級課題了，仝工興奮得連忙答應了下來。

放了寒假，宿舍樓門鎖了，鄭老師讓仝工搬到另一棟專為過年不回家同學準備的學生公寓住，鄭重文老師的愛人是後勤處一個科長，在她的關照下仝工一個人單住了一間宿舍，拿著免費就餐卷天天白吃飯；只是幹的活兒有些讓他失望，原來所謂參與國家課題研究工作只是讓他把好幾本現當代名作家寫的小說裡有關使用了點染、映襯、挪移等修辭手法的句子摘寫下來，並注明出處，要求他必須一頁一頁地看那些小說，一句也不能露掉。

要說仝工平時倒是挺愛看小說，但是像鄭老師現在布置的這種看法他卻受不了，沒有幾天他就覺得枯燥得不行，可是又不能提出來不做，因為那樣會和老師搞壞關係的，仝工是個農村來的孩子，沒有半點兒靠，現在好不容易有了這麼一個靠山，他可不想輕易放棄；再說了這是在看小說，又不是讓他解數學題，不就是看得細一些嗎，有什麼了不起的……仝工很快就安心了。

一個假期裡仝工一共看完了九本小說，平均五天一本，摘寫了三百多條修辭句子，鄭老師很滿意仝工的表現，特地表揚了他一番，並且暗示以後有事可以隨時去找他。仝工聽了這番話心裡特別高興，連忙又向鄭老師表示了一番謝意。

開學了，宿舍同學陸續回來了，有幾人還從家裡帶來了一些家鄉特產，眾人湊在一起，把所有帶來的各地特產擺在宿舍小桌上，趙建國掏錢買了幾瓶啤酒，八個人熱熱鬧鬧地吃了一頓。

開學後，弋輝仍和上學期一樣，每天到第一學生餐廳吃飯。

說起來D大歷史挺長的，早在國民黨統治時期就有了這所大學，當時叫國立D省大學。剛開始時全校只有一個餐廳。解放後招的學生人數多了，就又建起了一座學生餐廳，有了兩座餐廳。改革開放後，學校招生人數一年多過一年，慢慢地又建起了兩座學生餐廳。現在全校學生餐廳一共有四座。

雖然現在有四座學生餐廳，但是每個餐廳經營管理各有特色，第一、第二餐廳在D大屬於元老級，多少年來一直保持著面向學生的特色，主要特點是價格低廉，經濟實惠，很受農村考上來的大學生歡迎。第三餐廳主營一些特色小炒，還設有包廂，經常用賣高檔降價菜的方式吸引學生就餐。第四餐廳則乾脆面向家境好的大學生，不但有山珍海味、生猛海鮮，而且還賣茅臺、五糧液之類名酒，因而那些大款和公僕的孩子自然看上了這裡……去年，第四餐廳剛開業不久，有一位退休多年德高望重的老教授在校報發表了一篇文章，抨擊、批評了第四餐廳在中國還是社會主義初級階段的時候帶頭在大學校園裡搞種族隔離與兩級分化。老教授在文章中嚴正指出：不可否認，確實有大學生是在用自己打工掙下的錢到

D大餐廳就餐，但是我敢肯定沒有一個到第四餐廳吃飯的大學生花的是自己掙的錢；這種拿著父母不一定是靠勞動致富的錢到第四餐廳大吃大喝，豪侈揮霍，不但會對那些許許多多來自農村貧困地區大學生心裡產生一種種族歧視的刺激，同時更會給那些來此餐廳就餐大學生帶去一種精神上的自我優越感，而這種自我優越感必將會淹沒黨和國家從小培養起他們的社會主義道德與情操，使他們在大學四年裡學到的不是知識，而是金錢腐敗……這亦是高等教育的恥辱……

這篇文章發表後倒是引起了一陣小小騷動，有一個也是退休多年專搞德育研究的副教授跟隨著附和了一篇，第四餐廳見情況不妙就臨時增加了幾個大眾經濟菜，但沒幾天餐廳營業額急劇下降，餐廳見勢不好趕緊在校園裡做了許多廣告，打出了高檔飯菜低價賣的賣點，一切才又恢復了平靜，第四餐廳收入才又呈現出一個平穩增長態勢。

弋輝每天都到第一餐廳吃飯當然是因為家境原因，第一學期時雖說他二姐每月答應給他三十元伙食費，但是弋輝卻告訴他二姐不需要這錢。因為他覺得一來二姐掙錢也不容易，二來自己都上大學了還要別人養活，這也太有點丟人了吧，所以他靠著打掃教學樓衛生、幫圖書館裝釘書、收拾餐廳餐具等四處勤工儉學掙錢，硬是把頭一學期堅持了下來。

寒假在娛樂城掙了一百五十塊錢，生活比第一學期明顯有了好轉，但他還是不敢亂花，錢可是個硬通貨，到用的時候少一個都不成，所以他還是和第一學期一樣，把那點兒錢存了起來，照樣四處勤工儉學掙錢，每天也照常到第一餐廳吃飯。

弋輝的伙食每天都差不多，早點是一碗稀飯、一個饅頭、半個鹹菜，三角錢就打發了，還不差營養。中午來個四角錢的炒菜、四兩米飯，加一起不超過七角錢。晚上得加強一下營養，來份七角錢的菜、兩個花捲、外加一份免費湯，花上一塊錢。總之，一天的伙食費總數控制在兩塊左右，一個月不超出六十三塊錢就行……就這弋輝也覺得比上學期的伙食強了不少，心裡還是挺滿意的。

「天天是米飯、饅頭、土豆絲、炒白菜、素豆腐……吃得我現在走路來回晃悠，哪有力氣學習呀……」這天吃飯時張瑞珍剛咬了一口饅頭就訴起苦來。

開學頭一天中午吃飯，弋輝在第一餐廳碰上了張瑞珍，張瑞珍也是農村貧困地區的，也得來第一餐廳吃飯。張瑞珍這學期已正式轉到了中文系，和弋輝見面時間也就多了起來。

「你不要生在福中不知福。」這話弋輝聽得牙疼，說了她一句。

「什麼叫生在福中不知福，你給我說道說道。」張瑞珍不滿地盯著他。

「那我真要給你說道說道。」弋輝把嘴裡的飯慢慢嚥進了肚子，拿筷子把碗邊的菜往裡撥了撥，看住張瑞珍的眼鏡片認真地說：「你沒看這學期頭一期校報吧。上面寫了這樣一篇文章，有一個D大老校友現在燕京大學教書。寒假來D大講學，特地到一餐廳回憶了一下，他說他當年在D大上學時整整四年時間，第一餐廳天天只賣白菜蘿蔔湯外加窩窩頭一種飯菜，就這每頓飯才只讓每個學生吃半份。」

「那是舊社會，這老教授不是在瞎擺乎嗎，舊社會當然很苦了呀。」

「不是舊社會，他說的是一九五九年到一九六二年那四年，這四年早就是新社會了。」

「那他是只憶苦不思甜，這是不對的。」張瑞珍認真起來。

「怎麼不對？列寧還說：忘記過去就意味著背叛。」弋輝一副嚴肅樣子。

「少來這套。我們全家沒一個人忘記了過去，可是現在仍然窮得叮噹響。」張瑞珍憤憤地反駁道，「你們家不也一樣，難道你們家受窮是因為忘記了過去的原因。」

「算了，吃飯時間免談政治吧。」弋輝頓時洩下氣來，但也不得不在心裡認可她的話有一些道理。

「弋輝，你猜我今天見到誰了？」張瑞珍剛喝了一口湯，忽然想起一事，臉上立刻換成了興奮色。

「碰上誰了？」弋輝則是一臉納悶。

「王麗。」

「誰？」

「今天我在學校辦公樓前碰到王麗了。」

「王麗？」弋輝仍沒反應過來。

「對，你忘了，就是年三十晚上在大富豪娛樂城包廂被錢市長摟在懷裡的那個女孩子。」

「噢，就是被她新婚丈夫追到娛樂城鬧騰的那個女人？」

「對，就是她！」

「她不是在市政府辦公廳工作嗎？來咱們學校有啥事？」弋輝頓時來了情緒。

「她找陶書記辦點事。我正好從辦公樓前過，是她先看見了我，喊了我一聲。」

「陶書記？」弋輝一時沒反應過來。

「對，就是咱們D大黨委書記陶正明。」

「啊！她認識校黨委書記？」弋輝驚得嘴張下老大，剛咬進嘴裡的一口饅頭掉到了飯桌上。

「豈止認識，她說她和陶書記是好朋友，還說我以後如果有事需要陶書記辦的話，就給她說一聲。她還讓我代向你問好。」張瑞珍臉上的興奮色更多了。

「嘿！她還挺講義氣的，和現在那些提起褲子就不認帳的官人不一樣呀！」弋輝高興地說著。

「說什麼屁話，吃飯地方說什麼提褲子不提褲子的……」張瑞珍來了氣。

「好，好，我說錯了，我向你道歉。」弋輝弄成副真誠賠罪樣子。

「弋輝。」弋輝剛要向張瑞珍再表示一下，有人叫了一聲，回頭一看，是藝丹。

「弋輝，假期過得怎樣？」藝丹端著一碗麵條問他。

弋輝忙站起來，說：「挺好的，坐在這兒一起吃吧。」

藝丹看了眼張瑞珍，稍猶豫了一下，還是坐了下來。

弋輝趕緊給兩人相互介紹了一番，末後又補了一句，「你兩以後就是同一個系的了，可得相互關照呀。」

藝丹瞅著張瑞珍說：「早就聽弋輝說過，但沒想到你有這麼漂亮。」

張瑞珍紅著臉不知如何謙虛。

「漂亮是漂亮，可還是沒能趕上你呀。」弋輝忙給圓場。

「你這嘴說話怎麼老像抹了麻油似的。」藝丹諷刺道。

「不是抹了麻油，是抹了地溝油。」張瑞珍幫腔道。

「好了，別再損我了，我投降還不成，以後見了二位再也不敢造次了。」弋輝求鐃著。

藝丹就笑了，說：「這還差不多。張瑞珍，以後他要是敢對你不好，告訴我，咱兩一起收拾他。」

「好的。」張瑞珍說：「這下可好了，到時咱兩把他整殘廢。」

「別價[7]，可不要整我，小的再也不敢了。」弋輝一副求鐃樣。

邊吃飯邊說著話，張瑞珍問了藝丹一些專業上的事，和藝丹漸漸熟了起來，飯快吃完時同時也說好由藝丹負責介紹張瑞珍加入學生廣告協會，以後有廣告公司來讓她們做創意時她就叫上張瑞珍。

張瑞珍心裡很是感激藝丹對她這般熱心指點，臨分手時脆生生地叫了藝丹一聲「藝姐」……

[7] 別價：表示勸阻或禁止，不要那樣。

親歷了第一學期後，班裡同學都明白了大學生活到底是怎麼一回事了，尤其是大學裡的學習竟然是讓他們萬萬想不到有那般輕鬆，平時該幹啥就幹啥，只要期末複習上半個月就能過關，萬一要是考試時自我感覺不好，打通一下關節也就平安無事了……原來這就叫上大學……宿舍裡幾乎每一個人都說了七次以上感慨，弋輝覺得幾個人說的時候不大像是失望，倒像是三天沒吃東西的狼嚎叫一般……

於是，第二學期剛開學沒幾天，班裡同學就紛紛出去自謀職業了，有當家教的、有搞推銷的、有在附近飯店打工的……都八仙過海去了。不過每逢上專業課時就又自動都回來了，因為從這學期開始，上專業課時班主任要來抽查，被點著查著就倒楣了，就得背一個全校通報批評處分。一般情況下沒人願意找這份麻煩，把打工時間挪一挪不就得了……打工同學如是說著……

系領導很快就發現了這個情況，這一屆學生太能務實了，這才剛剛半年就變得油乎乎了，這還了得。系黨總支、系團委連著開了幾次學生會猛給敲警鐘，這才把那些在外自謀職業的學生給嚇回來一部分。

弋輝他們班同學在外面打工的人數在全系算是名列前茅，班主任通知在本周班會上就這一問題召開一次主題為「大學生如何樹立一個正確學習觀念」班會，讓大家把這個問題暢所欲言地談透。

由於開學頭一個月缺課人數太多引起了學校和系領導的共同注意，而本班又是榜上有名者，因而給班主任臉上也抹了黑，班會剛一開始他一改平時最後作總結的習慣，而是先將那些被查獲有缺課記錄的同學一一再次爆光，然後大發光火地開始訓斥：「在剛入學新生見面會上，系主任說過：『大一傻乎乎，大二氣乎乎，大三才油乎乎……』但是想不到你們這屆學生剛剛大一就油乎乎了，這還了得，就這還能接革命的班，就這還是早晨八九點鐘的太陽，就這還把希望寄託在你們身上……」

這頓訓話不但態度有失常態，而且語言也顯得很為粗魯，班主任時不時地冒出一聲國罵：「他媽的」，就連念毛主席語錄中間也要插上一句「他媽的」……把同學們個個嚇得不輕。

訓完話，班主任打開一瓶汽水，咕咚咕咚一口氣喝了個底朝天，先看了眼空瓶子，然後看著下面的同學讓開始發言討論。

班主任這一頓火冒得下面同學哪有敢發言的，場面自然是冷了下來，好大一陣子也沒一個說話的。

「我說兩句。」前面傳來個女同學聲音，弋輝探起眼朝前面看過去，原來是團支部書記。

團支書姓勞，叫勞麗詩，長得白白淨淨、清清秀秀的，屬於面容姣好的一類，勞麗詩不僅人長得漂亮，而且還是他們班唯一一個在高中時就入了黨的學生；加上父母親都是D大教授，所以有許多男生像蜜蜂採蜜似的天天跟隨在她屁股後面，只是弋輝聽同學說她好像是看上了三十多歲但仍然獨身的班主任吳江老師。

「我覺得能考上國家重點大學實屬不易，作為新時期的大學生來講則更應當珍惜這一難得學習機會；在這短短四年裡我們的任務就是學習、學習、再學習。」勞麗詩情緒挺激動，臉色也因激動而變得紅了起來。她略作一下停頓，看了眼班主任又繼續說道：「因此，我覺得那些不好好上課經常到外面打工的同學應該好好反省一下，小學六年、初中、高中加一起又是六年，總共努力了十二年就是為了考上大學後不念書而跑到社會上打工嗎？」

弋輝心想，這話聽起來像是官場語言，但說得卻是實情，就是，從小學到今天，奮鬥了十幾年就是為了現在跑出去打工嗎？

不管怎說，勞麗詩的話確實讓冷場的尷尬氣氛得以緩解，能引發被嚇著了的同學起來發言。

「勞麗詩同學的話我非常贊同，大學生應當是以學習為自己的主要任務，要是大學四年不上課而天天跑出去打工的話，那還不如不念大學直接找份工作，安心去掙錢去。像現在這種四不像的樣子，錢掙不了多少，書也念不好，還白糟害家裡的錢……這是低智商的人才做的事。」班長接過話頭說了一段。班長住弋輝他們宿舍隔壁，平時好講個帶暈腥的話，沒事老往弋輝他們宿舍跑，剛來沒幾天他聽大二的同學給他灌輸，說是大學裡有條不成文的規定，就是每個班的班長和團支書都能成為一對。他聽後頓時心中大喜，因為他剛入學就瞄上了勞麗詩，只是聽人說勞麗詩父母都是本校教授，在學術界很有名氣，他又是一個農村考上來的人，勞麗詩肯定不會看上他，所以一時間不知該如何動作。聽了大二同學點撥後，他才又恢復了自信心，半年下來後他覺得好像是有些希望，但又不能肯定這希望有多大，因為他發現勞麗詩像真是對班主任挺有好感，一時間就不知道這事該不該再往下弄了……

接下來又有幾個班幹部和入黨積極分子跟著發言，批判那些出去打工的同學，表態要認真地在大學裡學完自己的學業。

到了此時班主任的臉色才算好了一些，他可能也覺出了剛才的話有些失態，就又給大家講了一段小說《紅岩》作者當年是如何刻苦求知識的革命歷史故事……講完這段革命故事後又接著講了他當年上大學、讀研究生時是如何刻苦，如何努力，才有了今天的成就這一現代傳奇……

這番引古證今的話再次唬住了班裡的同學，大家儘管上初中時就讀過《紅岩》這本小說，但是並不知道小說作者有這番偉大事蹟，全班男女同學個個都用一種敬佩眼神重新盯著班主任看，尤其是勞麗詩的眼珠就像是要往出冒火；班主任的目光無意間和勞麗詩冒火眼光對在了一起，當下打了個小小冷顫，隨後趕緊收回眼神讓大家繼續發言。

趙建國此時按捺不住站了起來：「聽了各位同學剛才的發言後，心裡感觸不少；大家的話都對，也都有道理。但是我卻想說一點和各位同學不一樣的意見。」趙建國掃了下四周，放高聲音接著說道：「不管是像班主任吳老師他們十幾年前的大學生，還是我們這些新時期的大學生，誰都想好好把握住這難得的四年時光刻苦學習，誰也不願意天天不上課跑到飯店打工，四處搞推銷……但是有一個無法迴避的現實問題擺在了我們面前，就是當我們接到入學通知書那天起，我們同時看到那上面寫著入學報到時必須要同時帶上學費好幾百塊錢。要知道，正如鄧小平同志所說，中國目前還是一個社會主義初級階段國家，而我省又是一個經濟欠發達的內陸省份，不少地方目前仍是國家級貧困地區；就拿我們班來說，有近三分之一的同學來自貧困地區農村，家境十分貧寒；就是那些家在城裡的同學有不少人父母也都是普通職工，每月工資也就百十塊錢，而每年近一千塊錢的學雜費和每天最低也得幾塊錢的伙食費足以成為他們一個沉重負擔。我們這些大學生又都已經長大成人了，誰也不願意再給本來就屬於很貧困的家境再增添新的負擔，那他們就只能靠用自己的雙手邊打工掙錢交學雜費、邊上學的法子來完成四年學業……」

趙建國說到這兒有意停了一下，他想看一下同學的反應，發現下面是寂靜一片，就更來了精神，又放高了三度聲音接著說道：「現在就連那些經濟非常發達的資本主義國家大學生邊打工邊讀書的現象都非常普遍，可是我們這樣一個還是初級階段的社會主義祖國為什麼會容不下這種現象？」

「啪、啪、啪」下面突然響起了熱烈掌聲。

「當然了，我認為，打工是可以的，但同時要處理好與學習之間的關係。比如我們可以選擇週末時間，可以利用沒課時間；而誤課跑出去打工的做法是不可取的，我想每一個大學生對這一點還是應該有一個清醒認識。所以，我的觀點是打工可以，但不要耽誤了學習，畢竟讀書要比打工重要，關鍵是如何處理好二者之間的關係……」

趙建國的話一下子激起了大家的討論高潮，許多同學搶著發言，有同意他的觀點的，有反駁他的說法的；反駁的人說趙建國家裡是大款，而且還是公僕式大款，不愁穿、不愁吃，當然會唱高調了……贊同者則說：打工可以，但是確實應當調整好與學習之間的關係；人家國外大學生要麼這學期我就休學出去專門打工掙學費，下學期再回來安心學習，人家計畫安排得非常好，而我們則是又要打工又不想耽誤學習；結果就只能是平時不學習，期末不睡覺，最後沒學好……

說話的人越來越多，連平時從不表現的同學此時也爭先恐後，說出來的話一個比一個有深度……氣氛立時熱烈了起來。

班主任沒想到趙建國能說出這種有煽動性的話，但是細想想話說得還挺在理的，真不好對他的話表態；班主任又想，看來這一代大學生的衝動力是非常驚人的，這討論要是再進行下去的話，恐怕就會出現與四項基本原則不符的話了，到了那時可就不好收場了。想到此，他趕緊先表揚了一番所有踴躍發言的同學，然後說道，由於時間太晚討論只能到此，但是以後再有同學出去打工的話，絕對不能誤課，他天天都要到教室檢查，班會就散了。

雖說討論最後以草草收場方式結束了，但趙建國的名字卻一下子傳遍了全系全校，有不少外系同學專門慕名來向他請教，有屬於開放型、且膽子較大的女同學還跑到宿舍約他單獨討論，趙建國立馬成了學校名人。

經過系領導狠抓之後，蹺課同學基本上被管住了，課堂裡上課人數明顯上漲，系領導和班主任臉上均有了不同程度的笑容。

但是與此同時亦出現了一些新情況，一是有的老師向系領導反映，說是每當課上到快一半時教室裡就會響起不大不小的鼾聲，雖說這聲音還不至於讓他到了講不成課的地步，但是有的同學不免要被這雜訊分散注意力，因而還是對講課效果有一定影響，希望領導能管一下這一現象。

另外一個讓系領導感到頭疼的事是：D大大學生中出現了一股宗教迷信熱潮。根據入黨積極分子反映上來的情況是有信基督教的、有信天主教的、有信伊斯蘭教的，更多同學則很迷狂地信仰佛教……當然這一現象不僅在中文系有，全校各個院系幾乎都有，只不過學文的人喜歡張揚一些，所以給人的感覺好像是中文系信教同學比別的院系要多一些。

從某種意義上講這事要比蹺課出去打工更讓人擔憂，要知道，現在大學裡最難做的學生工作有兩件事，一是大學生談戀愛，二是大學生政治思想工作；因為大學生性格並沒有完全成熟，也是一個最容易被毒害思想的大眾群體；需要格外注意方可。中文系黨總支於是就這一新動向專門召開了一次黨總支擴大會議，作了詳細研究部署，決定由總支書記親自抓這件事，先派人到學生中間摸清具體情況，讓後再決定採取何種措施。

誰也想不到的事情是，中文系的佛教傳教士竟然是一個大一新生，而且這個人就是弋輝他們宿舍老七——從一個沿海城市考上來的叫施然的同學。

施然父母都是當地政府公務員，父親是個處級幹部，母親官稍小一些，是個正科；由於那裡是座沿海開放城市，經濟基礎較好，因而父母工資收入每月加一起能有一千塊錢，施然平時也就用不著為衣食發愁，更不用出去打工，不過施然並不因此而施施然，施然屬於那種平時不愛張揚、不顯山、不露水、特低調的人。

但是誰也想不到的事情是，他竟然成了D大著名宗教界人士。

事情還得從那一天說起。

那天是五一節前一天，施然上午又沒去上課。施然儘管用不著出去打工掙錢，但他卻特別能蹺課，只是他這課逃得有些怪異；就是每當班主任來查人數或者任課教師在課堂上點名時，他就不蹺課，就像有預感似的；但是如果沒人來檢查、或者不點名時那他準保不去上課，就像有先知似的。他好像能推算出哪一節課會點名或者有人來檢查，哪一節課則平安無事；於是施然一次也沒被抓住過，並且還是守紀律名單中的一個，班主任和系領導就都沒有想到實際上施然竟是一個經常蹺課的學生。

施然那天上午沒去上課，但是他也沒去什麼地方，一個人待在宿舍裡。中午下課後大家回到宿舍時見施然就在宿舍，只不過讓眾人嚇了一跳的是，宿舍裡他的床上還坐著兩個和尚。

「回來了。」施然和回到宿舍的人打著招呼。

「啊，嗯……」回來的人一愣，都把眼盯住了施然床上坐著的兩個和尚。

兩個和尚一老一小，老的約有五十多歲，年輕的那個好像二十歲樣子，一看就是師徒二人。兩個和尚都剃著光頭，腦門頂上整齊地燙著九個暗青色印記。每人胸前掛著一長串珠子，腳蹬黑色面料布鞋……見眾人回來了，兩個和尚一齊站了起來，挺有禮貌地雙手合十，在胸前一陣擺動，老和尚衝著眾人說了一句：「阿彌陀佛。」

王猛父母都信佛，他懂這禮節，馬上也跟隨著回了一句：「阿彌陀佛。」

其他幾人見狀就也跟著說了一句：「阿彌陀佛。」

施然等人們說完，指著老和尚介紹道：「這是我師傅。」老和尚跟著說了一句：「施主們好。」

施然又一指另一個年輕和尚介紹道：「這是我師姐。」幾個人一愣，啊！師姐，這人竟然是個女的？眾人還在愣神之中，卻見這個年輕和尚也說了一句：「施主好。」聲音又脆又甜，眾人這下子更是一驚，還真是個女的，怎麼一點兒也沒看出來。

還數王猛反映快一些，他忙對兩個和尚說：「師傅請坐。」

兩和尚同時應道：「好的。」就又坐在了床上。

眾人也坐在了各自床上，但一時都不知該說啥，稍一冷場後，還是王猛因父母信佛，懂一些行話，

的徒弟。」

還不等老和尚答話，施然搶先替他回答道：「我師傅是從東天門山來的，這次來D省是來看幾個他

就問：「師傅從哪來？」

老和尚微笑一下。

王猛又問：「師傅尊稱？」

沒等老和尚說話，施然又替回答道：「我師傅叫釋永健。」

弋輝一直沒說話，但他暗暗把老和尚打量了一番，見他氣色很好，腰板挺得很直，心想，老和尚看上去頂多也就五十歲吧，但心裡沒把握，這時有些撐不往好奇感，就問了一句：「您今年有五十？」

老和尚忽然聽到弋輝問他歲數，衝著弋輝微笑一下，伸出手比劃著說：「六十九了。」

啊！宿舍裡的人更是一驚，接著齊聲說道：「不像，不像，太不像了。」

弋輝跟隨著也稱讚道：「到底是修練過的人，快七十歲了可看上去才像四十多歲。」

老和尚微笑一下，注意看了一下弋輝，細細看了他一眼後說道：「這位施主左肩膀得過關節炎吧。」

弋輝一驚，心想，嘿，奇了！因為家裡窮，一直睡潮濕破舊屋子，從小就落下了關節炎病，只是沒錢看病，直到現在還是天氣一變化左肩膀就疼。可是老和尚隔著幾層衣服就能看出他有關節炎，還是左肩膀，這可太神奇了……

其他人也覺得老和尚的話太奇了，就問弋輝：「你有關節炎？」

弋輝馬上回答道：「有，有，只是這幾年犯得次數少了一些。師傅，你可太神奇了，你可真是高人，隔著好幾層布就能看出人有病沒病。」

「我師傅不但能看出你有沒有病，而且還能替你治病。」施然在旁邊搶先說道。
「啊！」眾人「啊」的同時都把目光對向了老和尚。
老和尚仍是微笑一下，衝著弋輝說：「年輕人，過來。」
弋輝半信半疑地走了過去，老和尚抓住他的左手問：「現在還痛吧。」
弋輝就說：「是的，尤其是最近這幾天趕上了季節變換，天忽冷忽熱的，我這左肩膀關節處一直疼，昨天晚上疼得我直到半夜時才睡著。」
老和尚在弋輝左肩膀處來回揉著按著，也就五分鐘樣子，鬆開手說：「年輕人，好了，你試一下，看疼不疼了？」
弋輝半信半疑地來回活動了幾下左胳膊，嘿！肩關節處果然一點兒也不疼了，他俯在地上用力做了幾個俯臥撐，這是他平時上體育課最害怕的項目，嘿，這次竟然沒感覺了，這可真神了……
「師傅，你可真厲害呀！」弋輝抓住老和尚的手激動得不知該說啥。
「施然，你師傅可太厲害了。」其他人也一齊跟隨著誇獎著老和尚。
「這回信了吧。像這種病我師傅治好無其數了，最神的不是他給人治病，而是他為人診斷，哪個醫院的醫生能看你一眼就知道你有什麼病？沒有人能有這本事的。」施然恰到時機地替他師傅再作一次廣告宣傳。
「厲害，確實厲害。」弋輝連聲稱讚著。
「厲害，確實厲害。」眾人也跟隨著再次稱讚道。
宿舍的人紛紛上前讓老和尚為自己診斷，氣氛頓時熱烈起來。
不知不覺中時間竟過去了一個多小時，還是弋輝忽然想了起來才看了一下手錶，這一看，嚇了他一跳，呀，都一點多了，他趕忙說：「各位別說了，師傅肯定還和咱們一樣，沒吃飯。師傅，走，吃飯去，我請客。」

施然一聽忙糾正道，「不能說請客，應該說你供養師傅一頓。」

「對，應當說是供養師傅一頓。」王猛也跟隨著糾正弋輝。

「對，對，我供養師傅一頓。」弋輝改口說道。

宿舍的人一聽齊聲說：「咱們大家一起供養師傅一頓吧，大家供養師傅更有意義。」

施然擺下手，說：「等我問一下師傅。」他回身對老和尚說：「師傅，您聽見了吧，他們要集體供養您一頓齋飯，您看……」

老和尚仍是微笑一下，說：「好吧，難得和這麼多年輕人在一起。」

眾人見老和尚很痛快就答應了下來，都很高興，便前呼後擁著老小和尚朝學校外面的飯店而去。

省城D市雖說在國內也算是座知名大城市，但是卻沒有幾家專賣素食齋飯飯店，這就讓幾個一心想要表示一下自己對佛祖誠意的大學生有些犯了愁，宿舍八個人，加上老和尚、小和尚就是十個人，就是攔計程車也得三輛才能全坐下。施然聽說市政府邊上有一家賣這種飯菜飯店，十個人打車去了後才發現市政府附近大飯店倒是有好幾家，但卻根本沒有一家專賣齋飯的飯店。十個人失望地轉了好大一陣子後，有一家飯店老闆可能也信佛，一聽這幾個大學生是要供養和尚一頓齋飯，便告訴他們城北好像有一家這種飯店。但是等他們又坐計程車趕到城北時卻仍找不到個蹤影，這來回幾趟跑下來，不說趙建國白掏了二百多塊錢計程車費，幾個人的肚子早就怨聲載道了；還是老和尚在這關鍵時分善解人意，就說：「心誠則靈，在哪裡吃飯都成，佛祖都會感激你們的。咱們就在這附近隨便找家飯店吃飯吧。」

老和尚這樣一說，大家便感激地點著頭同意了下來，四下裡瞅了一番，尋了家乾淨些的飯店坐了進去。

眾人坐好後，服務員遞上菜譜，弋輝他們幾個一致推讓著叫老和尚點菜。老和尚先是讓了一下，見大家硬叫他點，便很熟悉地叫了幾個菜，這其中除了素炒豆腐、番茄炒雞蛋、紅燒茄子等素菜外，還叫了一個宮爆雞丁葷菜，大家便放下心來了。

因為是老和尚治好了弋輝的病，還在宿舍時弋輝就已經聲明過這頓飯他主請，弋輝又加了幾個菜。菜點好後，施然問老和尚：「師傅，喝一點兒？」

老和尚點下頭，施然對服務員說：「來一瓶五糧液。」

宿舍裡的人一聽，頓時有些發愣，一直沒說一句話的女和尚、應是尼姑吧，忽然開口解釋道：「佛教裡那些有關飲食方面的忌諱同時亦有一種解忌的規定，就是有的限制到了六十歲以上就可以解忌，我師傅早已過了六十歲，所以他就可以解忌吃葷喝酒了。」

眾人一聽便先看了眼尼姑，然後齊點幾下頭，說：「就是，就是，像師傅這樣的高僧早就該解忌了。」

老和尚便笑了笑，拱了下手。

弋輝聽得心裡還是有些發懵，佛家竟然還有這規定，那是不是到了六十歲以後和尚就能娶老婆了……但他只是心裡胡亂想了一下。

菜上齊後，弋輝先提議敬了老和尚一杯，跟隨著其他人也都敬了老和尚一杯。不過老和尚每次只喝一小口，其他人也就不敢太放開喝。

敬完老和尚後，大家又要敬小尼姑，但小尼姑沒讓敬，施然解釋道：「我師姐就不要敬了，因為她還沒到解忌年齡。」

眾人這才明白過來，小尼姑的道恆還沒修成正果，還不可以喝酒，於是就不再提議敬小尼姑酒了。

喝了一陣子後，桌上的菜也隨著下去了不少，大夥兒看到老和尚吃菜倒是一點不顯拘束，就都跟隨著漸漸放開了，施然並且還和王猛猜了幾拳。老和尚笑咪咪地看著他兩猜拳。

忽然，施然停住手問弋輝：「我師傅給人預測未來也很準，只是他平時不大給人看相。今天正好你供養了我師傅一頓，就讓我師傅給你看看？」

雖說弋輝是農村出生，但他聽人說過，這年頭老百姓早已把寺廟等同於了算卦求神的地方；施然這一說，弋輝猛地一醒，對，長這麼大還沒有人給我算過命，這可真是個好機會，我早就想算算我是不是也是個窮命，像父母那樣受一輩子窮。便假意推辭著：「這怎好麻煩師傅？」

老和尚仍是笑咪咪地看著弋輝，不說話。施然趕緊說；「我師傅同意了，把你的左手伸出來。」

弋輝把左手伸了出來，老和尚先掏出個老花眼鏡帶上，隨後帶住弋輝的手細細瞅了一番，說：「你是屬馬的，陰曆四月生的？」

啊！老和尚連這也能算出來，這可真神了，要知道絕對沒人事先給老和尚說過他屬啥、幾月出生的呀……弋輝發呆地點著頭。

「那……師傅你看我今後能不能有些出息？」好大一陣子後，弋輝才下意識地問了一句。

聽到這句話，幾個人都把目光轉向了老和尚。

「你寫個字吧。」老和尚笑咪咪地說。

啊，測字？老和尚還會這一手？宿舍的人都曾經聽說過現在社會上有一種測字算卦法，但是沒想到老和尚也會。

弋輝撕了張訂菜單，在上面寫了個「學」字。

老和尚細細看了一下，笑咪咪地對弋輝說：「小施主，你是學有所成呀。」

「此話怎講？」好幾個人一齊開口問。

「是這樣，『學』字原本就有修練的意思。寶殿裡罩著個子字，上有三道金光護佑，你的學問無限，你將來要做大學問呀。」老和尚咪著眼瞅著弋輝說。

弋輝儘管心裡有一些說不清的疑惑，但聽了這話情緒還是非常激動。

「師傅，那你給我算一下吧。」王猛在旁邊聽得心癢癢了起來。

「你也寫個字吧。」

王猛想也沒想就寫了個「王」字。

「小施主，你姓王吧。」老和尚問。

嘿，真神了，我寫個王字就知道我姓王，這要不是純屬猜的，那就是遇上真神了。王猛激動了起來，聚精會神地聽了下去。

「這個王字打古時候起就有王者、統帥之意思。因此起碼這是個好字。另外從字面意思上看，這個字是由三橫加一豎而成。三橫就是三川大地，一豎則是九天一柱，因此你這個字則是預示你將來要巡遊四方，各地都會有你開的分公司，你是當大老闆的料。」老和尚笑咪咪地說著。

「將來我要當大老闆？」王猛有些沒想開，因為他一直有個理想就是將來想當個大學教授，給家裡爭口氣。可眼前這個老和尚竟給他算出來將來能當大老闆，王猛缺乏的恰恰是這方面的基因。

「對，你將來肯定要當大老闆，不會像你父母那樣在政界發展下去。」老和尚肯定地補充著，同時連帶說出了王猛父母的情況。

王猛又是一驚，他竟然連我父母的工作情況都知道。這人可真高呀！王猛這下子徹底信了。

「師傅，你給我也算算吧。」仝工見老和尚算得奇準，頓時著急了起來，就把手伸了出去。

「先吃飯，飯都涼了，等吃完飯再算。」施然見眾人都要讓老和尚算，有些著急了。

「對，咱們先讓師傅吃飽飯，然後再慢慢給你們算。」弋輝也跟隨著說。

仝工便不好意思地笑了，說：「對，對，先讓師傅吃飯。」

老和尚卻說：「不礙事，咱們邊算邊吃。」就細細地瞅著仝工的左手說了起來……

不大一會兒，宿舍裡的人除了施然幾乎都讓老和尚給算了一次，算的結果是有命裡先有番磨難然後等到了中年後慢慢開始走運的；有年輕時就命不錯的，還有一輩子經常能走桃花運的，也有別的什麼……總之是把幾個人的情況說得都覺著挺準，還算出了這幾個人一輩子沒有什麼太大的麻煩和難關……

算完後，老和尚才夾起菜繼續吃了起來。

突然，弋輝想起了什麼，就說：「建國，你怎不算，這是個多好的機會呀，快讓師傅給你也算一算吧。」

這頓飯其他人個個和老和尚說得火熱，只有趙建國一人始終沒說一句話。此時他夾起塊肉正要往嘴裡放，聽弋輝這一問，便放下筷子，抬起頭鄭重地說：「天機不可外露，你們先算吧，等另外找個時間我單讓長老給我算一算。」

眾人一聽便一齊尋開心他：「你小子還真能擺乎，算個卦還毛病不少。」

趙建國便笑笑，說：「不急，你們先算，我最後來。」

老和尚見狀就說：「先讓這個小施主吃飯吧。咱們也都吃飯，飯菜都要涼了。」

眾人便「呼、呼」吃了起來……

吃過飯幾人都沒去上課，陪著老和尚和小尼姑在街上轉了一陣子，請老和尚和小尼姑另找了家素食飯店吃了晚飯，又把老和尚和小尼姑帶回了宿舍。

這年頭就連衛星上天的速度也沒人們相互間傳播消息來得快，幾個人簇擁著老和尚和小尼姑剛進了屋子，別的宿舍的人就得到了消息，好幾個同班同學先後探頭探腦地走了進來，左右看看，然後試著和老和尚有一句沒一句地聊了起來，氣氛很快又熱烈了起來。

「老師傅，我父母和我爺爺奶奶都信佛，可是到了我這兒不知怎整的，就是誠心不足，想起來了就在心裡念叨幾句，想不起來就又好幾天都不去念佛了，你給點撥一下，我該怎辦？」弋輝抬起頭一看，有些吃驚，原來問這話的竟是他們班長劉奇。

「你們家的人都信佛？」弋輝問。

「嗯。」劉奇點下頭。

老和尚微笑一下，剛要說話，旁邊的施然搶先說道：「從嚴格意義上講，佛則是一種境界，不是一個單單的信與不信所能界定了的。同時佛更是一門學問。佛學博大精深，光是主要的佛經就有三藏十二部，而修行的法門則多至八萬四千個；就連燕京大學現在都有了佛教學碩士點和博士點了，聽說正準備上博士後流動站呢……」

「啊呀！你這樣一說，那佛教可真是博大精深得很呀。」好幾個人跟隨著讚歎著。

「要不，《西遊記》裡孫悟空等人歷盡那麼多磨難才從西天取回來那麼一點經，可就這後人還不是太能明白其中的奧妙……」施然又補了一句。

「你說得是有道理。」老和尚微笑一下，開口說道：「其實從另一個角度來說，佛家更講究的是一個『悟』字。」

「悟」字？眾人一齊發問。

「對。求佛需要悟，學佛也需要悟。悟是佛家的一個主要境界。有的人在這一過程中是靠漸悟來完成的。也有的人則是靠頓悟來完成的。但同時佛家亦講求一個『緣』字，在求佛的整個過程中更需要緣分的伴隨。人們常說『求佛在己，心誠則靈，心誠則應』。但佛家同時亦有一句話叫『有緣則靈』。萬事講隨緣。這就是說要看你有沒有緣分，緣分也是求佛的一個根基。」老和尚慢慢說著，同時一臉微笑地看著屋子裡這些好奇的同學。

宿舍裡的十幾個同學像是聽了一堂高深的理論課，又像是被高人指點了一番，個個點頭晃腦如大夢初醒般……

這天晚上的氣氛是他們自打入學以來最熱鬧的，眾人亂哄哄地一直說到晚上十點多才戀戀不捨地散去。

等其他宿舍的人走了後，施然出去打了半盆冷水，又兌了些暖瓶裡的熱水，放在地當中柳丁上，對老和尚說：「師傅，淨下臉吧。」

老和尚便說：「算了吧。」

施然勸道：「師傅，還是淨一下吧。我已兌好水了。」

老和尚就說：「讓我徒弟淨吧。我不淨也沒事的。有一年我在山頂打坐了三個月，三個月沒下山，也沒洗澡、沒更衣，可是等我三個月後下了山時，那些徒弟們都說我身上有一股檀香味。」

宿舍的人聽了這話當下驚歎得直吐舌頭，等緩過勁兒後便齊誇老和尚道行就是高，這可是常人想都不敢想的。

這時，弋輝看了下手錶，呀，都十一點了，宿舍樓門也早關了，他瞅了眼施然。

施然明白弋輝的意思，便說：「師傅，您在我床上休息吧。我的床離門遠，沒風。我和王猛在他的床上擠一晚上。」

嘿！施然這小子挺會安排的。弋輝瞅了眼施然又想，可是這個小尼姑怎辦呀？總不能讓她和老和尚擠一張床吧。

不料施然還真說出了個讓大家吃驚的決定：「就讓我師姐和我師傅擠一晚上吧。」

啊！眾人在心裡不約而同地齊喊一聲，把目光投向了小尼姑。

小尼姑不好意思地笑一下，說：「給我在地上鋪張床墊吧，我在地上湊合一晚上。」

施然一聽忙說：「不行，那不行，會睡壞身子的。你和師傅擠一晚上吧。我們這宿舍經常有女同學晚上來擠的。」

眾人一聽便都跟隨著說：「是的，你就和師傅擠一晚上吧。」

小尼姑四下裡再看了一下，點頭同意了。

不大功夫，宿舍裡的人都懷著一種好像有九分複雜的心情先後上了床，雖說已經過了關閉燈時間，宿舍樓的燈早已全部熄掉了，但宿舍裡的人當著小尼姑的面仍不敢脫得太多，只是把各自外衣解下，就鑽進了被子裡，一個個好像事先約好了似的，一律把頭扭向了牆壁……

弋輝好大半天都睡不著，可能也有水喝得比平時多了一些的原因，後來實在是憋不住了，只得下床出去小解，剛跳到地上，就嚇了一跳，只見老和尚和小尼姑兩人盤腿坐在床上，腰挺得特直，正閉目打坐呢。弋輝懷著一種崇敬的心情，輕手輕腳走了出去。

後半夜時弋輝再次被尿憋醒下了床後，見老和尚和小尼姑不知什麼時候已經打完了坐，兩人相擁著睡著了，兩件架裟疊得很整齊地放在床角，黑暗中隱約能看到被子偶爾間抖動幾下……

老和尚和小尼姑在宿舍又住了幾天，說是要去省城郊外六十多里遠的觀雲寺一趟，那裡的主持是老和尚的師弟。和宿舍的人告別後，由施然專程陪著，三人去了觀雲寺。

7

這學期新開了一門專業課《中國當代詩歌史》，還是由上學期給他們講現代文學史的曲老師上。除了弋輝他們班外，還有同年級另外三個班的學生，一共有一百六十多人，在階梯大教室合班上課。

曲老師就是那位當初開新生歡迎會時讓趙建國一見鍾情的曲藝教授，趙建國的崇拜並不無道理，因為這學期的課已經上了一半了，四個班共一百六十多名同學竟然沒有一個人逃過一節課，僅這一現象足以證明曲老師的講課水準和在同學心目中的地位。

今天上午的兩節課正好講到了《天安門詩歌》這一章。曲老師先從萬惡的四人幫在十年文革期間所犯下的種種罪行講起，並舉了好幾個例子介紹當時國家的經濟已到了崩潰的邊緣的情況。等同學們聽得入了神時，曲老師才接著講道，到了一九七六年時，中國人民的情緒已被激怒到了一個如火山爆發般的境地中，一九七六年四月五日那天，北京市的老百姓借助清明節的機會，以悼念周恩來為由，掀起了一場聲勢浩大的反對四人幫獨裁統治、爭自由、爭民主運動……

曲老師講到這塊兒時，自己也好像被那場偉大運動給激勵了起來，他稍停了一下，講臺下邊寂靜無聲，就連一根針掉到地上都能聽得見，一百六十多位同學把目光齊整地對向他。曲老師見狀越發有些激動得厲害，他努力讓自己鎮定下來，掏出手絹擦了幾下臉，這才接著講道：在當時那場偉大的運動中，中國人民使用最多、同時也是最見成效的一個鬥爭武器就是非常巧妙地運用了詩歌這一戰鬥力極強的藝術形式，深刻而尖銳地揭露四人幫一夥的反動罪行。

曲老師又停了一下，好像是要再蓄一下勢，見同學們仍是聚精會神地盯住他，便拿起一本書介紹道：「這本書的名字叫《天安門詩抄》，裡面收集了人民群眾當年在天安門廣場所寫下的一部分偉大詩篇，下面我叫一個同學上臺給大家讀一下其中的幾首。」

曲老師說到這塊兒剛要叫名字，弋輝早已激動得不能自控了，他立刻大聲說：「老師，請讓我讀吧。」

曲老師一驚，馬上問：「你叫什麼名字？」

「我叫弋輝，是四班的。」

「那好，你上來讀吧。」曲老師剛要叫弋輝上來，不想下面猛地同時響起一片聲音：「曲老師，讓我上去讀吧，讓我讀吧。讓我……」

曲老師頓時也激動起來，他一時真不知該讓誰上來……

正這時，只見一個人從下面幾大步跑上了講臺，大家定神一看，原來是平時不太表現自己的趙建國，他先向曲老師點了下頭，然後又朝下面的同學點了下頭，嚴肅地說：「同學們，請讓我給大家讀天安門詩歌吧。」

下面立刻給他鼓起了掌，曲老師激動地把那本書打開，翻到幾處地方，一一告訴了趙建國，趙建國運運氣，放聲朗讀了起來：

黃埔江上有麻橋，
江橋腐朽已動搖。
江橋搖，
眼看要垮掉；
請指示，
是拆還是燒……

欲悲聞鬼叫，
我哭豺狼笑，
灑淚祭雄傑，
揚眉劍出鞘。

中國已不是過去的中國，
人民也不是愚不可及。
秦始皇的封建社會一去不復返了，
我們信仰馬列主義。
讓那些閹割馬列主義的秀才們見鬼去吧……
中國已不是過去的中國，
人民也不是愚不可及。

秦始皇的封建社會一去不復返了……

教室裡的同學全跟隨著讀了起來。

不知什麼時候，教室外面站了許多同學，大家靜靜地聽著、聽著，聽著這讓億萬中國人民為之振奮的怒吼聲。

誰也未曾想到，就是這幾首詩歌，竟給曲老師帶去了麻煩。

當天中午，整個D大校園裡就到處傳著一件新鮮事，說是中文系有一位老師當代文學課講得特別棒，連走廊上都站滿了人聽他的課。還有人說，這位老師在講課的同時並且當場賦詩一首，簡直是才華橫溢；但是也有人說這位老師在給學生講詩歌時朗誦了一首很不好的詩歌……總之，說什麼的都有，但是說什麼話也比不上說他在課堂上當眾朗誦了一首很不好的詩歌這句話之後所產生的轟動效應。於是，當天下午，有一個自稱是校保衛處的人把正在上自習的弋輝叫到學校保衛處談話，談話的主要內容就是今天上午那兩節課曲老師給他們朗誦了一首什麼內容的詩歌。當然了，現在這年頭早就不是哄小孩子的年代了，再說這年頭早就誰也不是小孩子了，弋輝還沒等那人說完就有些不耐煩了，便說：「今天上午的課講得是《中國當代詩歌史》第七章《天安門詩歌》中的內容。我們的任課老師按照教學計畫講了這一章內容。」

「他沒有給你們講別的什麼嗎？」那人問到了正題，弋輝覺得這人問話太有些單刀直入了，沒一點兒水準，一點兒不像是受過高等教育的樣子，心裡就有些不高興。

「沒。」弋輝懶懶地吐出一個字。

「我的意思是說，他有沒有給你們講了些什麼……也就是知識以外的內容？」那人稍斟酌了一下用詞，但是仍然讓人聽了覺得不舒服。

「沒。」弋輝仍沒多回一個字。

「他是不是給你們講了些教材以外的內容？」

「講教材外的內容有什麼不好，難道非得讓老師在課堂上照著書本念才叫講課？」弋輝沒好氣地回答。

「他是不是在課堂上給你們朗誦了一首內容很不好的詩歌？」那人也實在是有些按捺不住了，口氣顯得重了起來。

弋輝冷笑一聲，說：「這位同志」，他故意不叫這人老師，想用這法子先羞辱他一下，因為任何一個在大學校園裡工作的人如果被一個學生叫他同志，那絕對是一件很丟面子的事，儘管偉大領袖毛主席早就說過，叫同志是革命者之間最親的稱呼。

「這位同志，我不知道你當年上沒上過大學，更不知道你當年讀的是什麼專業；所以我也就不知道你是不是瞭解我們中文專業的情況。作為我們當代大學生來講，我們最喜歡聽老師在課堂上講那些緊扣教材、但同時又是教材裡未能給予充分解釋的內容，我們最不愛聽那些照本宣科的內容。道理很簡單，因為我們都識字，教材裡的內容我們自己就全部能看懂，頂多偶爾會遇上一兩個不認識的字，但是這不怕，這難不倒我們，因為我們都有字典，尤其是《新華字典》又出了新版本。而教我們《中國當代詩歌史》課的曲老師恰好是一個既緊扣教材內容、但又不局限於教材內容的好老師。」弋輝把這人好一頓調侃，但是說了半天他就是沒正面回答那人的問題。

「我問你曲老師是不是在課堂上給你們讀了一首反動詩歌。」那人顯然明白自己被弋輝耍了，終於沉不住氣了。

「同志，我真佩服你的功力，繞了這麼大一個圈子，原來是問這麼一個嚴肅問題。」弋輝也立刻把表情弄得嚴肅了起來，說：「同志，我也鄭重地向你聲明，希望你說話慎重一些，因為反動、反革命這樣的字眼是文革時期四人幫一夥的專用名詞，要知道四人幫已經被粉碎十年了，不能再用這樣的詞來嚇人了；我們敬愛的曲老師在課堂上給我們大家讀的是《天安門詩抄》裡的幾首詩歌。據我所知，《天安門詩抄》這本書是有公開書號的，是由曾出版過《馬克思恩格斯全集》和《毛澤東選集》的人民出版社公開出版發行的，這本書並且得到了敬愛的鄧小平同志的好評。」

這人當年是不是讀過大學一時無法考證，但他看來確實是不知道《天安門詩抄》；竟然被弋輝這一席話給說得沒氣息了，便裝模做樣地記了幾句，讓弋輝走了。

也就一天多時間，全年級的同學幾乎都被保衛處叫去談了話，談得也全是同一內容，不過幾乎所有被叫去談話的同學的回答都和弋輝一樣；只是有個別同學說自己當天沒去上課，因此也就不知道曲老師在課堂上講的是什麼內容。折騰了一天多，校方竟沒問出一點兒有價值的內容，校方當然十分惱火，但又毫無辦法，這事也只得不了了之。

不過當年按規定本來應該給曲老師評為碩士生導師，但學校卻沒給他評，說是沒有碩士生導師指標，曲老師聽後只是淡淡一笑，什麼也沒說，這事就這樣過去了。第二年當輪到下一年級同學開中國當代詩歌史課時，曲老師仍然在課堂上給同學們朗誦了這首詩，只是這次校方沒再找同學談話瞭解情況。但是不管怎說，曲老師在中文系學生心目中則是最受大家崇拜的一位老師。

期末考試又快臨近了，所有平時學習不學習的同學此時都忙碌了起來，晚上各宿舍的亮光開始整宿不滅了，附近商店的蠟燭供應立時跟隨著緊張了起來。就在此時，全工突然宣布，為了高效率複習，他已經在外面租了一間屋子，準備搬出去住。

這幾年大學生在外面租房子住早已不是一件什麼新鮮事了，小到那些專科學校，大到燕京、清華，許多同學都在學校附近租房子。不但有條件的同學租房子，沒條件的同學千方百計地創造條件也要租房子；租房子早已成了大學生的一種時尚生活方式了。聽說中國國內幾家大報曾對此事開展過大討論，目的是想剎住這股風潮，但實際情形卻是收效不大，後來也就不再討論了。

D大算得上一所在這方面較為開放的大學，這所大學的學生在外面租房子現象要比省城其他大學多，校方對此事也是睜一隻眼閉一隻眼，不太管；於是，D大有不少大一同學也開始在外面租房子住了。

只是誰也沒有想到，本宿舍頭一個出去租房子的人竟然是仝工，要知道，他家可是全國都有名的貧困地區農村，要是真正地論起窮來，就連弋輝也得自歎不如。

「上學期你還窮得叮噹響，這學期就一夜暴富了，你小子是不是搶銀行了。」施然頭一個調侃他。施然是叫喊要出去租房子第一人，但是沒想到卻被仝工搶了先。施然心裡有些不平衡的感覺。

「搶什麼銀行，這年頭又不是只有搶銀行一條道。」仝工微露一絲嘲諷樣，說道：「偉大領袖毛主席早就教導我們說，有條件要上，沒有條件創造條件也要上。我這人沒別的能耐，只有一樣本事，就是只實幹、不空想。」

「行，真有你的，說說，租了間什麼樣的房子？地理位置優越不？」弋輝問。其實弋輝也挺想出去租間房子住，宿舍八個人整天大呼小叫亂哄哄的，不但無法學習，就連休息都不能保證。再說了，到外面租間房子不但想幹啥就幹啥，而且還能讓張瑞珍也來住，這是啥感覺呀……只是自己經濟狀況太差而無法實現。

「唉，說起來也不是什麼好房子，一室沒廳，再就是有間廚房和衛生間，總共加在一起只有十七坪米，租金還挺高，一個月要一百二十塊錢。」

「十幾平米一個月就要一百二？這也太貴了吧。」王猛吧咋[8]著嘴說。他是本市人，知道租房子的行情，他這一說，大家就跟隨著紛紛表態說：「就是、就是，太貴了，這麼個鳥屋子，一個月就要一百二十塊錢，能頂兩個月的伙食費，房東的心也太黑了。」

「唉！誰說不是呢，我不就是圖了個路近、方便嗎。」仝工看來也覺得有些太貴了，說完也跟隨著吧咋了幾下嘴。

「路近？在什麼地方？」眾人搶著問。

「就在校園裡，物理系前面的老教工宿舍樓，房東是本校一個老師，他在外面另外買了套大房子，把這個小的租了出去。這間房子原來是個大四學生租著。前不久他找到了工作，已經在單位上了班，單位給他分了間宿舍，他就退了這間房子。正好我的一個老鄉認識房東老師，就幫我租了下來。聽說有三個同學因為晚了一步而後悔不已呢。」仝工馬上又換成一副得意相，好像他才是天底下最幸福的人。

「現在的大學老師可真會做生意。」弋輝感歎道。

「當然了，大學老師本來智商就比常人高，這要是一門心思用在經商上，哪還能差。」王猛點評著。

「是呀，是呀。」眾人齊聲呼應道。

其實仝工租的這間房子還真不能算是差。雖說沒有客廳，但臥室挺好，不但有一張寬敞雙人床，而且有電視機、電風扇等電氣用品。衛生間還裝了個電熱水器，天天都能看電視、洗澡。嘿！挺有情調的

8 吧咋：當某人對某件事有一種特別的看法時，在做出回應時的一種表情狀態；就是上下嘴唇同時動一下，發出聲音來，這也是一種習慣性用法，在各類文學作品中常常會見到。

嘛。仝工特地把宿舍的人叫來參觀了一下，大家都點評說：「不錯，值！」

後來，弋輝和宿舍的人才知道，原來仝工和一直相好的那個女的分手了，又找了個外語系大二本科生，聽說這個女的家裡挺有錢，這次租房子是這個女生的主意，錢也是這個女生出的。

仝工原來是個吃軟飯的種！知道了是這番原委後，弋輝在心裡罵了一句，但他馬上就後悔這樣想了，這年頭什麼叫軟飯，什麼又叫硬飯，沒錢你能硬起來嗎。沒錢誰認你是老幾……仝工好壞也算是曲線救國，先生存下來，才能發展，連這個硬道理都不懂還想在社會上混……弋輝在心裡憤憤地罵起了自己……

第二天和張瑞珍約會時，弋輝告訴了她仝工在外面租房子的事。張瑞珍剛一聽完就來了興趣，讓弋輝帶她去參觀了一次。這次碰巧趕上仝工新交的女朋友也在，仝工把他的女朋友叫小水的給弋輝和張瑞珍相互介紹了一番。雖說是頭一次見面，但仝工這個新交女朋友弋輝覺得很有氣質，長得挺水的，弋輝覺得比仝工以前那位要強。張瑞珍最大的收穫則是在小水的介紹下更加堅定了要和弋輝租房子的決心。

弋輝不想租房子不是別的原因，主要是經濟問題。他和張瑞珍都是農村考上來的，家裡的經濟狀況是一家不如一家，兩人都申請了貧困生助學金，雖說過年時兩人在在弋輝姐姐工作的那家娛樂城打工掙了幾百塊錢，加上這幾個月幹了些別的活兒又各自掙了一百多塊錢，但要用這點兒錢租房子則肯定不夠。再說了，就算是真有了錢也不能出去租房子，因為這要是讓校方知道了的話，不但以後再也別指望申請助學金和特困生無息貸款，而且現在貸得那些款也得馬上歸還。仝工剛入學時也申請過一筆特困生無息貸款，由於他現在已經有錢在外面租房子住了，校方昨天通知要他提前歸還貸款。在弋輝再三分析下，張瑞珍才萬難地打消了租房子的念頭。

不過就在當天晚上，弋輝一個人去了他和張瑞珍常去的那片戀愛林三角區，咬著牙、掉著淚，抽了一棵小樹半天耳光，邊抽邊發誓，這輩子非得當上大款不可。因為喊出的聲音像是狼嚎，嚇得好幾個正在附近行好事的男女同學落荒而逃。

因為又快要到期末考試了，系裡讓各班在本週末例行班會上重點說一下如何端正考風、嚴肅考紀的事。儘管嚴肅考風考紀學校是天天講、月月講、年年講，可以說是常抓不懈，但就是有人要頂風作浪，專幹這違禁的事。每當到了期末考試時，校園裡各大看板上總有一些被曝光的人名，總有人專揀這時候上光榮榜。

但是，吳江老師卻不想把班會搞得太過於嚴肅了，因為都是些過了十八歲法定年齡段的成年人了，時間也早進入到了八十年代，不是文革時期，如果再用那些對付小孩子的舉動是不會起到多大效果的。孔子還說：言教不如心教呀！不如換個主題，設法達到讓同學們從心裡真正重視起這事的效果來，班會才算是沒白開。一番思索後，這星期的班會上，吳江老師出了一個很另類題目，「我看蹺課現象與如何度過大學四年」，叫大家就這個題目各自暢所己見，充分發表各自的意見。

「我先說一點兒。」眾人聞聲抬頭一看，說話的又是班長。

「在大家面前我不想唱高調，說學習的重要性如何如何，但是我還是覺得像我們在座的各位能考上大學實屬不易。前天從報紙上看到一則報導，全國各地高考的人數和本科生的錄取比例剛剛達到了百分之十多一點兒，也就是說每一年高考下來後仍然有近百分之九十的同齡人雖然和我們一樣也經過了十幾年的艱苦奮鬥，但仍然不能圓他們的大學夢。所以說，我們這些在座者確實是幸運兒，尤其是我們這些考上了像D大這樣全國重點大學的人……」

班長的話確實有道理，弋輝心想，他這一年時間儘管也覺得自己是幸運兒，但是一次也沒提到這樣的高度來看這個問題。是呀，不說別人，就說自己的姐姐弋琳吧，當年上初中時比他的學習成績好多了，弋琳打心底裡更是想上大學，可是最後的命運卻連個高中都未能念成……

「因此，我覺得雖然我們現在是實現了自己的人生理想，考上了理想中的大學，學得又是自己選定的專業，儘管剛入學就有高年級同學對我們說：上大學比上高中輕鬆了好幾倍，只要你能使出上高中時一半的力氣，保證四年後能考上研究生。經過這一年時間的檢驗，我覺得這話確實對，這話沒一點兒毛病；但是我更覺得考上大學只是萬里長征走完了第一步。人這一輩子最重要的是應當學下真本領、真知識，這樣才能在將來的社會上立住腳跟。尤其是當我們處在這樣一個競爭如此激烈的社會……而要想學下真本領、真知識，就必須認真地對待大學四年裡的每一天……」

班長的話雖然好像也是些大道理，但聽起來卻覺得實在，中聽，弋輝不由地連連點著頭。

「班長說得不錯，確實是這麼個理。」接過話碴的竟是趙建國，弋輝心想，看來這個話題真正觸及到了他的思想深處。

「我想再補充說一點兒想法，上高中那幾年最大的一點兒體會就是不管是上什麼課，也不管老師講得如何，從來沒有一個人逃過一節課，在座的各位說是不是。」

下面的同學都認真地點了下頭，表示趙建國說得確實對。

「那麼上了大學後為什麼我們開始變得不去上課了？這其中當然有個別老師講課方式上的問題，可關鍵的是我們各位同學從心裡認為自己的理想已經實現了，用不著再像高中時那樣拚命了。關於這一點剛才已經有同學已經講過了，我就不再多說了。但是我想說的是，我個人認為，不管老師課講得如何，我們都要去聽課，就是講得再不好，也要去聽，聽完再去批判嘛！如果你不去聽課，你又怎麼去評判老師講得好不好呢？另外，我們每一個人每年都要交一筆學費，你交了學費最大一個目的就是想聽課呀。如果你連課都不去聽，這些錢不是白交了嗎？這就好比是看電影，買了票又不去看，那不是白糟蹋了票錢了嗎……」

這例子舉得實在，不少同學贊同地點著頭。弋輝心裡想，趙建國將來很可能會成為他們班最有思想的一個人。

「趙建國說得挺對。」弋輝可能也有些按捺不住了，站起來發表意見：「他剛才的話對我觸動挺大，在這裡我再補充一句，其實我們只有都去聽課了，老師才有情緒發揮水準，才有情緒把課講好。如果一個班四十多人只有十幾個去聽課，就是水準再高的老師恐怕也沒有情緒講課了。這也好比是看演出，台下觀眾如果很多，劇院裡觀眾爆滿，那演員表演得也就自然會十分賣力；如果劇院裡觀眾寥寥無幾，那演員肯定是個個無精打采，就是著名演員遇到這情形恐怕也沒了情緒發揮自己的水準……」

班會氣氛立刻熱烈起來，同學們紛紛發表自己的看法，雖然有的同學說，專業課程設置和圓周律似的，多少年都沒一點兒變化，只給一年時間，就要我們和幾千年的古人挨著對一遍話，古代文學、古代漢語、古代文論……全是古代，這不是在復古嗎？我們建議多增加一些現代文學方面的課程，去掉一些古代課程……但大多數同學還是傾向於這四年裡應該認真學習這一觀點。這個週末班會可是一年來開過的許多次班會中最見實效的一次。最後，吳江老師講了一個故事：

「我是一名共產黨員。我今天要給共產黨員唱一次讚歌……」同學們看到吳老師臉上呈現出副嚴肅樣，就知道這故事絕對不是要調侃什麼……

「有這樣一位共產黨員，他叫張秋人，那一年，正是革命最低潮的時候，他被國民黨逮捕了，他當時是中共浙江省委書記，被捕時才二十多歲，和你們現在的年齡差不多。

張秋人被捕後因為是共產黨的高官，所以很快就被判處了死刑，單等高等法院審核後被執行。就在等候被核准的那幾天裡，張秋人經過監獄方面的准許，託人從外面送進來一本馬克思的《資本論》，他認真地讀了起來。不但白天整天地讀這本書，到了晚上仍然就著小視窗透進來的微弱燈光繼續認真地讀著，幾乎每一頁上都有他用鉛筆寫下的讀書心得。看守對他的這一舉動大惑不解，問他：你都被判了死刑並且馬上就要被執行了，不趁這最後幾天時間享受一下人生，卻每天在那兒讀什麼《資本論》，有什麼用？你就是再用功，這本書也救不了你的命呀……

只見張秋人嚴肅地說道：是的，你說得很對，我是沒幾天活頭了，就是再怎麼讀這本書也不會救我的命。但是你不會知道，人與人之間一輩子的追求是不同的。我這一生最大的理想就是追求知識，追求真理，我是一個共產黨員，但是入黨這些年我卻對共產主義知道的並不很多，這才是我這一生最大的憾事。所以我現在想用這最後的幾天時間彌補一下我的遺憾，要說有用沒用，我覺得把人生最後的時間能用在學習上那才是最有用的……」

吳江老師講完後，教室裡一片寂靜，這天晚上回到宿舍直到熄燈，宿舍裡的人誰也沒說一句話……

期末考試結束就是暑假，這個假期弋輝和張瑞珍仍然決定不回家，繼續到弋琳工作的大富豪娛樂城打工。弋琳在這家娛樂城表現得不錯，已經升為酒吧部副經理了，每月工資也跟隨著漲了五十塊錢，因弋輝大哥腿傷一直不見好，所以除了生活費用外，省下的錢弋琳都寄回家給大哥治病用，弋琳自已的生活水準卻仍未見好轉；弋輝心裡對小姐姐充滿了感激和敬佩。

弋輝在娛樂城照舊當保安，張瑞珍還在酒吧當服務員。一個多月的假期很快就過去了，也沒什麼特別的事發生，只是兩人又碰到了上次寒假打工時除夕晚上來這裡消費的錢市長，錢市長仍然是和王麗一起來的。錢市長雖然官當得很大，可是挺講義氣的，上次弋輝和張瑞珍關鍵時刻幫了他的事，錢市長一直記著。王麗因為她大哥承包了D大一項基建工程，去D大找她大哥時碰到過張瑞珍兩次，兩人更加熟悉了起來。自打除夕後錢市長就再也沒來過大富豪娛樂城，可不知是什麼原因，恰好弋輝和張瑞珍暑假又到這裡打工後，錢市長竟然又來這裡玩來了；弋輝覺得這可能真是緣分，看來人不信命可真不行，弋輝從此更加堅信命運之說了。

錢市長帶著王麗來了三次，弋輝每一次都像是美國總統的貼身警衛一樣，警惕地在大廳和錢市長的包廂之間來回巡邏著，一刻也不敢鬆懈，每一回都是由張瑞珍到附近國營藥店買來幾只不同品牌的優質安全套放在包廂裡供錢市長選用。錢市長和王麗來了幾次，一點兒麻煩事也沒遇上，錢市長和王麗更加對弋輝和張瑞珍有了好感。

暑假很快就過去了，兩人打工總共掙了三百多塊錢，但是這點錢要是用來交下一年的學費那可不夠，張瑞珍本來有高中老師給她的那一萬塊錢，只是她母親去年得了場病把那些錢全花掉了，沒辦法她只得向學校再申請一次特困生貸款。

8

大二開學後頭一個月事情不多，張瑞珍有一年沒回家了，她的家在D市郊區，一個多小時就能到家，可就是這麼近她卻一年都沒回家一趟，家裡讓人捎話讓她抽時間回趟家，說是她奶奶想她想得有些厲害，這個週末張瑞珍便約上弋輝去了她家。一來回家看看，二來借此讓家裡人相一下弋輝，雖說張瑞珍的家人不大管她的事，但這畢竟是人生大事，不能不提早告訴家人。

張瑞珍的家在D市郊區紅光縣，D市汽車站專門有長途客車經過她們鎮。張瑞珍的家雖說沾了離D市近的光，但卻是D市下屬幾個縣中最窮的一個縣，也是經濟條件最差的一個縣。說來也巧，張瑞珍家所在那個村子又是全縣最窮一個村子，不要說和其他窮村比不成，就連弋輝他們家所在那個全國有名的窮困縣，好像也要比張瑞珍家這個村子稍好一點兒，所以說這個村子可真是一個名副其實的窮村。

張瑞珍家房子倒是不算少，一共有五間正房，其中有一間做了糧倉，另一間當了雜屋，一間是她奶奶和她的三個妹妹住，另一間是她父母和她小弟弟住，還有一間是客廳。房子間數不少，只是這一排房子全是土坯砌壘的，年久失修加上常年被雨水沖刷，早已呈現出一副破敗樣，弋輝看了第一眼就擔心地想：這房子恐怕連一級地震也抗不住。

張瑞珍父母年紀不算大，正是能幹活的時候，張瑞珍是家裡老大，下面有三個妹妹，一個弟弟，上有一個老奶奶，全家八口人全靠著那點兒地裡收入來維持，生活就肯定要過得緊巴了。

張瑞珍大妹妹十五歲，二妹妹十歲，三妹妹五歲，最小的弟弟剛剛一歲，一看家裡弟妹這副年齡結構，弋輝馬上明白為什麼張瑞珍自打上了大學後就一直不想回家的原因了。

家裡人對弋輝是滿意的，小夥子長得挺厚道的，個子也不矮，又是個大學生，還有啥挑剔的，家裡人當時就表態同意張瑞珍和弋輝繼續交往下去。

說了一會兒話就吃飯，吃完飯天就黑了，農村人晚上沒什麼娛樂活動，張瑞珍家屬於貧困戶，沒有電視機，一家人說了會兒話，就打算睡覺了。張瑞珍對她媽說：「媽，我還和奶奶睡，你在客廳躺櫃上鋪床褥子，讓弋輝睡那上面吧。」

張瑞珍她媽嚇了一跳，忙說，「那上面哪能睡人，你領著弋輝去你三叔家睡吧，他們家有地方。」

「不」，張瑞珍不同意，「我們明天要早走，五點就得起，睡在我三叔家肯定把他們也折騰得睡不好。再說了不就湊合一晚上嗎，弋輝剛脫掉農村的皮才幾天，他哪有那麼嬌。」

弋輝一聽忙說：「行，我睡躺櫃上沒問題，這要比睡學校的上下鋪好。」

張瑞珍父母都是老實人，一聽兩人都這樣說，也就沒再說什麼。

把褥子和被子在躺櫃上擺弄好，張瑞珍對弋輝說：「早點睡吧，明天早上五點鐘我來叫你。」

弋輝說：「還是我叫你吧，我平時也比你起得早。」

張瑞珍說：「說話注意點兒，誰和你有平時了。」

弋輝馬上明白這句話經不起推敲，笑了笑，順勢躺了上去。

家境雖然窮，但弋輝真還沒在這上面睡過覺，瞅著黑呼呼的屋頂垂下來好些個灰塵絲條，弋輝苦絲絲地想，她老說她家比我們那地方強，看這現狀連我們那兒也不如呀……

畢竟從來沒在這種床上睡過覺，弋輝躺在大躺櫃上好大一陣子都睡不著，腦子裡不由得胡亂想了起來，一會兒學校，一會兒娛樂城，想著想著就想起了小姐姐，唉呀，弋輝一拍腦袋暗暗叫道，有一個月沒見姐姐的面了，說起來這段日子也沒什麼太忙的事，主要是發懶的原因，不行，最近一定得抽出時間去看看姐姐……

胡思亂想了一個多小時後，睏意上來了，剛迷糊著，忽然覺得被子被撩起個角，驚得弋輝剛要喊叫，只聽張瑞珍壓低聲說：「別說話，是我。」說著就鑽了進來。

弋輝一激凌[9]，一把摟緊張瑞珍壓著聲說：「想你想得怎也睡不著。」

張瑞珍喘著氣回應著：「我也是。」

兩人相互間像是八輩子沒見面似的當下喘成了一堆……

星期一早上晨天還沒亮兩人就往學校趕。張瑞珍家所在村子正好有一班早車經過，一個小時就能到D市汽車站，然後再從汽車站坐十九路車終點站就是D大。上了十九路車後，弋輝看到他們系同年級有幾個同學也上了這趟公車，看來也是週末回家來著，可能家也是在郊區，幾人相互打了招呼。果然那幾個同學家都是郊區的，有一個和張瑞珍還是同一個鎮的老鄉。汽車站是十九路車始發站，在那兒上車的人都有座位。

車子走了幾站後，車上的人漸漸多了起來。又從一個站開車後，弋輝突然看到上來一個人很是面熟，忽地一下子想了起來，身子跟隨著一顫，這人不正是教他們公共課《馬克思主義哲學》的那位李教授嗎。要說這人講課還真不能說太差，每一節課都講得頭頭是道，但就是太教條，許多觀點也太顯陳

9 激凌：因某句話或某件事在一瞬間對人觸動特別大時，人的身體猛然間會不由自主地抖動一下。

舊，社會都發展進步了好幾百年了，可他的觀點卻完全是馬克思活著那年頭的，一點兒也沒變，就像馬克思站在講臺上說話似的，這就讓人聽起來有些乏味了。聽高年級的同學講，李教授有兩個外號，一個是「假馬列」，另一外號是「馬列主義老太爺」。聽說有考究癖的同學曾經專門考究過，但卻未能考究出這兩個外號源於何時，是哪位高人給起的。研究者最終只得出了一個結論，就是李教授這兩個外號的確有些年頭了，歷史不短，在Ｄ大除了學校的歷史長就數李教授這兩個外號年代長。

話說李教授上了十九路車後，看到車上人多沒座位，便四下裡打探著眼神，可能是想碰上一個熟人好給他讓個座位。不過要說李教授的歲數還真是不小了，聽人說他去年就六十四歲了，只是為了能再為黨工作幾年，他挺有先見的在前十年就找關係把出生年月往小改了八歲，所以學校人事處掌握的檔案上他現在的年齡是五十六歲，還得四年才退休。

李教授身體原本是不錯的，只是長年教書站講臺站下個關節勞損，現在他站的時間長一些腿就疼，因此最近這幾年他是教務處特批允許坐著講課的少數幾個老教授之一。

李教授上了車往後擠了一會兒就擠到了車後部，他定下神四下裡仔細一看，就看見了弋輝、張瑞珍和其他幾個中文系學生。雖說李教授叫不上這幾個人的名字，但他卻知道這幾個坐在座位上的人都是Ｄ大學生，也肯定全聽過他的課，李教授在期末考試時全給他們打了一個不錯成績，因為李教授從來不抓人的，自然也不是名捕，對於這一點Ｄ大的學生還是認可的，所以在這方面李教授很有口碑。話說此時李教授為了保險起見，就又裝作不經意的樣子再次瞅了這幾人一眼，沒錯，肯定是Ｄ大的，肯定是他教過的學生，好像是中文系的吧……李教授覺得這幾個坐在座位上的學生也肯定認出了他，下一步則是要給他讓座位了，不衝別的，就衝給他們講了整整一學期課的份上也得給他讓個座位吧，憑他是這些學生的老師這一點也得給他讓座位吧。不過他不能先和他們打招呼，哪有老師先和學生打招呼的，他要先和這幾個學生打招呼，一來有失他的教授面子，二來則會讓這幾個學生覺得他是想讓他們給他讓座似的，平時在學校裡他都從不和學生主動打招呼，現在就更不可能先和他們打招呼了。李教授心裡便又想：等下有同學給我讓了座位後我用不用再謙讓一下？應該謙讓一下，以示我的教授風采呀！謙讓過後就得用一種不好違背同學們的好意的姿態勉強坐在那位讓出座位同學原來坐過的位子上，這時就得表示一下感謝之意了；表示感謝的話一定要說，這時要再不說那可太不像教授水準了，但要說出教授水準的感謝話也不是一件容易的事，得好好斟酌一下詞句……

李教授這邊正一邊斟酌著如何造感謝句子的詞語、一邊等著同學們給他讓座，另一邊弋輝和其他同學也都已經看到了李教授，並且也都看出了他的意圖，但是卻沒有一個人主動起來給他讓座。弋輝倒是一開始時準備給李教授讓座來著，但是他剛要起身時卻見李教授一下子揚起了頭看起了窗外的風景，弋輝心裡就有些不舒服了：老師怎麼著了，老師就時時都要裝出副比學生大三輩的樣子？教授怎得了，教授也不能在這時還非得拿出教授樣子來讓學生給你讓座吧？人家外國教授從來都不裝腔作勢的，可是學生卻非常尊敬他們。當年徐志摩在北京大學讀書時還拍著胡適的肩膀稱兄道弟的，但他卻打心裡非常尊敬胡適。可現如今的教授個個都不知怎得了，好像非得裝出副孔夫子的相才能在社會上混似的……弋輝就臨時決定不給李教授讓座位了。

其他幾位同學此時的心情也和弋輝差不多，此外他們更覺得李教授是D大有名的「馬列主義老太爺」，那就讓他在此時好好表現一下馬克思主義者的風采吧，所以這幾個同學也臨時決定不給李教授讓座位了。

李教授這下子可慘了，這可是他萬萬沒想到的情況。好幾分鐘過去了，竟然不見一個同學起身給他讓座位，李教授心裡就有些惱火了：怎麼D大素質最差的學生今天全讓我遇上了，早知他們會對老師這般無禮，當時真應該讓他們全不及格……但是李教授明白此時不能發火，一來沒由頭發火，學生又沒犯了哪條校規校紀，最多是個思想道德教育問題，但那是以後教育的事，此時還得先設法搞個位子坐，這腿眼看著就要抗議了；於是李教授萬難地放下了架子，像是剛看見這幾個學生似的，瞅定了他們，然後硬從臉上擠出了一絲微笑……

不想李教授的這一舉動起了反作用，幾個學生都明白了李教授這微微一笑的真實意圖。同學們就更加來氣了，嘿！剛才還是副趾高氣揚相，一看不靈了，立時就換成副春到人間相，這人也真能裝呀，這可真是「馬列主義老太爺」呀……今天我們還偏不給他讓座位，看他能把我們怎麼著了。幾個人像是心有靈犀一點通似的，假裝沒看見李教授此時的表情，一齊把頭扭向了車窗外，看外面的風景去了。

李教授這下子可真要氣炸了肺，鼻子眼睛好似都跟隨著移了位，但他又毫無辦法，只是在心裡暗暗罵道：這幫狗崽子，等到了學校再說，我一定不會放過你們的……罵完李教授心裡好像好受了一點兒，便兩隻手一齊抓住車廂扶手，繃足勁兒硬挺著。

一個半小時後，十九路車終於開到了終點站D大。等李教授把已經麻木的雙腿揉得能動彈了時，發現那幾個和他同在一趟車上的學生早已下了車走得沒了蹤影，李教授氣得頭髮都倒立了起來，急忙下了車一拐一瘸地找他當年的師弟、現在的季副校長訴苦去了。

季副校長自打認識李教授這些年可從未見過他師兄今天這種氣急敗壞樣子，剛端上來一杯熱茶他竟一口氣給喝了個底朝天，唾沫星子像澆花的噴壺噴了季副校長一臉一身。季副校長顧不上擦掉這些污染物，先用足精神聽明白了是怎麼回事後，心裡是又氣又恨又笑，氣的是現在的大學生素質怎麼會這麼差，面對著自己的老師竟然像是沒看見似的連座位也不讓；恨的是那些教《大學生思想道德教育》課的教師平時也不知道是怎講課的，就是幼稚園的孩子看見這情況都會起來給大人讓座位呀！笑的是這位老兄竟然這樣軟弱，你就不能當場拽起來一個D大學生坐在他的位子上嗎？和這種人還用講客氣嗎？你和他們這些大學生講客氣就是在縱容他們呀！

季副校長等他師兄平靜下來後，便連連保證道，他一定會嚴肅處理這件事的，請師兄放心，現在師兄要做的事就是千萬不要生氣，萬萬不可氣壞了身子，因為身體是革命的本錢，這所大學教授本來就少，尤其是像他這樣的教學科研骨幹力量；再說了和這些連乳毛還未褪盡的孩子生氣也不值……

等把李教授勸走後，季副校長想了好大一陣子還是覺得這事真不大好處理。這些學生雖說沒給教授讓座位，但是卻既沒違犯學校的相關規定，也沒有觸犯法律條款，這事還真不知該怎處理。季副校長運運氣接通了學生處長的電話，請他過來一下。

學生處長來得倒是挺快，雖然不在同一座大樓辦公，但是季副校長放下電話沒幾分鐘他就到了。因為這人是季副校長提起來的，所以季副校長也就實話實說了一把，說完又補了一句，「你做學生工作好幾年了，處理這事有經驗，這事就交由你去全權處理。」

學生處長做學生工作是有好幾個年頭了，並且他一直認為自己這幾年工作做得很好，該提他當校長助理了，但是當他聽完事情的由來後，卻當下就覺得這事有些離譜，別說他當學生處長這幾年，就是連帶加上從他上大學到現在這二十年間他連聽都沒聽說過會有這事，並且還是由當事人事後親自告到了校長那裡，這可真讓他整個不明白這社會到底是怎的了……但是現在是副校長親自把他傳喚到了這裡，這事不處理還真不成……

學生處長低頭沉思了九秒鐘後說道：「季副校長，這事還真不好處理，從道德教育、道德素質角度說，學生確實做得不對；但是要從規章制度方面看，又找不出來他們違犯了哪一條，所以不好給學生定罪名呀……」

學生處長說到這兒見季副校長皺了下眉，就趕緊說：「季副校長，你看這樣行不行，咱們以這件事為由頭，搞一次全校範圍學生大討論，一方面用這件事教育所有學生；另一方面給那幾個沒讓座的學生來一個敲山震虎。同時我也設法查一下當時在車上沒給李教授讓座的學生名單，以後找別的機會收拾他們。還有一層意思是正好藉助這事咱們搞一個大學生提升文明素質教育運動，年底省教育廳來驗收時還能多一些政績……這樣做你看行不行？」學生處長說完拿眼看季副校長，等著他決定。

季副校長一時也想不出別的辦法，只得點頭表示同意，無奈地說：「行，就這樣辦吧，到時讓學校宣傳部門多配合一下，把聲勢造大一些。」

學生處長答應著辦去了

果然，從第二天開始，D大開始了一場聲勢浩大的大學生文明素質教育運動，校廣播電臺和D大校報等媒體紛紛連篇累牘地刊登李教授這件事，其主題就是「大學生到底應不應該給自己的老師讓座？」

因為這事發生在了中文系，中文系的學生便成了運動重點。系裡除了管學生工作的團委書記和幾個輔導員外，連系主任、副系主任也全都參與到這場聲勢浩大的運動中來了。他們要做的頭一項工作就是設法先查出來那天是哪幾個學生在那趟車上，又是哪幾個學生沒給李教授讓座，因為據李教授回憶，當時車上的幾個學生應該是中文系的。

這年頭江姐是一年比一年少，甫志高[10]則一年比一年多，就像雨後山上的春筍似的，一場小雨過後甫志高就成了滿山遍野。因而當系裡的學生知道教他們馬克思主義哲學課的李教授在車上站了近兩小時，而中文系學生竟然沒有一個人起來給他讓座的事情後，人人氣憤萬慨、個個義憤填膺，紛紛寫大批判文

10 甫志高：在中國大陸紅色小說《紅岩》中，是個出賣江姐的爭議人物。

章，憤怒聲討這些敗壞大學生聲譽的事情，有那行動更快的人則立馬向系領導檢舉了他們認為最為可疑的、那天沒給李教授讓座學生名單。

照著這份名單上的人名，系分管大二學生工作的學生輔導員頭一個就找弋輝談話。

這位學生輔導員是個女的，是前年研究生畢業後留校的，巧的是她正是那個沒人給讓座位李教授的研究生。她今年已經二十八歲了可還沒結婚，聽說最近這段日子有人剛給介紹了一個，因而這些天工作起來就不像前些時候那麼認真了，一下班就坐車往外走。但是現在學校發生了這麼大的事，而且主人公又是她的導師，她只得按住性子調查了。

弋輝進來時學生輔導員正和幾個系學生會幹部商議事，見弋輝進來，學生輔導員就讓那幾個學生幹部走了，有一個學生幹部是弋輝他們年級的，認識弋輝，快出門時趁學生輔導員沒注意，衝弋輝笑了一下，這一笑竟讓弋輝理解成是讓他堅強些的意思，弋輝心裡就有些感動。

「弋輝同學，請坐吧。」弋輝有時候也會被這人叫到辦公室談事，但她從未有過讓他坐下的客氣話，弋輝一時竟有些激動了起來，便坐了下來。

「弋輝同學，你是上學期寫的入黨申請書吧。」這問題問得有水準，不虧是做學生政治思想工作的人。

「嗯。」學生輔導員的迂迴戰術真把弋輝給搞悶了。

「還沒給你確定培養人吧？」

「沒有。」

「很快會確定的，系總支最近可能要研究這事。」

「那……那就謝謝你們了。」弋輝真誠地感謝著。

「你上週末回家了？」學生輔導員進入了正題。

「嗯。」弋輝有些警覺起來。

「是星期一早上回來的？」

「是的。」

「那好，我問你。」學生輔導員往前傾了下身子，儘量放鬆表情，說道：「這兩天學校正在開展的『大學生到底應不應該給自己的老師讓座』？道德教育大討論你也知道了，我就不細說了。按說現在黨中央一直提倡以人為本，大學生也是人，他的做人權利和教授是平等的，車上有座位他理應坐下來，讓座位與不讓座位都是他自己的事。但是尊老愛幼是我們中華民族的光榮傳統，大學生才剛剛二十歲，理應給一個五十多歲的人讓座吧？」

「老師說得對。」弋輝點著頭表示同意。

「好，那我問你，你當時是不是也在車上？」

「是的。」弋輝不想否認。

「那你為什麼沒給李教授讓座？」學生輔導員盯住他問。

「我當時根本就沒看見李教授也在車上。」這是弋輝早就想好的託詞。

「沒看見？那李教授怎麼能看見你們呀？」

「這我就不知道了。」

「不知道？」

「是的。因為當時是星期一早上，上班的人特別多。車上很擁擠，我根本就不可能把車上的人都看清，再加上我又是個深度近視，就是李教授走到我面前我都不一定能認出他來。」

其實弋輝眼睛並不近視，去年測視力時左右眼都是一點五，他故意這樣說。

「你當時真沒看見李教授？」學生輔導員又問了一句。

「真沒看見。這我還能說假話嗎？」弋輝裝出副著急樣子解釋著：「我是從始發站上的車，可是我坐了沒幾站就把位子讓給了一個七十多歲的農村老頭了，後來就一直站著。我要是看見李教授也在車上的話，我肯定會把那個農村老頭攆起來讓李教授坐，李教授的身命價值要遠遠高於那個農村老頭的。」弋輝弄出一副非常嚴肅樣子回答著。

學生輔導員聽得差一點兒笑出聲來，她強忍住笑，一時間沒了話，想了一會兒才又問：「那當時咱們系的學生除了你還有誰在車上？」

弋輝明白這才是談話的真正主題，但他心裡同時也想，我要是今天當一回甫志高的話，那可真是要被全校同學槍斃的。於是便說：「不知道還有誰在車上，沒看見有別人。」

「一個人也沒看見？」

「沒看見」。弋輝換成副更加肯定樣子，說：「我是一個人上車的，當時車上只有我一個人是D大的，車開出沒幾站人就很多了，我給那個農村老大爺讓了座位後，就被擠到了車廂後面，所以後來有沒有咱們系的同學上車我就不知道了。」

學生輔導員想了一陣子，覺得這事不好問得太什麼了，因為就這事而論，學生又沒犯一點兒罪，學生守則上也並沒規定必須要給教授讓座位……

學生輔導員到了這時才感到有些黔驢技窮了，覺得這下子可真幫不上她導師的忙了，只好讓弋輝走了。

張瑞珍就在辦公樓外等著他，因為早晨上課時班裡同學都在議論這事，趙建國還對她說：「看著吧，你們幾個要小心些，今天可能要找你們幾人過堂，咱們輔導員這段日子正處在青春煥發期，審的時候很可能會往出套你們，千萬不能上她的套。尤其是弋輝更得注意，她一定要打你們寫了入黨申請書的主意……」當班長通知讓弋輝去辦公室輔導員要找他談話時，張瑞珍就跟隨了過來。

「果然被猜準了，『青春期』（「青春期」是系裡同學給學生輔導員起的外號）為這事還真挺賣命的，專從入黨申請書這事開始套我，真他媽的沒意思。」弋輝把過程向張瑞珍說了說，說最後一個字的同時還「唾」了一下，像是吃飯時菜裡發現了蒼蠅似的。

「啊呀！那我也得注意了，『青春期』已讓人通知我了，也要找我談話。」張瑞珍有些緊張起來。

「沒事，不要被她給嚇住了，頂多不入黨了，不能因為入黨就胡咬別人吧。」弋輝給張瑞珍打氣道。

「我知道，我不會當甫志高的。」張瑞珍保證著。

「這還用說，大家早就看出來了，你比江姐都像江姐。」弋輝調侃她。

「一邊去。」張瑞珍推了他一把。

挨著問了兩天，女輔導員不但沒能問出個名堂來，反而在問王猛時被王猛狠狠頂了一頓，頂得女輔導員差一點兒沒換上來氣。

王猛平時不坐這趟公車，那個週末正好去農村姥姥家玩了一趟，星期一早上返回時坐了那趟公車，結果也趕上了這事，被上了大名單。王猛覺得有些晦氣，於是剛進辦公室和女輔導員說了沒幾句話，他就上了火，衝著女輔導員喊道：「不就是沒給那個馬列主義老太爺讓座位嗎？就這事還值得你們興師動眾像審犯人一樣，馬列主義老太爺是人，我們大學生也是人，人和人都是平等的，他的人權應該得到尊重，我們的人權同樣應該得到尊重，我為什麼非得給他讓座位不可。當時我要是給他讓了座位的話，他是坐下來了，可我不是還得站著嗎，那我要是站到半道得個腦溢血的話該誰負責？我才二十歲，他已五十好幾了，誰的命更值錢，他到五十多了才是個教授，我要到了他那年齡保不準早當博導了，誰對社會的貢獻更大……我正式告訴你吧，當時是我沒給他讓座位，要處分你們就處分我，不要再審別的同學了，耽誤別人的時間也是一種犯罪……」

誰也想不到平時說話挺和氣的王猛竟然能有這番表現，女輔導員被他嗆得連一句話也接不上來，臨走時王猛不解氣地又補了一句：「連中共中央政治局都在提倡要進一步加強黨的執政能力建設，希望你們也設法先加強一下你們的執政能力建設吧……」

學生輔導員立馬把王猛的表現用誇大了三倍的創意技法彙報給了系領導，但最終上面也沒敢給王猛任何處分。因為一來王猛說的話不無道理，二來學生處分條例中不管怎找、就是帶上放大鏡找也找不到學生不給教師讓座該如何處分的條款，三來他們也清楚王猛父母都是市委機關幹部，這是一個不好惹的碴兒。最後系裡只是在向校領導彙報時加了一條提議，建議儘快修改《D大學生守則》，增加對此類問題如何處分相關條款，以後再發生這類事時好有法可依。這事也就不了了之了。

王猛一下子出了名，成了D大校園裡家喻戶曉的人物，好幾個平時對他連正眼也不看的女生現在竟然四處打探他的個人情況，有那膽子更大一些的女生乾脆給他寫條子約他見面，條子上最後一句結束語全是「我愛你」三字，王猛被這事竟然給整得有些心蕩神移了……

一年一次的學生幹部換屆開始了，D大中文系今年換屆不但要換各班學生幹部，而且還要改選系學生會，同時還要推舉學生參加校學生會競選；所以換屆選舉成了當前一項很重要的工作。

班長已明確表態他不再當班長了，原因是家裡人反對得不行，家裡人說他自打上了大學後學習成績掉得很厲害，就是因為當班長造成的，家裡人堅決不讓他再當班長了，他父親僅上個月就給他寫了六封信，讓他辭掉班長一職，只是他覺得很快就要換屆了，再堅持一個月吧，所以就沒辭職。

但是班裡同學都清楚他不幹的真實原因是他已在一個月前入黨了，他當班長的目的已經達到了，再當下去就沒多大意義了，這才是他不幹的真正原因。D大新生每當剛一入校，就有人會給他們傳播一個很為實用的順口溜，內容是把大學生也分成了九等人，這九等人分別是：「一等人、是班長，寫了申請就入黨；二等人、團支書，成績優秀不讀書；三等人、當班委，年年獎勵都有你；四等人、搞推銷，月月都能賺外鈔；五等人、後臺硬，各種好事都照應；六等人、頭腦活，院系領導玩得活；七等人、蠻狠種，學校領導不敢惹；八等人、拎得清，只談朋友不上進；九等人、書呆頭，天天都吃窩窩頭！」順口溜儘管讓這些剛入學的大學生聽得一愣一愣的，半天反應不過神來，但是過後細想想真還是那回事，內容挺實在；再說了，現在社會上不也有類似的順口溜嗎，像什麼：「一等人，是公僕，老婆孩子全享福；二等人，是大款，脖子腦袋一般粗；三等人，搞承包，撈了現款撈金條；四等人，大蓋帽，吃了原告吃被告……九等人，工農兵，拎著飯盒學雷鋒。」於是，沒過多長時間新入學的同學就都把「大學生順口溜」牢記在心了；不少人並且照著順口溜上的內容提示開始行動起來。

不管怎說，班長激流勇退對班裡其他同學來說是一個利好消息，因為這樣就能把位子空出來，讓給下一個想要入黨的同學，難道這還不是個利好消息嗎？同學們就都覺得班長其實挺好的，是一個識大體、樂於奉獻的人，不愧為識時務者為俊傑也。

這樣一來，好幾個想當班長的人就開始做起了當班長的前期準備工作。連著好幾天每天晚上都有人叫弋輝和宿舍其他人吃飯，吃飯地方還都不是學校裡面的飯館，而是外面的飯店，隔壁宿舍李開放的父親是D市有名三大包工頭之一，竟然由他父親作陪把班裡同學全部叫到市裡一家四星級飯店吃了一頓。雖說叫他們吃飯時找的理由是李開放過生日，過得還正好是二十歲大生日，所以想要好好慶賀一番。但班裡同學都清楚這是藉口，因為去年李開放過生日時大夥兒記得日子好像要晚一個多月，但李開放解釋說去年是閏月年，今年不閏月，所以正好是今天，大家聽後也沒多想，這又不是公安局查戶口，管人家李開放的生日到底是哪一天；再說了人家好心把全班同學都請到了四星級飯店，這是多長面子的事，要不是人家請吃飯的話，照這種活法就是活到老都恐怕沒機會去那裡面享受一次……同學們都挺高興的。有幾個從來沒見過大世面的女同學竟然還在酒席上喝多了酒，吐了一地，把弋輝嗆得也差一點兒吐出來……

李開放請吃飯的第二天晚上，弋輝正打算去上晚自習，剛走到教學樓門口遇上了孟子琳。孟子琳是他們班團支部委員，這官她剛入學不久就當上了，已經幹了快兩年了，弋輝對她的印象還算可以，平時兩人挺能談得來。

「弋輝，上自習？」孟子琳問，同時把半個身子側著擋在了弋輝前面。

「嗯。」

「上星期『電影藝術鑒賞講座』你去聽了嗎？」

「聽了，蔣老師講得可真精彩。」弋輝是個天生電影迷，只是小時家裡窮沒能看幾場電影。

「蔣老師在講座中講到的那部影片你看過嗎？」孟子琳問。

「沒看過，那片子不是還沒正式公演嗎？」弋輝反問，說實話他真被蔣老師的精彩點評給激起了興趣。

「今天晚上省電影公司小禮堂試演那部片子。」孟子琳眼睛盯住他說，眼珠裡好像要往出冒火花。

「嘿！這可……」弋輝興奮了半下子就洩了氣，省電影公司，那地方誰能進得去。

「我這兒正好有兩張票，想不想去？」孟子琳看住他問。

「想去，太想去了……可我怎麼感謝你呀？」

「謝什麼？別說那沒用的話，想看就走，七點開演，不到一小時了。」孟子琳拿出了當團支委的架勢。

弋輝把手裡的書往懷裡一揣，跟著孟子琳走了。出了校門後，弋輝正想往公車站走，不想孟子琳一招手攔了輛計程車，大咧咧地坐在了前面位子上，這又讓弋輝吃驚不小，他聽人說孟子琳家也是在貧困地區農村，怎麼竟也有了一股大款作派，這人怎這能變呀……弋輝不解。

這場電影由於是試映，票還真難搞，剛從計程車裡出來，就圍上好幾個票販子爭著問他們有沒有多餘的票，兩人使勁兒掙扎了好大一氣才算擺脫了這幾個人，弋輝心想，這個孟子琳看來本事還真是不小，千萬不能小看她。

孟子琳是個直性子，趁著電影還沒開的功夫對弋輝說了她的意思……

原來孟子琳也有一肚子苦水，本來她當團支部組織委員這兩年做了不少工作，把團支部搞得挺像個樣子，還被評上了校級優秀團支部。但是上次發展黨員時卻沒發展她而發展了班長、團支部宣傳委員和班委會勞動委員三個人；而別的班發展卻都是班長、團支部書記和團支部組織委員。孟子琳為這事氣得三天沒吃飯。後來她才整明白，原來勞動委員是中文系副主任的親戚，因為有這層關係，就硬是把本來是她的名額給擠了。她越想越氣就私下裡說了幾句牢騷話，不料有那多事者把這話傳到了系領導那裡，系領導聽到後更生氣了，就打算把她在這次換屆中換下來。而孟子琳是一個性子很倔的人，聽了這話卻偏要跟他們較量一番，自己又沒犯錯誤，大夥兒不選我那我認輸，可是領導們要是這樣做手腳那我還非要和你們較一下真，我還就是嚥不下這口氣。她想到了拉選票這招，因為男生那邊不瞭解情況，而弋輝則是男生中一個較有正義感的人，她把目標鎖定在了弋輝身上。

孟子琳說完又拿眼看住了弋輝，眼珠子裡立時蹦出好幾粒火星來，弋輝不及提防被狠狠灼燙了一下。他趕緊低下了頭不敢看孟子琳。

但孟子琳說得這番話確實讓弋輝聽得心裡來氣，那個勞動委員平時根本不勞動，不但自己不勞動，而且也不帶領大家勞動，這人平時挺懶的，又沒有人緣，全靠了系裡有人給他出力才當了個勞動委員，這次竟然又混得入了黨，這樣的人太可惡了，這也太欺侮我們農村人了；哼，這次我一定要給孟子琳幫忙，氣氣那個可惡的輔導員。

「你還想當組織委員？」弋輝問。

「不，我這次要當團支部書記。」孟子琳咬著牙說。

「那……那勞麗詩呢？」

「她自己不幹了，因為她讀高中時就是黨員了，幹這種事早已經沒了一點兒意思了。」孟子琳懶懶地說。

「行，你放心，我們宿舍的八票肯定投給你。」弋輝莊重地表著態，同時試探著將左手從從椅背上伸過去摟住了孟子琳的腰。

這次班委會成員、團支部改選進行得異常激烈，為了體現出社會主義社會獨具民主性，系領導決定這次改選不提候選人，由全班同學無記名投票選出，也就是弋輝他們農村老家人說的「海選」。

這一來，那個請全班同學去四星級飯店吃飯的李開放就有些擔心了，因為班裡還有兩個同學平時威信很高，雖然選舉前輔導員已經說了不提候選人，但是仍有人在下面喊出了那兩人的名字，李開放順著喊聲瞅過去，原來喊者竟是平時跟他很要好的同宿舍一個人，李開放氣得差一點兒昏過去，雖然弋輝緊跟著也在下面喊了李開放的名字，但李開放還是氣得緩不過來勁兒……

果不如然，統計完票數後，李開放比那兩個呼聲很高的人少了好幾票，結果是那兩個人中一個叫張改革的當選為班長，李開放不幸落選了。

選完班委會成員就開始選團支部成員，這次還未等投票，輔導員就改口宣布：這次要先提候選人，讓大家在候選人中投票選出團支部書記，然後再選出團支部其他成員。她並且代表黨總支提名郭蔚英為團支部書記候選人。

弋輝一聽輔導員提的候選人是郭蔚英，心裡當時就咯噔了好幾下，郭蔚英平時和他關係也很好，從一入學兩人就好上了，有一段時間兩人並且經常在一起吃飯，要不是弋輝後來跟張瑞珍好上了的話，那他肯定會和郭蔚英成了一對的。就因為他後來愛上了張瑞珍，沒辦法就把郭蔚英介紹給了江南。上次和孟子琳看電影時孟子琳曾經對他說過，她得到的消息是郭蔚英可能要被提名為下屆團支部書記候選人。弋輝當時不大信這會是真的，因為郭蔚英入學這兩年表現很一般，各種活動一點兒也不積極參加，想不到現在輔導員竟然提名郭蔚英為團支部書記候選人。

這下子讓弋輝有些不知所措了，晚上來開會前，宿舍的人在弋輝的煽動下都表態一定會投孟子琳的票，仝工拍著脯子保證他不但會投孟子琳的票，而且至少要幫著再拉來別的宿舍三票；可是現在這情形，弋輝真不知該怎辦了……

不大功夫選票發下來了，看到弋輝還在發愣，挨他坐著的王猛碰了他一下，那意思是問他該怎辦？

弋輝這才好似清醒過來似的，先四下裡看了一番，見同學們都在填寫選票，沒人看他，就狠下心壓低聲說：「就照來時定的寫。」說完在選票上先把郭蔚英的名字劃掉，認真地寫下了孟子琳三字，又故意讓仝工看了一眼，然後才交了上去。

王猛、仝工見狀便也跟著填上孟子琳的名字交了上去。

當場選舉，當場唱票，不是候選人的孟子琳竟比郭蔚英多一票而當選為新一屆團支部書記。

這事把輔導員氣得差一點兒背過氣去，班裡同學都走完了好半天她才緩過神來，「他媽的」，輔導員儘管是個女的，可是這句國罵還是吐字非常清晰，最後一個走出教室的男同學聽見了輔導員這句罵人話，嚇得吐了下舌頭，緊跑幾步，逃離了教學樓。

女輔導員雖然氣得夠嗆，但這一選舉結果也不能怨她，因為她在選舉前還專門找了幾個班幹部事先作了番動員工作，那幾個班幹部都表態說肯定會動員全體同學投郭蔚英票的，但不料郭蔚英還是比孟子琳少了一票。

要說起來這事根本上的原因則是：上次女輔導員在同學中為不給李教授讓座位一事搞明查暗訪讓同學們對她非常反感，使得她不但在同學中的威信立馬下降了不少，而且有不少同學此後有了種故意要跟她作對的心理，因而這次改選有些同學就故意不投她提名的候選人，輔導員只得吃啞巴虧。後來同學們才弄清，原來郭蔚英是女輔導員剛交男朋友的親妹妹，同學們知道了這一情況後，都氣狠不過地罵了一聲「他媽的」。

就這樣，孟子琳當選為中文系漢語言文學專業八五級四班新一屆團支部書記。

9

每年一屆全校運動會就要舉行了，這是D大非常隆重的一件體育大事，D大校領導每年都要借校運會春風來振奮一下大學生的士氣。

弋輝有一個優勢體育項目，就是男子鉛球。

其實弋輝既不是從小練成的，也沒上過業餘體校，只是他從五歲起就在地裡勞動，就開始幹體力活兒練出來的力氣，尤其是每年到了收割季節時，他不但得跟著大人天天到地裡割麥子，而且還要捆運、揚場、脫粒，樣樣農活兒都得幹；這樣十幾年下來練成了一副好身骨，力氣也跟著大了起來。還是上高一那年，他無意間參加了一次縣一中運動會，第一次推鉛球就推了個全校第一，並且還破了校紀錄，弋輝這才知道自己原來還有這天賦，高考時因為他保持著全地區鉛球最好成績，被加了五分，這五分加得讓他順利考上了D大這所國家重點大學。

上大學頭一年，他的鉛球成績就是全校最高的，一下子為中文系得了七分，加上其他人獲得的好成績，中文系最後排名為全校第二，比上一年的第三上升了一個名次，只比第一名政法學院少了一分。

雖說中文系領導歷來重視體育運動，中文系也曾經得過幾年全校總分第一名，但是新一屆系領導班子上任後中文系卻沒得過一次第一，系領導非常想得第一，為了能實現這一目標，系裡前年還特地招了好幾名體育特招生，但不想一直沒能如願。中文系領導在賽後總結會上說：明年一定要爭第一，要讓中文系的光榮傳統再次光大起來。這樣，今年再開校運動會時，全系上上下下全被發動了起來。

弋輝這幾天偏偏趕上了狀態不好。

這倒不是別的原因，只是因為上星期回張瑞珍家過週末時，在她家裡兩人又弄了一次那事，因為屋子太潮濕，再加上完事後弋輝口渴得不行，就到外面壓水井喝了一氣剛從井裡壓上來的冷水，第二天回到學校後別的感覺倒是沒覺得有什麼異常，就是一使勁兒肚子就漲疼得不行，因為那幾天課多，弋輝也就沒去醫院看病，不過如果不使勁兒的話，和好人是一樣的，再後來弋輝也就沒太當成回事。不想沒幾天竟然趕上了全校運動會，這不是要人命嗎。

最初弋輝不準備參加全校運動會了，但系領導不同意，女輔導員問他怎回事，他說身體不舒服，女輔導員就問他怎不舒服，他說病了，女輔導員就又問他得了什麼病了？這時他一下子就不知該怎往下接著回答了，支吾了好大一陣子也沒說出個所以然來。女輔導員不高興了，訓了他一頓，鄭重地宣布，系裡這次有統一規定，任何人都不得請假，有特殊情況要請假的話，則由本人向黨總支書記請假，其他人沒有權利准假。

總支書記姓王叫王捍彪，外號老彪，是個有名的狂人，比《狂人日記》裡那個狂人要狂好多倍；不過總支書記的狂要和《狂人日記》裡那個狂人的狂法有著本質上的不同，魯迅先生的小說《狂人日記》裡那個狂人之所以狂是因為對當時的舊社會不滿進而引發的狂，而總支書記的狂則是指他在整學生時有著一種非常可怕的狂。總支書記要是想整哪一個學生的話，那他非得把你的屎和尿一起整出來才罷手，差一樣都不行；中文系歷屆學生都非常害怕他，並且怕到了這樣一個程度，比如說如果在一個公共場合，只要有人冷不丁地喊一聲：老彪來了！準能把在場一半以上的人嚇得尿褲子。後來當有那快畢業的學生覺得再也用不著怕他了時，就在畢業前一天給他又加了個外號，叫他「中美合作所」，典故出自於小說《紅岩》裡的「中美合作所」。新外號一出立時傳遍了D大，這些年中文系畢業的學生每一屆都有不少人叫不上總支書記的名字，但沒有一個人不知道「中美合作所」。

弋輝自小膽子就大，入學兩年多倒是沒有被關於總支書記的傳說嚇倒，但是他的膽子也沒有大到可以和總支書記對著幹的程度，因此他要想請假並且能讓總支書記批准，那就必須得有醫生證明才成。

弋輝專門到市裡一家大醫院檢查了半天，但是醫生也沒能查出來這是什麼病。化驗正常、透視還是正常，一次檢查整整花了半個月的伙食費，可是也沒查出他哪裡不正常……最後醫生建議他花八百塊錢再做一次CT檢查，說是這樣的話就能徹底查清楚哪兒不正常了。

弋輝哪有八百塊錢幹這事，再說他自己很清楚身上哪個地方出了差錯，就是那天晚上幹那事時沒注意程序而落下了毛病，這毛病只要多注意點兒過段日子不治就能好，弋輝洩氣地回了學校。

假是沒法請了，弋輝只得在當天下午跟隨著系運動隊到操場訓練去了。

張瑞珍也是中文系一名運動好手，農村出來的孩子體質原本就要比城裡孩子好，張瑞珍從小也沒受過專業訓練，但她的四百米和八百米一直是縣記錄保持者，上大學頭一年參加校運動會不但連拿兩個第一，而且四百米和八百米還都打破了D大紀錄，成了破校記錄最小年齡運動員，一下子為中文系多得了十幾分，她也因為那一次的出色表現而被確定為入黨積極分子，輔導員已經告訴張瑞珍，今年校運動會上她要是再能奪回兩項第一，總支就發展她入黨。

但是張瑞珍和弋輝一樣，聽了這消息後心裡也是一點兒都高興不起來。

因為張瑞珍的身體也不舒服。

她身體不舒服倒不是那次弄那事沒整好和弋輝一樣也整下了病根兒。而是她已兩個月沒來例假了。自打十三歲那年第一次來例假起，六七年來一直是每月都按時來，一天不遲一天也不早，可是這次是怎回事呀，怎麼兩個月竟然不來一次……

張瑞珍只得找到弋輝把事情告訴了他，問他該怎辦？

弋輝覺得可能是病，可能和他一樣也是因為沒注意性生活衛生而得了病，弋輝便說：明天去醫院讓醫生檢查一下，等檢查完了再說下一步怎辦。

兩人第二天去了醫院，聽了張瑞珍的述說後，醫生先給她做了個懷孕快速檢測，半小時後出來了結果，張瑞珍懷孕了。

這結果可萬萬沒想到，兩人當下頭就大了，愣在走廊裡好大一陣子都緩不過神來……

張瑞珍的眼睛無神地盯住窗外白雲心裡亂糟糟地想著：不對呀，雖說和弋輝做那事已有一年多了，但兩人每次做時她都要親自給弋輝把套子套上才做，沒有拉過一次，所以例假也一直正常，怎麼會懷孕呢……

但是弋輝一聽到是這結果當下就想了起來，這事全是他害的。

原來，就在三個月前，一天晚上，兩人約在一起到學校那片三角林裡一塊兒複習。後來背書背得太累了，兩人就摟在一起親密了一會兒，因為天太熱兩人穿得都少，不大功夫就都有些激動起來，弋輝就想弄那事，張瑞珍雖說也把持不住自己挺想弄那事，但她害怕懷孕，就問弋輝有沒有套子。弋輝說有，從書包裡掏出一個來。這個套子是仝工給他的，有一天晚上仝弄來一箱子這玩意兒，說是幫一家藥廠搞推銷，這些套子是這家藥廠新研製的產品，價錢挺便宜，適合在校大學生用，他想先在D大試銷一下，看看市場情況如何，再決定下一步的銷售計畫。

全工給每人發了一包，肯定是套子品質問題造成了張瑞珍今天這一痛苦結局，弋輝氣惱極了！

醫生一看就明白這又是一例未婚早孕，這年頭醫院裡除了減肥的人來得多以外，就數來看這不是病的病的女孩子多。醫生是個五十多歲老太太，可能是快要退休了，對人挺親切的，用白求恩式的語言勸張瑞珍把胎兒打掉，女醫生說：現在是打胎最佳時機，月份再要大一些的話就不好打掉了，醫院剛好進了一台美國產最先進的「光導牽引無痛人工流產機」，五分鐘就完事，不但一點兒不痛，而且連一點兒感覺都沒有，這台機器進口回來已用了快一個月了，每天光是像你這麼大的女孩子就要做一百多人次，從未有過一例不良反應記錄。

事情已到了這份上了，該怎辦？張瑞珍只得同意做掉。事不遲緩，弋輝趕緊從他二姐那兒借了三百塊錢，兩人約好第二天早上由弋輝陪著張瑞珍去醫院做無痛人工流產手術。

在掛號處交了錢剛到婦產科走廊，張瑞珍有些害怕起來，顫抖著說：「弋輝，我害怕，要不別做了，咱們回去吧。」說著話的同時身子顫慄個不停。

「不做了？」弋輝一愣，忙說：「錢也交了，你又不做了；不做也成，不做就把孩子生下來，我早就想當爸爸了，到時候好好培養一下，到咱兩三十多歲時孩子也成了大學生了，這是多好的事呀。」

「我……我害怕。」張瑞珍沒心情頂弋輝的話，仍是一副害怕樣子。

「沒事，我在走廊上等你，」弋輝安慰著她：「這是省城最好的醫院，用的又是剛從美國引進的無痛人流設備和技術；肯定沒事的。」

「那你待在走廊別走開呀。」張瑞珍害怕地囑咐著。

「不走，我就在這裡等著你。」弋輝大聲答應著。

張瑞珍長長地看了他一眼，害怕地進了手術室。

張瑞珍剛進去，弋輝的心卻不由緊張了起來，說是美國最新設備，說是無痛人流，可這畢竟是一次手術呀，弋輝突然想了起來，他上高中時曾看過一個報導，說是有一個三十多歲的女人就是做人流手術沒做好而死掉了……想到這兒弋輝頓時害怕得不行，心裡慌作了一團。

忽地，弋輝無意間一抬頭，看見一個人正朝自己走過來，那人也幾乎同時看見了弋輝，兩人都是一驚，那人竟然是他們班主任吳江老師；啊！他怎麼會知道這事？弋輝驚恐地愣在走廊上說不出話來。

「弋輝，你怎在這裡？」還是吳老師先問他。

「我……我在等一個人，吳老師，你是……」弋輝結巴著。

「噢，我是來找人的。啊，我上錯樓層了。」吳老師應了一句，匆忙從走廊另一頭下樓了。

「天哪，差一點兒讓他看見張瑞珍。」弋輝身子抖個不停……

很快，手術就在無痛狀態下結束了，張瑞珍出了手術室後立刻換成了一副輕鬆樣子，和來醫院時判若兩人。弋輝當下放下心來，知道手術很成功，就問：「沒事吧，才十幾分鐘就完事了。」

「沒事，還真是個小手術。」張瑞珍說，忽然，她像是剛剛想起了什麼似的，左右瞅了一眼，見走廊上的人並沒注意她們，就壓低聲說：「勞麗詩也在裡面做手術。」

「啊！」弋輝又是一驚，急忙問：「她得什麼病了？」

「不是得病，和我一樣，也是懷孕了。」

「啊！她也懷孕了，我的媽呀，那她看到你了嗎？」弋輝著急地問。

「沒有，她在第一手術間，我在第六手術間，我從第一手術間經過時隔著玻璃看見手術臺上躺著的人是她，當時她已經被麻醉了，醫生正準備給她做人工引產，因為她已經懷孕六個月了，不能做無痛人流。」張瑞珍惋惜地說。

「她懷孕六個月了……這……」弋輝猛地一激凌，脫口說道：「怪不得吳江老師也來醫院了。」

「吳老師來了？」張瑞珍又一驚。

「是的。」弋輝把看見吳江的事說了說。

「那就是了，是來陪她的。」張瑞珍點著頭。

「勞麗詩對吳江老師可真夠癡情的，懷孕六個月了都不處理，看來是一心想要給吳老師生下來呀。」弋輝感慨萬千地說著。

「不要亂七八糟瞎說了，咱們快走吧，讓吳老師看見可就麻煩了。」張瑞珍邊說邊急忙先下了樓。

這事還真讓吳江攤上了麻煩，因為勞麗詩是在快到月份了時才引產的，這就算是大手術了，必須得要家長簽字才行，勞麗詩父母就知道了這事，同時這事也很快傳到了D大。勞麗詩父母都是D大勢頭正猛的中年骨幹教師，是D大重點培養的教學與科研力量，兩人哪能受這樣的污辱。當然了，從另一方面講，這也不是什麼光榮的事，既要出這口惡氣，又不能弄個滿城風雨，還得為自己心愛女兒考慮；勞麗詩父母終於想了一個三全之計，就在勞麗詩剛剛做完人工引產後第三天，吳江被校黨委給了個黨內嚴重警告處分，並且在三年之內不准轉成副教授，同時免掉了班主任職務，由女輔導員兼任弋輝他們班班主任。

好幾年後弋輝才聽說當時勞麗詩還真想把孩子生下來，尤其當她得知肚子裡硬被引掉的竟是個男孩時，當下氣得差一點兒沒上來氣；勞麗詩當時就做出了一個重大決定，她這一生只嫁給吳江老師，就是美國好萊塢名星想要娶她她也不嫁。

話說當張瑞珍做完無痛人流手術回到宿舍後，臉就又陰沉了下來，弋輝一時間猜不出她是因為啥，趕緊安慰她說：「這事全是我造成的，我以後再也不做這種事了，校運動會你就不用參加了，你不是正發愁無法完成『中美合作所』給你規定的任務嗎，這次你把這張手術證明給他一亮，那他肯定不會讓你參加運動會了。」

張瑞珍苦絲絲地看了弋輝一眼，沒說話。

但是當張瑞珍拿著那張手術證明去請假時卻沒得到批准。一開始女輔導員聽了她的陳述後倒是滿懷同情，只是說了一句怎這麼不小心，就安慰她讓多休息幾天，運動會就不要參加了，我替你向王書記請假，你就安心休息吧。張瑞珍聽後很激激地感謝了一番女輔導員。

不成想總支書記老彪也就是「中美合作所」卻不同意張瑞珍不參加校運動會。他鄭重地對幫張瑞珍請假的女輔導員說：「現在學校正在抓青少年思想道德教育工作，未婚早孕就是其中一項，發現有這事的一般要給予紀律處分的。但我們考慮到她曾經為系裡爭過光，這次就算了，但是校運動會她必須參加。」

女輔導員先是被「中美合作所」的話嚇了一跳，未婚早孕要給紀律處分，自己這也一個多月沒來例假了，是不是也懷孕了，那自己是不是也得要背個處分？張瑞珍剛剛做了手術竟然還要讓她參加比賽，那不是要她的命嗎？

女輔導員就結巴著說了她對張瑞珍在這種情況下參加比賽的擔心。

不料總支書記聽後馬上說：「這事你不用擔心，醫學上的事看來你還不太明白，國外在前幾年就已經研究出一項科研成果，女運動員在人工流產後的一個月內參加大運動量比賽會比平時更能出成績，更容易破記錄。所以國外有些著名女運動員故意算好時間，專門在世界錦標賽或者奧運會前一兩個月懷孕，然後等到大賽前幾天去醫院做人工流產，流產手術做完後立馬參加比賽，結果比平時的成績硬是高出一截……」

這番話把女輔導員嚇得半天上不來氣，王書記怎還研究這種課題，這可真是真人不露相，露相不真人呀！可是我的上帝呀！你為什麼要造出女人來呀，我們女人就得如此遭罪過嗎？連著好多天女輔導員都緩不過這個勁兒來。

不成想還真讓王書記給說準了，張瑞珍做了人工流產手術後的第九天參加校運動會比賽時，不僅連著得了四百米、八百米和一千五百米三項第一，而且這三項還都打破了D大記錄，其中四百米和八百米破的是她自己去年剛剛創造的記錄，而一千五百米則更難讓人相信，打破的竟然是全省大學生運動會記錄；要知道去年張瑞珍跑一千五百米時才得了個第三呀！

中文系果然得了全校總分第一名，這是丟掉總分第一名後時隔四年才好不容易再次奪了回來。

全中文系學生和老師都快要樂瘋了。

只有張瑞珍和弋輝高興不起來。

兩人倒不是因為別的原因，就是擔心這樣劇烈異常的大運動量運動，會不會給張瑞珍的身體造成潛在損害。

無奈，在弋輝的勸說下，運動會開完第二天，兩人又專門去醫院問了醫生。醫生的說法和王書記說得卻大不一樣，她告誡張瑞珍：年輕時可能沒什麼感覺，但是當年齡大了時、尤其是四十歲以後就會在身體上顯現出來這種異常運動所造成的身體損害，至於會損害到一個什麼程度現在還看不出來，只能到了那個年齡段後才能知曉，總之對身體的損害是肯定的。醫生非常惋惜地說了最後一句話。

張瑞珍和弋輝聽得當下就癱在了地上。

由於張瑞珍在校運動會上的優異表現，中文系黨總支在年底新黨員發展工作中正式表決通過發展張瑞珍為中國共產黨預備黨員，預備期一年，這一批整個中文系共發展了五名學生入黨，張瑞珍排在了第一，這五人中只有她一人是女同學。

總支王書記特地抽出時間參加了學生支部表決大會，並且在表決通過後發表了一番講話，在講話中彪書記高度讚揚了張瑞珍的頑強拚搏精神，表揚她在身體有病的情況下仍然能夠拚盡全力，並且取得了讓人敬佩的好成績，不但為中文系爭得了榮譽，同時也為D大爭了光。彪書記說得很動情，完全不像同學們形容得那麼可怕，一副和藹可親樣子，參加學生支部大會的所有學生黨員全被深深感動了。

張瑞珍被批准入黨後，弋輝從他姐姐那裡借了些錢，請了幾個要好同學在學校附近小飯店聚了一次，算是為張瑞珍祝賀。

這次弋輝狠了狠心讓老闆上了幾隻大閘蟹，雖然老闆給他打了特價，但是九隻蟹仍然花了一百塊錢，心疼得弋輝大吸了好幾口冷氣。

王猛在家時常吃蟹，他一邊熟練地吸著蟹肉一邊吧咋著嘴衝弋輝說：「張瑞珍這次是入黨了，下次可就看你的了，你兩這事也得比翼齊飛才成呀。」

「我……」這次校運動會上果然身子沒給弋輝作主，他一使勁兒下腹部就疼，結果鉛球才投出去六米遠，比去年十二米一的成績下降了一半，結果在預賽中就被淘汰了，為這事彪書記還故意拿張瑞珍和他對比，把他狠訓了一頓。

弋輝想起這事便洩氣地說：「入啥子黨呀，我算是廢了……」

飯桌上的人都知道弋輝的事，便一個個挨著勸他，讓他把心放寬些，不要因為這事洩了氣，來日方長，不是還有明年嗎，明年又不畢業，好好練一年，明年在校運動會上出個好成績。

王猛此時也覺得剛才的話有些刺激了，本意是想誇一下他兩，誰想這話一說出口招來了反效果。便停下手中的活兒說：「弋輝，我剛才說那話你別多心，誰也有個發揮失常的時候，下次好好比就行了。」

弋輝苦絲絲地想，你們也不用勸我，我這可不是失常，我這次扔不遠的原因實在是說不出口，這才叫真要命呀。他便衝大夥兒笑笑，說：「謝謝你們的鼓勵，下次我會努力奮鬥的，來，咱們為張瑞珍的好事幹一杯。」

眾人便齊聲應和著說：「對，乾一杯。」

又喝了一陣子後王猛忽然想起一事，便說：「父母一直催我寫入黨申請書，可我到現在還整不明白入黨是為了什麼。」說到這兒他衝張瑞珍問：「你說說，你入黨的動機是什麼？」

張瑞珍正低著頭聚精會神地刮著殼邊上的蟹肉，沒想到王猛會問這問題，她先舔淨了殼四周的蟹肉，這才認真想了一氣，然後回答道：「要說入黨的動機是什麼我還真沒想過，只是當時看到別人寫了入黨申請書我就跟隨著也寫了一份兒。江南你說說你入黨的動機是什麼，你現在已經是黨員了，你最有發言權。」

江南正聽得入神，見點了他的名，便說：「這問題其實我也沒細研究過，但是我上高中時，班裡一個同學寫了入黨申請書後同學們問他為什麼要入黨，他說出了一段讓我們都很吃驚的話，這話一直記在我的腦子裡。」

什麼話？眾人都來了興趣，紛紛問。

唉！江南先歎息了一下，隨後左右瞅了一眼，見附近沒有可疑的人，這才壓住聲音說：「他說，只要入了黨人就能有兩條命，就比沒入黨的人多了一條命，多一條命要比少一條命划算得多，所以他要入黨，這就是他的入黨動機。」

「入黨怎能有兩條命？這是什麼胡扯蛋的話？」王猛叫喊道。

「這話是不是瞎扯蛋我說不準，請你們大家聽完後給點評一下。」江南看住眾人慢慢說道：「我的高中同學是這樣說的，是他父親告訴他為什麼黨員會有兩條命的，那是因為一般的人也就是沒入黨的人一旦犯了罪，罪大就得被槍斃，罪小夠不上槍斃的話那也得坐牢。而黨員要是犯了罪，如果罪小用黨內處分就頂了坐牢，罪要是大到了不是黨員的人就得槍斃的份上時，就來個先開除黨籍然後再坐牢，這樣一整看上去是被處罰了兩次；但是這樣一弄就不用被槍斃了，所以黨員就有了兩條命了，照這邏輯推算下來，入黨還是滿划算的……」

眾人聽得一陣嗟嘘，頓時沒了吃飯的興趣。

天亮了好大一陣子弋輝才醒，剛一睜開眼就覺得白晃晃刺得眼生疼，硬是朝外面看了一眼，只見視窗外早已是一片亮色，這才明白已經天亮了，這一覺可整整睡了十多個小時。

弋輝拉過毛褲幾下穿上跳下地走到了窗前。

「啊！下雪了，真是下雪了！趙建國、仝工，快起來，下雪了，這可是多少年不見的美景呀！」弋輝興奮地衝著還在熟睡的趙建國、仝工喊道。

昨天是期末考試最後一天，上午考完最後一科「中國古代文學史」後，從理論上講就能放假回家了，宿舍一下午走得只剩下了他們三個人。

弋輝晚一天走主要是等他二姐，二姐前幾天告訴弋輝，她要回家過年，因為連著四年沒回家過年了，家裡人惦記得不行，讓她今年一定回去。另外則是弋輝大哥受傷的腿最近這段時間又有些不對勁兒，想去縣城找中醫看看，但是家裡沒有錢，弋輝二姐就湊了些錢想順便帶回去。仝工則是他的女朋友不讓他走，兩人約好要找個打工地方掙錢，過年就不回家了。仝工剛剛又換了個女朋友也是從農村考上來的，家裡也窮得不行，覺得回去過年沒意思，農村過年哪有城裡氣氛好，兩人就決定寒假不回家了。還有一個沒走的人是趙建國。他沒走是他父親打電話告訴他這幾天要來D市辦事，順便接他回去。此時弋輝一嚷嚷，把趙建國、仝工給喊醒了，三個腦袋擠到窗口驚奇地看著外面白茫茫的世界。

D省屬於半南方省份，一年四季很難下雪，尤其是這些年地球越來越暖和了，下雪對於這些十幾、二十幾歲的年輕人來說則更是一件很難遇上的事。

雪看來已經下了一夜了，地上的積雪從窗口看過去足有半尺厚，小道上、操場上、就連校園外都是白茫茫的，好像天地間連成了白白的一片，分不清哪是哪兒了……雪儘管已積得很厚了，可是還在下著，像是一團團、一絮絮絨毛從天而降，幻覺中弋輝真覺得似乎有一個另一世界的智者騎著一隻潔白山羊朝他們而來……

雪花紛飛天亦白，
無際蒼茫九洲奇；
浩浩水氣潤萬物，
短暫人生軌跡深。

弋輝猛地來了靈感，胡謅出來幾句。

「好詩，誰寫的？」趙建國問？

「我，原創。」弋輝得意地說。

「嘿！有意思，我也來一段，你兩聽聽，」仝工乾咳一聲，也說出來一段：

雪片大如斗，
隨風四下走；
兒童喜追逐，
我亦隨意撫。
雪花滿天際，
滋潤萬物長；
農夫仰天歎，
來年日子豐。

「你這有點兒順口溜的味道，」弋輝點評了一句，說：「建國，輪你發揮了，編一段吧。」

趙建國可能被外面的雪景給迷住了，好大一陣子才戀戀不捨地把眼神收回來，說，「雪景真是太美了，長這麼大這是第一次看見。」

「這還用你說，誰不是頭一次看見這景，誰要是想天天見這景觀那非得到東北地區才成。」仝工感慨著。

「對，這話對，咱們這地區能讓你遇上一次你就夠幸福的了，我們那地方許多人活了一輩子都沒見過一場雪。」趙建國說。

「不要空感慨了，你也說個段子吧，我們都整完了，你怎也得和一個吧。」弋輝催促著趙建國。

「我，我……我一時還真沒有作詩靈感，」趙建國似乎有些發愁，猛地，他一跺腳，說道：「我想起一首毛澤東的詞，我來讀一遍。」趙建國清了下嗓子，高聲讀道：

北國風光，
千里冰封，
萬里雪飄，
望長城內外，
唯餘莽莽，
大河上下，
頓失滔滔。
……

趙建國剛讀了頭一句，弋輝和仝工就跟隨著背了起來。

「這詞可太有氣勢了，要是說起偉大領袖毛主席的這首詞來，別說我們剛才編的那幾個段子狗屁也不是，我覺得就是古今中外所有偉大詩人寫下的詠雪詩都無法和毛澤東的這首詞相比。」弋輝來了激情。

「是的，你說得確實對。」趙建國接過話碴：「自打上初中起我就喜歡詩，尤其是古代詩人的那些有名作品，所以幾年下來我沒少讀過古人寫的詠雪詩，但是每當我自覺不自覺地拿古人的那些詠雪詩和毛澤東這首《沁園春・雪》作比的時候，心裡就會生起一些激動，不說別的，單從氣勢上說那些詩就要遜色不少，這首《沁園春・雪》氣勢太磅礴了！每當讀的時候心裡就不由會生出一股感觸，這首詞要用毛澤東自己說過的一句話來評價，那真可叫作『胸懷祖國，放眼世界。』」

「但是有的人說的和做的卻常常是不一樣的。」弋輝忽然說了一句。

「是的，人的胸懷往往更能從他的行動中看得出來，要說毛澤東作詩的確胸懷博大，但他老人家晚年犯的錯誤卻也夠得上大了……」趙建國嚴肅地說。

「莫談國事，莫談國事。」仝工趕緊說：「咱們出去堆雪人去吧，這是多難得的機會！」

「走，堆雪人去。」弋輝也覺出話有些太那個了，便趕緊回應仝工的提議。

「你們……」趙建國剛想接著往下說，忽然被仝工打了岔，便愣神兒地看了他兩一眼，只得跟隨著喃喃道：「堆雪人，打雪仗……」三人搶著往外面去了。

10

下學期開學不久，一天，弋輝夾著本書正往圖書館去，半路碰見了市政府祕書王麗。王麗就是那年弋輝和張瑞珍在大富豪夜總會打工時除夕晚上巧遇的那位女士，當時正是由於弋輝和張瑞珍的精心伺候，才使她和錢市長在夜總會好好銷魂了一番而沒能被她新婚丈夫逮個正著。後來王麗慢慢和弋輝、張瑞珍熟了起來，再後來因為王麗大哥承包了D大體育場修建工程，王麗來D大次數多了起來，在校園裡曾碰到過幾次弋輝。不過校體育場工程完工後弋輝就再沒見過王麗，想不到這次竟然又遇上了。

「王……王科長。」弋輝一激動竟不知該怎稱呼，不過他立刻想了起來，王麗已是市政府辦公廳科長了，還是叫官稱好一些。

「叫王姐。」王麗左右瞅了一眼，見沒有人，就糾正他。

「啊！噢……王姐，那我真叫你姐了啊……」弋輝雖說感覺上有些叫不出口，但他同時更生出些感動，這樣的稱呼絕對是關係不一般的人才使用的。

「就這樣叫，這就對了。」王麗笑了。

「王姐，你太漂亮了。」弋輝不知怎麼竟說出來這一句。但這是實話，王麗長得確實漂亮，絕對算的上是D市的美女，錢市長可真有豔福呀……

「你這小嘴還挺會恭維人的，我都虛歲二十八了還能漂亮到哪兒去。」王麗話中有著幾分對歲月無情的無奈感慨……

弋輝一時不知該怎接這話，只得換個話碴問：「你……來辦事？」

「是的，我大哥承包下了研究生宿舍樓建設工程，我過來看看。」

「研究生宿舍樓？我聽說學校要建一座十八層高的宿舍樓，是不是就是你說的研究生宿舍樓？」弋輝問。

「對，是的。這也是咱們省各高校最大面積的一座學生宿舍大樓，總造價五千多萬，用的是國家重點高校專項建設資金。」

「那……那你大哥這次可夠忙得了？」弋輝問，同時在想，王麗大哥就是厲害，能攬下這麼大的工程。

「是的，這不，剛剛開工他就被整得暈頭轉向了。不只是他，連我這幾天也得每天至少要往這兒跑一趟。」

忽然，王麗像是想起一事似的，問弋輝：「你最近課多嗎？」

「不多。這學期課比上學期少了兩門。」

「那，那你能抽閒置時間到工地上幫幫我大哥嗎？」想不到王麗竟提了這樣一個要求。

「我……我不懂建築呀。」弋輝一時不知該怎回答。

「不是用你幫著搞建築上的事，你就幫我大哥管理一下工地上的事就行。他正讓我給他找個可靠的人幫忙，因為我那裡的工作又不同於一般單位，不能老這樣請假往出跑。我大哥不會讓你白幫忙的，每天給你發十塊錢工資。」

「管理……怎麼管理？」一天十塊錢倒是不少，但弋輝怕幹不了，因為這畢竟是做管理工作，不是在夜總會當保安。

「其實也挺簡單。就是幫著做一下工地每天的安全計畫啦，用料計畫啦，後勤事務啦等等，中文系的人幹這工作最內行了。」王麗鼓勵著他。

「那，那我就試試吧，不過錢就算了吧，反正我也課不多，就算是我的一次社會實踐吧。」弋輝謙讓了一下。

「錢既不能不要，更不能少給，因為你是我介紹來的。」王麗說我介紹來這幾個字時特地加高了語調。

「那，王姐，我一定會幹好的。」弋輝來了精神。

這個建築項目確實是夠大的，不只是D大歷史上最大一處建築工程，而且也是整個省城目前所有建設專案中較大一處建築，在省城怎也能排在前二十位，弋輝看著建築工地上好幾排漂亮的臨時二層活動工棚，心裡不住地感歎著這項工程的浩大。

王麗大哥讓弋輝幹的工作確實不難，就是每天坐在辦公室寫些安全生產宣傳報導材料，後勤採購材料，以及其他一些需要向上面相關單位彙報的材料等等寫材料工作。這個建築公司原來是家國營企業，後來被王麗大哥承包了。由於規模很大，工程師、技術員挺多的，但就是少個玩筆桿子寫材料的人，弋輝這種學中文的人正合適幹這事。

「平時你坐這張桌子辦公，要是趕上課就可以不來。」王麗大哥長相和說話都非常和善，一點兒也沒有總經理官派樣子。弋輝頓時覺得王麗這一家人都是好人相，他開始慶幸他這一生看來真像老和尚說的有貴人相助的命。

弋輝坐在寫字臺前開始了白領式寫字工作。

弋輝上班沒幾天趕上了錢市長要來工地視察的事情。

因為前天就知道錢市長要來，王總經理就讓弋輝去市裡找了家廣告公司趕製了一些宣傳標語，今天一早掛在了工地上。為了顯得更像回事，早晨剛上班弋輝又到市裡買了些彩旗讓工人插在了工地上，他又在工地布置了一塊宣傳櫥窗，裡面弄了些安全生產方面的宣傳報導，還配了幾幅照片，這麼一折騰，工地還真添加了不少氣勢。弋輝四處轉悠著瞅著自己的傑作，一邊得意地想著：在我的這番策劃和創意下，這座工地一點兒也不比北京亞運會場館建築工地氣勢差。

錢市長來時已是快中午了，除了市裡相關單位負責人陪同著一起前來視察外，D大所有校級領導早早就趕了過來，因為錢副市長半年前升成了正市長，同時還是省委常委，算副部級領導；不過更為重要的是錢市長是一市之長，是這座好幾百萬人大都市的當家人，沒人敢不重視錢市長的到來。

由於來的領導太多，王麗沒能像沒外人在場時那樣陪在他旁邊，但她還是瞅了個空隙向錢市長介紹了弋輝。

錢市長主動伸出手使勁兒和弋輝握了一下，親切地說：「小弋不錯，好好讀書，將來的世界是你們青年人的！」

弋輝激動地點著頭，錢市長和弋輝握完手剛要到另一處地方看看，忽地像是想起了什麼，就對陪在身邊的D大黨委書記介紹道：「老陶，這是我的一個青年朋友，也是我的系友，在中文系讀書，叫弋輝。」

校黨委陶書記就上前和弋輝握了下手，說：「我知道，小弋不錯，有時間去我辦公室玩啊。」

這可是弋輝沒有想到的事，弋輝明白在這種場合要是能被錢市長介紹給學校最高領導人，那對他今後的前程可真是要有說不出的好處了。

原來錢市長也是D大中文系畢業的，弋輝激動得站在那裡不住地哆嗦，直到錢市長一行走遠了，還在原地發著愣……

這學期曲藝教授又開了一門選修課，叫《文革十年文學史》，選修課顧名思義就是可選可不選，但是曲老師的課弋輝他們宿舍的人全都選了，全系有九十多人選了這門課，還有些外系同學也選了這門課，因此每到上課時大教室裡總是滿滿的。

上周課結束時，曲老師給他們布置了一個課後作業，曲老師說，「文革爆發的當年有一篇作品既是政論、又是雜文、亦像散文，因為不好分歸類屬，暫且就算成雜文吧，因為我覺得這篇作品更像魯迅所說匕首投槍式文章，但是要比魯迅的雜文更有力量。這樣吧，我給你們每人油印了一份，現在發給大家，你們先看一遍，下周我再講這篇文章的思想內容和藝術特色。」

說完曲老師就把他已經油印好的那篇文章給同學們發了下去。

「文章的名字叫《出身論》，作者是遇羅克。沒聽說過，作者和這篇文章都沒聽說過。」弋輝小聲對旁邊的仝工說。

「我也沒聽說過這篇作品，高中老師沒講過，大學上《當代文學史》課時曲老師也沒講過。」仝工回應著。

「我也是頭一次聽說」，隔著一個位子的王猛說：不過既然曲老師要重點講這篇作品，那肯定是一篇好文章。」

「當然是篇好文章了，我上高中時看過好幾遍。」後排的趙建國接上了話。

「啊！你看過好幾遍？」附近的同學幾乎一起喊出了聲。

「不要說話，認真看，下節課我要組織大家討論，有你們發言的機會。」曲老師見下面嚷嚷了起來，忙制止著。

大家靜靜地看了起來……

《出身論》

……反動的唯出身論，從資產階級形而上學的哲學垃圾堆裡尋得理論上的根據，把學生分為三、六、九等，妄圖在社會主義制度下重新形成新的披上偽裝的特權階層，以至反動的種性制度，人與人之間新的壓迫。是反動的唯出身論，使一部份青年學生背上了「自來紅」的大包袱，自以為老子是天生的革命者，其結果正成了修正主義苗子。是反動的唯出身論，迫使另一部份青年學生產生了強烈的自卑感，使他們甘居中游，使他們放棄對國家的前途、世界的前途應盡的責任。還是它，使許許多多受資產階級反動路線矇蔽的同志至今堅持其錯誤。還是罪惡的它，使多少同志至今在資產階級反動路線前面畏縮恐懼……家庭出身問題是長期以來嚴重的社會問題。

這個問題牽涉面很廣。如果說地富反壞右分子占全國人口的5%，那麼他們的子女及其近親就要比這個數字多好幾倍。（還不算資本家、歷史不清白分子、高級知識份子的子女，更沒有算上職員、富裕中農、中農階級的子女）。不難設想，非紅五類出身的青年是一個怎樣龐大的數字。由於中國是一個落後的國家，解放前只有二百多萬產業工人，所以真正出身於血統無產階級家庭的並不多。這一大批出身不好的青年一般不能參軍，不能做機要工作。因此，具體到個別單位，他們（非紅五類）就占了絕對優勢。由於形「左」實右反動路線的影響，他們往往享受不到同等政治待遇。特別是所謂黑七類出身的青年，即「狗崽子」，已經成了準專政對象，他們是先天的「罪人」。在它的影響下，出身幾乎決定了一切。出身不好不僅低人一等，甚至被剝奪了背叛自己的家庭、保衛黨中央、保衛毛主席、參加紅衛兵的權利。這一時期，有多少無辜青年，死於非命，溺死於唯出身論的深淵之中，面對這樣嚴重的問題，任何一個關心國家命運的人，不能不正視，不能不研究。而那些貌似冷靜和全面的折衷主義觀點，實際上是冷酷和虛偽。實踐恰好得出完全相反的結論：社會影響遠遠超過了家庭影響，家庭影響服從社會影響。從孩子一出世就受到了兩種影響。稍一懂事就步入學校大門，老師的話比家長的話更有權威性，集體受教育比單獨受教育共鳴性更強，在校時間比在家時間更長，社會影響便成了主流。朋友的琢磨、領導的教導、報紙、書籍、文學、藝術的宣傳、習俗的薰染、工作的陶冶等等，都會給一個人以不可磨滅的影響，這些統稱社會影響，這都是家庭影響無法抗衡的。

即使是家庭影響，也是社會影響的一部份。一個人家庭影響的好壞，不能機械地以老子如何而定。英雄的老子，反動的媽媽，影響未必是好的。父母都是英雄，子女卻流於放任，有時更糟糕。父母思想好，教育方法如果簡單生硬，效果也會適得其反。同樣，老子不好，家庭影響未必一定不好，列寧就是例證。總之，一個人的家庭影響是好是壞，是不能機械地以出身判定的，出身只是家庭影響的參考……

文革初期，那些喊「老子英雄兒好漢」的出身頗為令人羡慕的好漢們，後來不是執行了修正主義路線，成了資產階級的代言人了嗎？他們保險嗎？而領導無產階級偉大革命事業的偉大導師馬克思、列寧、毛主席出身都不好，這個事實也絕不是偶然的。問題的關鍵不在於出身，在於思想改造。「革幹子弟不想復辟，不會革老子的命。」家庭觀念極重的人這樣說。往往，復辟是在不自覺中進行的。運動中揭出來的黨內走資本主義的當權派，凡是近幾年提拔的，出身一般都很好，他們保險嗎？後來形「左」實右的工作隊或明文規定、或暗中推行歧視出身不好的青年的政策，那時，選入革委會的大都是出身好的，結果大多當了工作隊的反動路線的推銷員，他們保險了嗎？北京市中學紅衛兵某負責人，他竟有男女祕書各二人、司機一人，此外還有小汽車、摩托車、手錶、照相機、答錄機等等，陳伯達同志還稱之為假紅衛兵。可見，只依靠出身好的人同樣不能取消復辟的危險……依照他們的觀點，老子反動，兒子就混蛋，一代一代混蛋下去，人類永遠不能解放，共產主義就永遠不能成功，所以他們不是共產主義者。我們必須相信毛澤東思想哺育下的廣大青年，應該首先相信那些表現好的青年。不能用遺傳學說來貶低一部份人抬高一部份人。那樣做，無非是一種拙劣的政治手段，絕沒有任何道理……回想修正主義集團當政時，每年大學招生完畢，前高教部總發表公告：「本年優先錄取了大批工農子弟，革幹子弟。」不少大學幾乎完全不招收黑五類子女。大學中的重要科系就更不用提了。學校則以設立「工農革幹班」為榮。難道這就是「為剝削階級子女大開方便之門」了嗎？上了大學的，也是出身好的人受優待。不少大學成立「貧協」一類的組織，與團組織並立。有位校長對青年教師說：「有兩個孩子同時說一句反動的話，出身好的是影響問題，出身不好的是本質問題。」。「出身壓死人」這句話一點也不假！類似的例子，只要是個克服了「階級偏見」的人，都能比我們舉得更多、更典型。那麼，誰是受害者呢？象這樣發展下去，與美國的黑人、印度的首陀羅、日本的賤民等種姓制度還有什麼區別呢？

同志們，難道還能允許這種現象繼續存在下去嗎？不應當填平這人為的鴻溝嗎？在反動勢力當政時期，受壓抑的青年不僅是出身不好的青年，也包括和走資本主義道路當權派對抗的工農出身的青年及其他革命青年。我們呼籲：一切受反動勢力迫害的革命青年，在毛澤東思想旗幟下，團結起來！組織起來！你們受資產階級壓迫最深，反抗應該最堅決。在批判他們的時候，你們最有發言權。那些冒牌受害實際上得寵的人物沒有發言權。依靠他們批判，必然不深不透。所以你們決不是局外人，你們是掌握自己命運的主人。只有膽小鬼才等待別人恩賜，而革命者從來依靠的就是鬥爭！你們應該責無旁貸地捍衛毛澤東思想，捍衛黨的階級路線。既不容許修正主義集團從右面歪曲它，也不容許反動路線從「左」面攻擊它。你們應該相信自己能夠勝任這一光榮任務！你們也不應該排斥那些沒有受壓抑也沒有偏見的青年。你們可以團結他們，共同戰鬥，共同提高。同志們，我們要相信黨，我們要牢記毛主席的教導，「徹底的唯物主義者是無所畏懼的」！勝利必將屬於你們！

一切受壓迫的革命青年，起來勇敢戰鬥吧……

果然是篇好文章，作者用博大精深的理論知識和極強的辯證法批判了偉大的、史無前例的無產階級文化大革命中所實行的極左政策——「出身論」。文章立論嚴謹、論據詳實、論點極具說服力……弋輝他們這一代大學生全是文革時期出身的，但是當時因為歲數太小而沒有參加過那場運動，不過父輩們都飽受了文革給他們身心所帶去的巨大災難，那些家庭成份不好的同學對於遇羅克的這篇《出身論》更是感觸太深了。

下周上課時，曲老師結合著文革那段歷史仔細地分析、講解了這篇文章，講完要求每個同學回去寫出一篇讀後感，並且要在下下周的課堂上舉行一次公開討論。

弋輝和大家一起用了一周時間到圖書館查資料，因為是有感而發，同學們準備得非常認真，讀後感也都是改寫了好幾遍後才整齊地抄寫在了稿紙上。

下下周上課時，除了所有選了這門課的各系同學外，前排位子上還坐著兩個四十多歲中年人。進了教室的同學看到這兩人後，都不由地用好奇眼光打量著他們，然後一邊尋找著位子一邊又用餘光掃過去再看一眼那兩個人，這是從哪兒請來的專家，曲老師難道忘了上次講天安門詩歌時惹下的麻煩了？

見同學們來得差不多了，曲老師就說：「開始討論吧，這次討論和上周布置的作業就是這門課的期末考試，按學校規定選修課只能比專業課提前兩周結課，因為我下周要出去開會，所以這門課就提前三周結束，今天晚上咱們多上兩節課，把下周的課一併完成，咱們先用兩節課時間討論，後兩節講課……」

啊！一晚上連著上四節課，這要上到十點才能下課呀！弋輝心想，這下壞了，他本打算下課後給姐姐打電話借二百塊錢，後天張瑞珍過生日，下午在學校附近小商城轉時，看上了一個翡翠玉手鐲，好不容易才從三百六砍成二百塊錢，他知道張瑞珍早就想要一個翡翠玉手鐲，看來錢是今天晚上借不到了……他一時有些發急，四下瞅著，心裡想，找個機會溜走算了……

「好了，哪位同學先上來發言？」曲老師聲音剛落，勞麗詩站了起來，說：「曲老師，我先說。」

「好，請勞麗詩同學發言，」曲老師指著講臺說道：「請上講臺來。」

勞麗詩走了上去，說了起來：「遇羅克的事蹟我早就知道，記得上初中時，有一天放學回家後見父母親很激動地談著《中國青年》雜誌上的一篇文章，我就把那篇文章也看了一遍，原來是一篇紀念遇羅克的報告文學，也是國內最早發表的一篇紀念遇羅克的文章，這才知道了遇羅克。幾年後我又看了他妹妹寫的一部長篇記實小說《冬天裡的童話》，對遇羅克和他的家人有了更多瞭解。上周曲老師已經給我們從《出身論》的思想內容、藝術特色等方面詳細講解了這篇作品，我就不再從這方面談了，我只想就文章中的一段話來談談我的感想。遇羅克在《出身論》中說道：『一個人的家庭出身是不能由他自己決定的，但是他可以決定他自己要走的道路……』這句話的意思就是：如果過分看重家庭出身，就會將家庭影響神祕化，而這一做法恰恰把幾千年來一直用於維持封建社會生存與延續的血統觀念帶到了今天，這也只能說明雖然是在社會主義的新中國，雖然是在反封建最猛烈的共產黨的領導下，封建思想卻還有著龐大市場，還頑固地盤踞在掌權者的頭腦中。因此，遇羅克在文章中指出，社會影響要遠遠大於家庭影響，比如朋友的琢磨，領導的教導，報紙、書籍、文學、藝術的宣傳，習俗的薰染，工作的陶冶等等，都會給一個人以不可磨滅的影響，這些統稱社會影響；這些影響都是家庭影響無法抗衡的。給一個人的思想打上烙印的，不只是家庭，更重要的是社會……今天看來，遇羅克的這些話只能算是一些很為普通的常識，但是在那場全國人民幾乎都發了狂的年代，掌權者竟然把遇羅克的這些常識性的知識當作了異端邪說，不但要徹底收交所有印著《出身論》的那份《中學生文革報》，而且還非得從肉體上把遇羅克消滅掉方才甘休……多麼愚昧的一場歷史悲劇……」

勞麗詩顯得非常激動，這可是同學幾年來從未見到過的，見下面的同學都在靜靜地看著她，勞麗詩硬是讓自己穩了穩情緒，接著說道：「有的同學也知道了，我的父母都是D大教師，並且還是學校的教學與科研骨幹；但是卻沒有同學知道，我父母在文革時期都是家庭成份不好的黑五類，我爺爺是右派，我姥爺是富農，而右派和富農在文革那十年，或者說再往前算，連上文革前的十七年、文革後的三年總共三十年時間裡就像印度的賤民一樣，是社會主義社會裡的不可接觸者！讀高中、上大學、找工作、乃至連結婚、生孩子都要受到說不清的歧視，現在如果還是文革那種年代的話，我不要說和遇羅克一樣，根本就讀不了大學，就連結婚也只能找一個同是地主、或者是富農、右派、壞分子家庭的子女……」

我非常贊同勞麗詩同學的話，還不等勞麗詩走下講臺，仝工就跑到了臺上：「我恰好生在一九六六年七月十六日，也正是史無前例的無產階級文化大革命剛剛爆發那段日子，但是我卻不幸出生在了一個地主家庭，據說我們家在舊社會有幾千畝地，是當地有名的大地主，可是我又沒有沾過一天光，地主不地主的與我有啥牽連？但是現實卻並不是由你的意志來決定的，自打解放後，父母親就一直戴著地主帽子，只許他們老老實實、不許他們亂說亂動，而我和我的兄妹們也就自然成了地主『狗崽子』，成為村子裡身份最低的賤民……

和勞麗詩不一樣，我這是頭一次看到《出身論》這篇文章，我同樣被文章深深地觸動了，看完文章那天晚上，我好久都沒睡著，我一直在想著一個問題，什麼叫作『可以教育好的子女？』第二天早上為了這個問題我還專門跑到歷史系問過一位教歷史的老師，想不到他竟像小學生碰到了宏觀經濟學問題一樣，只搖頭說不出答案。可悲呀！『爾曹身與名俱滅，不廢江河萬古流』；文革畢竟已成為過去。當年那些流行的標語、口號、儀式等等，早已經不復存在於當今的公共空間和日常生活之中了。有一篇文章中曾經這樣寫道：『只要怯於言說，歷史就只能剩下一排空車廂。』上大學後我讀過一些外國書，像《受害的一代》、《生而有罪》等紀實性作品，或者像《我兒子的故事》一樣的虛構類作品，這時我才知道了沙俄時代的貴族和軍官的子女、富農和『反革命』的子女、猶太人的子女、黑人奴隸的子女、甚至納粹的子女，他們帶著父母一輩不容置換的血統，屈辱地生活在蘇聯和其他國家，生活在充滿歧視、凌侮、殘暴、專制和黑暗的土地上。不過我更知道，在他們中間，畢竟還有人敢於說出罪惡的祕密。但是在中國，『家庭出身』就像一塊永不降溫的烙鐵燙在那些出身不好的人的心上，讓他們心中的劇痛和流血永無止期……今天，我才終於知道在那個人妖顛倒的年代有一個叫遇羅克的人……」

仝工剛一說完，趙建國跑上了講臺：「各位同學，我今天晚上不想即興發揮了，我只想把我寫好的作業給大家讀一段，」說完也不管下面的反應就高聲讀了起來：「我的作業題目是『未必清明牲壯鬼乾坤特重我頭輕』。這是遇羅克烈士生前所寫一首詩中的句子……歷史最能遺忘，但歷史又常常在記錄著最能被遺忘的事情，在那個瘋狂的年代裡，遇羅克只能使用一種語言來表達屬於自己的思想。他抨擊的目標非常明確，就是被紅衛兵鼓吹的『血統論』，中國式的『新的種姓制度』。正像學者所指出的：他要為他廣大的同類向社會呼籲，從形左實右的反動路線那裡要回來人人應有的平等權利和『革命』的權利……讀了美國的《獨立宣言》，法國的《人權和公民權宣言》，聯合國的《世界人權宣言》，以及讀了盧梭、洛克、潘恩等人的著作後我才知道什麼叫作『人』，什麼叫作『奴隸』。不曾擁有人權的人根本就算不得人？人人生而平等，這個現代人權觀念，早在幾百年前就寫進了各個民主國家的憲法裡。然而，可是我們——竟然連這個詞都是虛構的，因為實際上只有遇羅克一個人——在全人類日益進步的二十世紀六十年代，還必須要以付出生命作代價來為出身問題做辯護……」

「同學們，趙建國和其他同學的發言非常精彩，因此我就不講別的了，我想把今天上午才在圖書館找到的、一位當代詩人寫的一首紀念遇羅克烈士的詩給大家朗讀一遍。」

弋輝正沉醉在趙建國這番極具震撼力的發言中時，忽然又聽見一個熟悉的聲音，抬頭一看，竟是張瑞珍站在了講臺上，還不等弋輝反應過來，只見她神情莊重地讀了起來：「《結局或開始——獻給遇羅克》

我，站在這裡
代替另一個被殺害的人
為了每當太陽升起
讓沉重的影子像道路
穿過整個國土
悲哀的霧
覆蓋著補丁般錯落的屋頂
在房子與房子之間
煙囪噴吐著灰燼般的人群
溫暖從明亮的樹梢吹散
逗留在貧困的煙頭上
一隻隻疲倦的手中
升起低沉的烏雲
……
也許有一天
太陽變成了萎縮的花環
垂放在
每一個不朽的戰士
森林般生長的墓碑前

烏鴉，這夜的碎片
紛紛揚揚……

張瑞珍剛讀完，弋輝再也按捺不往，上了講臺。

一個又一個，同學們紛紛走上講臺，爭搶著發言，用二十世紀八十年代大學生那份社會責任感和青年激情，談著自己對遇羅克精神的崇敬，談著對那個已經逝去年代的憤怒，談著對中國民主化進程的認識……整整四節課時間都沒能讓同學們盡興地把話說完，而所有同學此時也早已經忘記了下課時間……直到大樓值班工人進來催促時，曲老師才發現早過了下課時間，忙和值班工人小聲說了幾句，等那人很不高興地嘟囔著出了教室後，他趕緊走上講臺總結道：「同學們，今天晚上討論得非常好，我根本沒想到大家準備得這樣認真、這樣充分，因為時間不早了，我就不對大家的發言做點評了。下面我想把今天晚上得到消息後主動要求來聽大家討論的兩位教師介紹給大家，這一位是政治學院的劉犖教授，那一位是物理學系的衛民教授，請他們上臺講幾句。」

同學們都鼓起了掌，叫劉犖的女教授先上了講臺，看來她此時情緒也很高漲，沒說一句客套話，開口直奔主題：「確實如曲老師所說，今天晚上我和衛老師是自己主動要求來的，我們並且事先已經和曲老師說好了也要上臺發言。按說像我們這種人過中年的教師早已經沒有了年輕人的衝動和激情。但是，當我們的腦海中在漸漸地要忘記了那個人的名字的今天，忽然間有人提起了他，我們立刻又充滿了衝動和激情……我和遇羅克同歲，兩人家庭出身也一樣，我父母也都是右派，因而我也只能像遇羅克那樣上不了大學，到了一家工廠當學徒工，文革開始後又被弄到農村插隊接受貧下中農再教育整整九年……我記得我是在地裡正幹活時，一個插隊同學偷偷讓我看了遇羅克寫得那篇文章的。當時我的情緒非常低落，看不到一點兒前途和希望，經常想著要自殺，是遇羅克的這篇文章和隨後聽到關於他的事蹟給了我勇氣，給了我活下去的信心……這些年來許多學過的知識已經忘記了，或者說記得不是太清了，但是遇羅克的這篇文章我卻能一字不差地背下來。後來，隨著四人幫被粉碎，國家政策開始好了起來，不再以家庭出身來決定一個人的命運了，我和曲老師這種家庭出身不好的人才有可能到國外讀書。在美國那幾年裡，我和曲老師以及其他親歷過文革的人經常討論遇羅克的《出身論》和他寫下的其他文章，這也引發了我們那一代人許許多多的感慨；後來，有一個人還發表過一篇非常好的讀後感，並引起了很大的社會反響。現在請讓我把其中的一段給大家讀一下。」

下面的同學給她鼓起了掌……

「遇羅克的《血統論》直到今天仍然從其中透射著永不會隨時日消逝而消逝的光輝，是他的精神，那種獨立思考和人道主義的精神。不管是在專制社會還是在民主社會，獨立思考都是一種極為缺乏的精神，也是一種難能可貴的品格。在專制社會中和在民主社會中的不肯獨立思考，情況雖然相同但性質卻根本不同，這就和圍觀布魯諾死刑者與圍觀皇帝穿新裝者的不同一樣。那些圍觀布魯諾的死刑且跟隨劊子手的旨意搖旗吶喊者，其主導心理更多的是恐懼和愚昧；而圍觀皇帝穿新裝且跟著騙子裁縫讚歎鼓掌者，其主導心理則要複雜得多，他們不僅有恐懼和愚昧，同時還交織著懶惰、慣性、隨大流、媚俗等等；別人鼓掌也就跟著起而吆喝的烏合之眾式的反應，權威人士叫好趕緊跟著叫好的群氓式效應，在看皇帝新裝的人群中都可找得到。騙子裁縫可以說是一個傑出的心理學家，他正是由於摸透了那些看客的心理，才敢於那樣為所欲為……

據說當年哥德很欣賞魯迅的一句名言：『中國少有失敗的英雄，少有敢撫哭叛徒的弔客』。想想魯迅的這句話，在遇羅克活著的那個年代、在今天、其意義同樣是多麼深刻……

已經逝去的時代是一個令人無法理解的時代。在短短的數十年裡，發生了中華民族歷史上最醜陋的一幕，接著就像惡夢一般消失，不留一點記憶的痕跡。為什麼會有那麼多一流的學者會聽從一個政治權威的指揮棒而發瘋般地要打倒昔日的老師，為什麼會有人理直氣壯地論證中國古代的清官比貪官還要壞？為什麼文革中的那些大學生、中學生寫起文章來那麼惡狠狠、血淋淋，做起事來那麼慘無人道……」

「同學們，剛才曲老師介紹了我的名字，衛民。那就先從我的名字說起吧……」

大家還沒等從劉老師精彩的發言中回過神來，衛民老師就等不及地上了講臺，「我是一九四五年出生的，出生那天我父親剛好看完了毛澤東寫的《論聯合政府》，於是給我起名叫衛聯合，意思是期盼著國民黨和共產黨能聯合起來。後來，當內戰爆發後，我父親趕緊給我把名字改成了衛和平。解放後，我父親覺得老百姓期盼已久的新中國終於建立起來了，又給我把名字改成了衛中國，意思是要保衛社會主義的新中國。史無前例的無產階級文化大革命爆發時，我高中馬上就要畢業，因為我的家庭出身好，我們家是下中農成份，我第一批加入了紅衛兵，這一次我自己把名字改成了衛東彪，意思是要誓死捍衛毛主席和林彪副主席。一九七一年林彪摔死後，我又趕緊把名字改成了衛文革，粉碎四人幫後我又把名字改成了衛民，我剛活到三十一歲就先後改了六次名字，但是只有衛民這個名字一直叫到今天……」

台下同學聽得全笑出了聲，大家想不到衛老師竟然是這樣的開場白，「為什麼一開始就說我的名字故事呢？因為這說明了一個中國人的或者說中華民族的個性情結，這一情結就是『狂熱加愚昧』，而正是這一延續了數千年之久的『狂熱加愚昧』，才使得中國人在其歷史長河中只經歷過如魯迅先生所說：『做穩了奴隸和想做奴隸而不得』的兩種時代，也正是因為這一根深蒂固的『狂熱加愚昧』，才有了文革十年中的遇羅克、張志新等悲壯英雄……

這也正像一位學者說得那樣：『我們那一代文革青年最大的貧乏是精神貧乏。而精神貧乏在今天看來主要應緣於歷史感的喪失。當歷史淪為論證現實存在合理性的工具時，我們還有什麼歷史感可言？歷史最基本、最簡單的功能，應該是記憶，然而，對腳下這片土地數十年前發生過的事情、流過的血淚，我們卻輕易就忘卻了……』

同學們，面對文革那段歷史，我們確實應該懺悔，然而，沒有回憶的懺悔是可笑的。首先必須是回憶，只有回憶，才有歷史。忘卻歷史，歷史的悲劇還會以另外一種方式重演。只要是在瘋狂的年代裡，一定還有像遇羅克那樣清醒、獨立地思考著我們民族的命運，追求著自由、平等，而後在那個魑魅魍魎的時代裡被折磨、迫害，以至被歷史忘卻的許多人……中華民族遭遇了太多歷史懲罰，其中一個重要原因就是中國人自己遺忘了歷史。列寧說得好，忘記過去就意味著背叛……

今天，我們師生聚在一起討論文革，我想，我們這一代人應該來為文革的教訓做一番歸納了。首先，我認為：無產階級文化大革命顛覆了中華民族數千年歷史所生成的真、善、美的民族道德情操；使人失去了對現實生活的真實感，開創了一個萬惡無比的全民造假史。同時，文革破壞了中國百姓以一為之的求真務實的道德體系，政府在很大程度上以全社會的名義肯定了造假的合理性，肯定了欺騙的合理性。當一九五八年在全國各地轟轟烈烈開展起來的『大躍進』中造出了畝產十萬斤、三十萬斤的現代神話、並且竟然讓樸實善良的中國人深信不疑時，接踵而至的史無前例的無產階級文化大革命則除了將造假發展到了極致，更是開始了一場造神運動，在一浪高過一浪的『萬歲』、『永遠健康』、『萬壽無疆』的聲浪中，求真務實的道德準則被沖蕩得無蹤無影，這必然為以後的造假風暴打下一個堅實基礎。

其次，在這場史無前例的運動中，人們的是非觀念、善惡標準被顛倒，整個國家陷入到了一個極度瘋狂的境地，成千上萬的紅衛兵以發自內心的行動自絕於歷史、自絕於家庭、自絕於親人。富裕成了罪惡的象徵，貧窮成了光榮的標誌，父子之間、夫婦之間、師生之間、同事之間、以及上下級之間全被敵視與仇恨所隔絕。學生鬥老師、兒女鬥父母、下級鬥上級，許多人以造謠污衊為能事，以殘害他人為快樂，過去只是歷史上的宮廷爭鬥在文革中成了百姓間的平常事。

再者，無產階級文化大革命給我們這一具有悠久歷史的民族造成的另一傷害則是中國人的道德觀遭到了毀滅性的打擊，深深動搖了數千年中國傳統文化積澱下的立身做人的道德根基，全社會的人被煽動起來互相揭發，相互批鬥，每一個人時時處於其他人如同對待階級敵人般的監視下，全社會變成了一個充滿恐怖的威斯康辛集中營……」

「同學們，因為時間太晚了，我就不再講了，」衛民老師看到教學樓值班工人又走了進來催促時，就加快語速說道：「魯迅當年在介紹德國女版畫家珂勒惠支時說：『野地上有一堆燒過的紙灰，舊牆上有幾個劃出的圖畫，經過的人是大抵未必注意的，然而這些裡面，各各藏著一些意義，是愛，是悲哀，是憤怒……而且往往比叫了出來的更猛烈。也有幾個人懂得這意義。』這段話就是今晚我發言的結束語……」

臺下響起了熱烈掌聲，掌聲在黑沉沉的夜空中傳出很遠很遠……

11

快到期末了，弋輝開始複習功課，好幾天沒到工地，在這裡前前後後幹了三個多月，已對這座工地有了不淺感情，一天不來都想得不行，這天下午他實在複習不進去了時，就又跑到了工地。

經過近一年的建設，不但地下三層已全部完工，而且地面部分也已建起了九層，就衝這一建設速度來評估，這家建築企業的實力真可謂是雄厚。

「小弋來了。」弋輝剛進辦公室，屋裡的人就和他打招呼。

「噢，你們正忙著呀。」弋輝回應著。

「弋輝，你過來一下。」可能是聽到了這間屋裡的說話聲，王總經理從他辦公室過來叫弋輝。

弋輝趕緊去了王總經理辦公室。

「坐。」王總經理招呼著他。

「謝謝王總。」弋輝坐了下來，但心裡有些不解，王總平時對他是挺好，但從沒這樣客氣過。

「下午沒課？」

「沒課，現在所有的課都結束了，但是反而更忙了，因為要考試了，人人都在臨陣磨槍。」

「那，你……」王總聽弋輝這樣一說，可能是想對他說什麼事，但又覺得不好開口。

「我，我沒事，王總你有啥事就吩咐，我保證完成任務。」弋輝看出了王總的意思，忙表著忠誠。

「是這樣的，王麗剛才打來電話，今天是週末，錢市長想放鬆一下。我前些日子曾邀請過錢市長，想請他到我剛蓋好的農村家裡看看，可是他一直沒時間。王麗說錢市長答應今天晚上去，這樣就得先去人布置一下。我這裡事多走不開，王麗說讓我找你，讓你先去我家幫著準備一下，我剛想著要給你打電話。」

王麗竟然這樣看重他，弋輝當時就激動起來。

「行，我去。但是我不知道去了後該幹啥活兒？」

「活兒不用你幹，我已安排好幹活兒的人啦。你就在那裡先替我招呼一下，讓那些人把該幹的事幹好，主要就是把晚飯準備好，我得五點鐘才能回去。錢市長的意思是不想聲張，因為本來只是個朋友之間週末聚聚，弄得外人知道了就難免要說閒話。」

弋輝明白了，王麗大哥是不放心那邊的準備工作，讓他先去幫著監一下工。這麼重要的事情王麗竟然指名讓弋輝去，可見王麗早已經把他當成了她陣營裡的一員了。

弋輝頓時感動得不行，忙說：「王總，你放心，我肯定會做好這事的。」

王麗大哥便說：「那好吧，你現在就走。坐我的車，先到太平洋大酒店把廚師接上，然後就去我家。」

「好的。」弋輝答應著。

王麗大哥的農村新家離市區也就三十里地樣子，出了市區開車只要十幾分鐘就到了。新居東面是被幾座大山環抱著的一座大水庫，聽說省城居民生活用水的一半來自這座水庫，這座水庫的規模也就可想而知。

王麗大哥新家面積有六百多平米，是座三層小樓，樓房前面是整齊寬敞草坪，後面有一個草地網球場，再往外是四堵高高院牆把整座院子圍了起來。

三層小樓每一層都裝璜得別致大方，既有歐式風格主、次臥室，也有美式風格起居室，讓人明顯感覺到房屋主人的高貴氣派。

「不愧是搞建築的，設計得太漂亮了！」跟隨弋輝來的那家著名賓館廚師看樣子也是頭次來這裡，對著弋輝連聲讚歎著。

確實厲害，弋輝根本就沒見過這番情景，他的第一感覺就是這要比電視劇《上海灘》裡馮敬堯的公館闊氣好多倍。馮敬堯要是看到這景象，那非得氣死不可……

「雷師傅，開始幹活兒吧。」弋輝明白自己此時的身份，這可不是跟隨著別人點評的場合，別看這人現在說得唾沫星子四下裡亂濺，保不準還是王麗大哥的心腹呢。他們說沒事，自己要是也跟隨著亂說被這人抽時間彙報上去那不是沒事找事嗎？弋輝便用讓他開始幹活兒的法子來中斷這種無聊的議論。

那人看了一眼弋輝，便幹活兒去了。

弋輝發現除了自己領來的這位廚師外，家裡還有好幾個人早就忙碌開了。相互一介紹才知道這些人原來全是王麗大哥家裡的傭人，有平時管衛生打掃的，有管做飯的，有管保安的；還有一個四十多歲的人見弋輝是王總經理親自派來打前站的，就把他當成了王總經理身邊的紅人，便恭敬地遞過張名片，連聲說著：「我姓李，請多多關照。」

弋輝接過名片一看，見上面寫著：天地合一律師事務所：首席律師，李明照。

「你是律師？」弋輝有些吃驚。

「對，我是王總他們建築集團法律顧問。」李律師又做一解釋。

「我姓弋，是D大中文系學生。」弋輝忙向對方說清自己的身份。

「啊！」李律師吃了一驚，忙說：「那你和錢市長、王麗都是同系系友了呀，怪不得小弋這麼年輕就能被王總如此器重，將來前途一定是無量呀。」

「謝謝李律師。」弋輝用感激語氣回應著，但心裡一激凌，原來王麗也是D大中文系畢業的……

五點剛過，王麗大哥坐著另一輛小車趕了回來，此時飯菜已準備得差不多了，王麗大哥便放下心來，把家裡人叫到一起問了問，就說：「再四處看看還有啥沒準備好的。劉媽，你上樓把那間大套間再打掃一下，晚上說不定客人要在這裡住。」

劉媽答應著上去了。

吩咐完後，王麗大哥把弋輝單獨叫到一邊對他說：「小弋，晚上吃過飯後錢市長可能要放鬆一下，到時你在旁邊照應著，錢市長對你還是放心的，其他人在場怕錢市長不放心。」

弋輝馬上答應著：「王總放心，我已有過為錢市長服務的經驗，肯定會把他照應好的。」

王麗大哥放心地點了下頭。

直到晚上快七點時，錢市長才到。除了王麗陪著他外，還有一輛車也跟隨在後面開了進來。王麗大哥不到六點就站在大門口朝遠處公路上不停地望著，一直望到天快黑時，脖子疼得實在撐不住腦袋了，才把頭轉回了原位想休息一下，不料剛回過頭來錢市長的車就亮著大燈晃眼地開了過來。王麗大哥忙把左後車門打開，剛說了一個字：「錢……」不想從裡面鑽出來的是他妹妹王麗。王麗大哥急忙幾步奔到另一邊把右後車門打開，錢市長慢慢從車裡鑽了出來，站穩身子先和王麗大哥握了下手，見弋輝也在旁邊，就連忙握住弋輝的手，說：「小弋來了。」

弋輝頓時有一股暖流湧入心頭，激動地說：「錢市長好。」

錢市長點下頭，在王麗陪伴下大咧咧地走了進去。從後面緊跟著的小車裡先後下來兩個身體發福的中年人，其中一個站直身子後先扶了下眼鏡，才向王麗大哥伸出了手，笑著打招呼：「王總，來掃蕩你了。」

王麗大哥見是這人，頓時一驚，接著一喜，忙說：「張行長，你這可是在罵我了，平時請都請不來的貴客，還說什麼掃蕩……」

「就是掃蕩呀，難道能叫成扶貧……哈、哈……」

這時，另外一人重重地拍了王麗大哥一下。

「啊！是陶書記，快……請……」王麗大哥更像是有些不知所措了。

旁邊站著的弋輝此時也認出了這兩個人，張行長是省建設銀行行長，那天錢市長到學校工地視察時他在旁邊陪著，陶書記就是他們大學黨委陶書記。

陶書記這時也認出了弋輝，拍了下他的肩，對王麗大哥說：「這可是我們學校的人呀，今天我已不是孤家寡人了……」

王麗大哥忙接著話說：「是的，就是為了怕你有孤獨感，所以特地把弋輝叫來為領導們服務一下。」

「好的，好的。」陶書記打著哈哈和張行長跟隨在錢市長身後進去了。

在客廳裡王麗悄悄告訴弋輝，陶書記就是那年三十晚上和她們一起在大富豪娛樂城玩的陶部長大哥。陶部長、李書記和錢市長當年都是高中同班同學，後來又一齊下鄉插隊，並且被分在了同一個生產隊，所以他們三人既是同學又是插友，關係處得非常深。

我的媽呀，怪不得，這……弋輝聽得心裡又是一陣激動。

幾位領導稍事休息了一下，王麗大哥就讓開飯，錢市長提議道：「既然是家庭聚會，那就都坐到一起吃飯，不要搞什麼等級制度。毛主席早就說過：我們都是為人民服務的，只是各自的工作不一樣。」

錢市長這一說，另外幾人都笑著附和道：「對，市長說得就是經典，我們都是為人民服務的，沒有差別……」

錢市長馬上打斷：「這話可不是我說的，這是偉大領袖毛主席的話，這是最高指示，我只是在這裡照著念一遍語錄罷了。」

王麗大哥趕緊附和著說：「就是，就是，我們一定要牢記毛主席的話，做毛主席的好戰士。」

眾人跟隨著錢市長進了餐廳，王麗大哥讓擺了兩桌，他和王麗陪錢市長、張行長和陶書記坐一桌，弋輝等家裡其他人坐另一桌，飯菜上來時錢市長見另一張桌上人有些多，就讓弋輝過來坐到了他這一桌，弋輝這下子又激動起來了，夾菜時手不停地抖，一頓飯吃了些什麼菜根本沒記住。

錢市長在飯桌上邊吃邊不時稱讚一下廚師手藝，說這頓農家風味飯菜真是獨具特色，他這些年也沒少下到農村搞調研，但是卻沒吃過一頓這麼可口的農家飯菜。

錢市長這一稱讚，別人也就跟隨著稱讚了一氣，就都說這頓飯吃得就是過勁兒，多少年都沒吃過這麼好的飯菜……

王麗大哥原本打算把專門從五星級大酒店請來的廚師向錢市長介紹一下，但他一聽錢市長這番稱讚語氣，就沒有介紹那人，那人坐在一邊乾著急但這種情形下又不能自己做自我介紹。

吃過飯，眾人在客廳吃了一會兒水果，王麗大哥看著錢市長提議道：「錢市長，是不是放鬆一下？」

錢市長看了下陶書記和張行長，問：「你們的意見如何？」

兩人一聽，幾乎是一齊回答道：「放鬆一下吧。一星期七天，也只有這一天能放鬆一下，咱們活得也太累了呀。」

錢市長半笑著說：「話不能這樣說：當幹部就得要有奉獻精神，剛才還在說要為人民服務來著，怎地？你們喝了幾杯酒就忘記了。」

眾人一聽忙說：「市長說得對，我們這是邊奉獻邊放鬆。」

放鬆就是打麻將，這意思人人都明白，王麗大哥早做了安排，二樓起居室已經支好了一副高檔麻將桌，王麗大哥這時把其他人都打發走了，只讓弋輝在旁邊應酬著。

錢市長和王麗大哥打對坐，張行長和陶書記打對坐，王麗站在錢市長身後觀陣。

就像是變魔術似地，每個人面前都變出來一堆錢，而且都是大鈔，弋輝從小到大既沒打過麻將，也沒看別人打過，所以他一點兒也不會；只見桌子上的麻將不停地被這些人搬來搬去，過一會兒有人發聲喊把剛立起來的一張張牌又推倒……不過在這不停地立起、推倒的運動過程中，錢市長面前的大鈔明顯多了起來，錢市長到了這時臉上反而不見了笑容，面色凝重地看著面前的牌，一副全神貫注樣子……

一直打到晚上十一點多，錢市長不經意間打了下哈欠，眾人立時會意，便齊聲說：「錢市長，時間不早了，是不是該休息了。」

錢市長看下錶，還沒等他說話，王麗大哥趕緊說：「錢市長，時間太晚了，你上三樓休息吧，房間已給你準備好了，洗澡水也準備好了。」

錢市長就說：「既然都已準備好了，那我只得從命了。」說著話站了起來，兩手左右一伸，做了幾下籃球運動員比賽前的活動動作，由王麗陪著上了三樓。

見錢市長上了三樓，王麗大哥就對張陶二位說：「兩位領導就在二樓湊合一晚上吧，就是旁邊兩個房間，洗澡水也給你們準備好了，你們先洗個澡，是水庫西面的山頂溫泉水。」

兩人也沒客氣，只是重複了一遍錢市長的話：「那我們就從命了。」兩人由王麗大哥領著去了各自房間。

幾分鐘後，王麗大哥出來了，他急忙把弋輝拉到另一間房裡，說道：「我忘記了一件事，現在請你幫我辦一下。」

弋輝一愣，但馬上表態道：「王總的事就是我的事，你儘管吩咐。」

那好，王麗大哥沒再客套，看住他說：「張行長和陶書記晚上睡覺喜歡有人陪著，我這裡沒有現成的。王麗說你有個姐姐在大富豪夜總會上班，你馬上坐我的車去趟那裡，設法讓你姐姐給找兩個上檔次小姐，價錢好說。你看怎麼樣？」

弋輝一聽是這事，想也沒想就答應道：「王總，你放心，我一定把事辦好。」

王總拍了下他的肩，說：「好吧。你現在就走，他們兩人現在正洗澡，你爭取在一小時內趕回來。」

弋輝保證著：「沒問題，肯定在一小時內回來。」

王總朝樓下喊了聲司機，叫馬上開車去趟城裡。

下到一樓時，弋輝忽然想，不如現在先打個電話，讓那邊準備好，車一去接上人就能往回返，就在王總樓下客廳給他姐姐打了個電話，簡單說了下這事，讓那邊先準備兩個有氣質的小姐，等車子一去就跟著走。

王總見弋輝做事這樣有心計，心裡很高興，滿意地衝著他的背影點了下頭。

夜很深了，馬路車流很少，賓士轎車跑了不到三十分鐘就到了大富豪夜總會，弋輝進去後直奔酒吧部。

酒吧裡此時客人正多，弋琳正忙碌著招呼客人，見他急匆匆進來，便停下手中的活兒不滿地說：「電話裡你也不說清楚，這些天往你宿舍打電話怎也找不到你，宿舍的人說你可忙了，可我也不知你忙什麼，原來你是幹這活兒呀……」

弋輝見他姐姐誤會了，想想此時也不好多作解釋，因為那兩個要做事的頭臉都不小，尤其是陶書記，這可是決定自己前途命運的人物，弋輝此時好像已經看見東方正緩緩升起了一輪紅日……便咬下嘴唇，說：「姐，這事一時半會兒的不好解釋，但是你一定要相信我不是在做壞事，咱家多少年來還沒出過壞人，現在我只問你，電話裡我讓你找的人你給找好了沒有？」

弋輝姐姐仍不相信地看著他，見弋輝一副很著急樣子，只得無奈地歎口氣，說：「反正你也長大了，做事能對自己負責了。但是我只想說你一句，咱們家幾輩人只出了你一個大學生，你得珍惜。」

「姐，你就不要囉嗦了，已經過去四分鐘了；這樣吧，以後我會仔細告訴你的，現在求你趕緊給我把人叫來吧。」

弋輝姐姐無奈地打了一下他的頭，說：「你呀……人早給你聯繫好了，你不是專要氣質好的嗎！這兩個女的不僅氣質是這裡最好的，長相也是這裡最好的，一般是不出臺的，也就是不到外面去的，只在這裡做，這次是看我的面子才答應的，價錢要得也高，一晚上每人要一千塊錢。」

「一千塊？」弋輝愣了，雖說他並不清楚做這事的定價，但憑直覺也能感覺得出這兩個小姐要價太高了。

「你要是嫌價高的話我可以給你找價低的，但氣質可就比不上這兩人了呀。」

「不，不，你先把她們叫來讓我看看。」弋輝急忙說。

姐姐給找的這兩個小姐確實優秀，兩人身材都在一米七十以上，再加上高跟鞋的襯托，個頭要比一米七五的弋輝都高出一截。兩人都是圓臉，都有兩個圓圓酒窩，不知道是不是人工做成的，水汪汪大眼珠像會說話似地看著弋輝，嘿！這裡竟然有這麼漂亮的小姐，弋輝自己先發愣了……

姐姐狠狠拍了他一掌，罵道：「你剛才還說讓我放心，這剛一見面就先把你給迷住了，這我能放心嗎？」

弋輝知道自己失態了，趕緊恢復過來，笑著說：「姐，你儘管放心，見了漂亮女人哪一個男人能不動心，但是我向你保證，我不但不會犯錯誤，而且還會在畢業時給你一個驚喜。好了，以後和你說吧，我領著她們走了，就照你說的價錢，絕不會少給一分錢的。」說完看了下錶，急忙領著兩個小姐走了。

出了大廳剛要往車裡鑽，弋輝猛地想起一事，問那兩個小姐：「我先問一聲：你倆有套子嗎？」

兩小姐忙說：「看來你真是不懂，我兩最害怕得病，所以我們是人不離套，套不離人，你放心吧，我們身上帶得都是進口貨，日本產的，品質保證。」

弋輝一笑，趕緊拉開車門，說：「請上車，這次一定讓你們過一個愉快的週末。」

小轎車在寂無人影的馬路上疾駛著，車輪和水泥路面磨擦發出好聽的沙沙聲，弋輝把頭仰在高靠背上舒服地吐出一口長氣，心裡想著：這麼漂亮的小姐，要是能讓我享受一番那該有多美妙呀……這世道真應了那句話：有了權就有了一切……唉！我一定要實現這一目標，我一定會有那一天的……弋輝狠狠地在心裡說著。

「小弋，咱們走機場高速吧。」司機忽然說。

弋輝一驚，忙看了下錶，再過二十分鐘出來就一小時了，他朝車窗外看了一眼，發現車子剛開到城郊，要是順著來時那條公路走，怕二十分鐘有點緊，走機場高速公路的話，王總別墅正好在公路這邊，從第一個出口處拐下去走不遠就到，比來時走的那條路要近一些。

「行，就走機場高速吧。」弋輝決定著。

到了機場高速公路收費站時，弋輝掏出張十元鈔票遞了過去，橫桿抬了起來，車子過去後剛要加速，忽地從路邊竄出兩個人，擋在了車前，司機沒防住這手，一個急剎車，把弋輝往前弄了個慣性，腦袋撞在了車擋風玻璃上，當下給撞起一個大包。

後座那兩個小姐也沒防住這手，身子朝前狠撞了一下，疼得兩人直喊叫。

司機氣惱地下了車，剛要發火，只見其中一人掏出把刀子頂在了他胸前，嚇得他叫了半聲就不叫了……

另外一人徑直走到後車門處把車門拉開，衝著兩個小姐說道：「小琴，小華，你們好，老武讓我接你兩來了……」

後座那兩個小姐正疼得叫喊著，一見是這人，當下驚得大叫一聲：「啊！是你……」就動彈不得了……

弋輝一見這情形，馬上明白了個差不多，知道這兩個小姐肯定和這個人有什麼瓜葛，這人是早有預謀地等在了這裡，但此時已不充許他多想，他揉了揉仍在疼痛的腦袋，先看了一眼前面用刀子逼住司機那個人，再看了眼後車門邊那人，猛地一拉車門跳了出去，從後面抱住那人一下子將他摔在了地上……

前面用刀逼住司機那傢伙兒見勢不好，幾步朝弋輝奔來，人還未到弋輝面前就朝他先惡狠狠地刺了一刀。

弋輝剛才用力有些太猛，連帶自己也差一點兒被帶倒，剛站穩腳，帶著風聲的刀就直奔前胸而來，他急忙轉身躲過了這一刀，連躲帶迎地和那人對打起來……

雖說弋輝身手挺靈活，在D大體育課選修的就是拳擊，但空手對刀卻不是他的拿手功夫，沒幾分鐘胳膊就被刺了一刀……

就在這危險時刻，司機跑了過來，司機是個年輕小夥子，力氣不小，從後面抱住那個拿刀傢伙兒的腰，把那傢伙兒掄到了半空，使勁兒轉了幾圈後，狠命朝公路下面扔了下去……

正這時車裡兩個小姐衝著弋輝叫了一聲：「小心……」

弋輝一驚，回頭一看，見被他摔倒的那傢伙兒已從地上爬了起來，也從懷裡掏出把刀子，正要刺弋輝，弋輝急忙向旁邊一閃，這時司機正好趕上來，一腳踢掉了那傢伙兒的刀子，弋輝也學著司機的樣子猛地抱住這傢伙兒的腰，在空中轉了幾圈後把他也扔到了公路下面。

弋輝朝黑漆漆公路下面看了一眼，顧及不上說別的，催促著司機：「快走。」

兩人剛要往車裡鑽，沒想到前面不遠處還停著一輛小車，從車裡出來兩個人，其中一個拿著把手槍，衝著弋輝和司機大喊：「往哪裡跑，站住……」

弋輝急得顧不上了別的，只對司機說了一聲：「別管我，你們快走。」說完迎了過去，就在離那人有一米遠時，那人又喊：「站住，再走我就開槍了。」

弋輝停住了腳，對那人說：「你看後面，有人……」

那人一愣，不由回過了頭，弋輝急忙往前猛竄一步，飛起一腳踢在了他的襠上，疼得那傢伙兒哇哇亂叫，但是與此同時手中的槍也響了，子彈從弋輝頭頂處飛過，槍聲在黑漆漆夜空傳出很遠很遠，弋輝一急趕緊又一腳踢飛了他的手槍，衝著司機大喊：「快開車。」

司機急忙鑽進車裡，一踩油門，轎車從另一邊開跑了……

弋輝只顧及和這個拿槍者對打，忘了還有一個人；就在這時，車裡最後出來那人衝了過來，把手中刀子狠狠地刺進了弋輝肚子……

12

弋輝醒過來已是三天後的事了。

雪白的牆壁，雪白的被子，弋輝醒來後一時間竟然搞不清自己是在哪裡……當他看到守在病床旁邊的姐姐時，似乎有些明白過來這是怎麼一回事了。

見他醒了過來，姐姐忙擦掉眼角淚水，說：「別動，總算醒過來了，再要不醒說啥也得告訴家裡了。」

弋輝剛要說話，王總進了病房，弋輝一激動就要往起坐，但不料剛一使勁兒肚子就被拽得疼得厲害，不由「啊」了一聲，王總忙按住他說：「別動，刀口處線還沒拆。」

「刀口？」弋輝問

嗯……王總猶豫著看著弋輝姐姐，說：「我想和你弟弟先談一下，你能不能……」

弋琳看了眼弋輝，想說什麼，但沒說，只對王總說：「好吧。」

等弋琳出去後，王總見病房裡沒有別人，就對弋輝把那天晚上後來的事細細說了一遍……

原來弋輝姐姐幫著聯繫好的兩個小姐不但是這家夜總會裡最靚的，而且還是整個省城最上鏡的；因而兩人的大名也就自然被市裡一個黑社會老大給記在了帳上。後來這兩人就成了這個老大的人，但時間不長兩人就都死活不和老大幹了，原來這個黑社會老大是個性虐待狂，每天晚上和這兩個小姐做愛時都要學著外國黃片裡的鏡頭樣子折磨她兩。幾天下來，兩個小姐全身上下青一片紫一塊的，後來實在是受不了這傢伙兒的折磨，就從他那裡跑了回來。回來後，兩人擔心這個黑社會老大會找到夜總會來，就到別的城市躲了半年多，等身上的傷養好了才又回來。但回來沒幾天就被這個老大給知道了，弋輝去接兩人時剛要上車，那個黑社會老大就坐車趕了過來，見兩個小姐上了車，他開車跟隨在了後面，等快到收費站時，超車先開了過去，在收費站口截住了弋輝他們。但是他沒想到竟然還有人敢和他作對，更沒想到弋輝和司機兩個人竟然把他三個手下全給打倒了，於是只得親自上陣給了弋輝一刀……萬幸的是這一刀沒捅在要害處，雖然使得勁兒很大，但是正巧捅在了弋輝褲腰帶上，等把厚厚牛皮腰帶紮穿後，只有刀尖扎進了肚子裡；弋輝昏迷是因為他一開始被第一個傢伙兒捅破了胳膊血管，血流得太多才導致他昏迷了過去。就在弋輝和那幾個人打鬥時，收費站值班的人看見了這情形，便打電話報了警，黑社會老大見弋輝倒在了地上，慌忙把他幾個手下扶到車裡跑掉了。後來弋輝被趕到的員警送到了醫院，不過要是再晚上一小時，身上的血恐怕就流完了……

「我姐姐知道這經過嗎？」弋輝急忙問。

「不知道。除了你和我沒有人知道全過程。」王總又看了眼門口壓低聲說：「司機回來後只說你已經把那幾個人全打倒了，而那兩個小姐卻都被這事給嚇傻了，一晚上在房間裡抖個不停，嘴裡不住地說著不，不，我不要錢……結果是直到走也死活不要錢……」

弋輝吃驚地看著王總，不知該說啥。

「你不必害怕，」王總以為這番話把弋輝給說怕了，便安慰他：「昨天上午我找了個機會把這事單獨向錢市長彙報了一下，錢市長聽後對你的表現非常讚賞，讓我轉達他對你的問候。我決定以公司名義獎勵你一千塊錢。」

「獎勵我一千塊？」弋輝長這麼大從沒見過一千塊這麼大的數目，頓時全身哆嗦個不停……

「你不要想那麼多，以後你就是我的人了，王麗昨天來看你時還一再叮囑我照顧好你，我妹妹可從來沒對人這麼好過……」王總盯住他認真地說著。

「王總，你不要誤會，王麗是我姐姐……」弋輝趕緊解釋。

「你真是個老實孩子。」王總輕輕拍了他一下。

「那錢市長……」弋輝此時想知道錢市長當天晚上有沒有受到驚嚇。

「錢市長對這事非常生氣，當時就讓公安局長把這個黑社會老大給抓了起來……」王總換了個角度回答他。

「抓起來了？」弋輝忙問。

「對，抓起來了。」王總又朝門口看了一眼，說：「嘿，抓起來後才知道，這傢伙為什麼在省城竟然這麼張狂，原來他的靠山是東方不敗。」

「誰是東方不敗？」這名字好像是哪一部武俠小說裡的主人公。

「東方不敗是D市常務副市長，這傢伙兒和錢市長不對頭，這可真是個千載難逢的機會，錢市長下令讓把這事查到底。嘿！這回東方不敗可要一敗塗地了……」王總的情緒立時好了起來。

忽然，他像是想起了什麼似地，趕緊囑咐著弋輝：「這兩天公安局的人可能要找你瞭解情況。到時你只說和這兩個小姐是朋友，是你在夜總會打工時認識的，當時是帶她們去她們一個親戚那裡，千萬不要說出我、錢市長、張行長和你們學校陶書記。」

弋輝糊塗地點了下頭。又問：「那，那兩個小姐要是說得和我不一樣怎辦？」

「這你放心，那兩個小姐我已給了一筆錢讓她們到外地待一段時間，等把東方不敗打敗了再回來，公安局找不到她們的。」

「那……那，你的司機要是說的和我不一樣怎辦？」弋輝又問。

「司機我早已安頓好了，他到時會說和你是朋友，是你求他跑一趟車，送這兩個小姐去親戚家的。」

弋輝糊塗地再次點了下頭，心裡同時湧上些害怕，怎麼這事竟然也和官場鬥爭聯繫在了一起……

「你不用害怕，有錢市長撐著，誰也怎不了咱們。」王總惡狠狠地說。

當天下午公安局的人果真到醫院找弋輝瞭解情況，弋輝就照著王總吩咐的話作了應對。可能公安局的人也早就想剷除這股黑社會勢力，取了弋輝證詞後，立刻對這個黑社會老大開始了突擊審訊，沒幾天這個黑社會團夥就被一網打盡了，東方不敗副市長見勢不好只得來了個丟車保帥，又過了不長時間，這個黑社會老大在監獄裡上吊自殺了，這事也就了結了。

住了一星期醫院弋輝就出院了，有陶書記在暗地裡關照，系裡按正常出勤對待，因為這事畢竟不是那麼光明正大，不然的話弋輝的事蹟早就成為全校宣傳的典型了。

出院當天，王麗把弋輝叫到市裡一家挺上檔次的飯店請他單獨吃了一頓。

王麗是這裡的常客，老闆一路點頭地把她和弋輝請到了樓上一個單間裡，兩人剛坐下飯菜就上來了。

「弋輝，又到了期末考試了吧？」王麗邊和他碰著杯邊問。

「是的，下星期開始考試。」

「下學期就大三了吧。」

「對，過得可真快呀。」弋輝感慨地說。

「是呀，不但你上大學這四年過得快，人這一生過得也實在是太快了，昨天我好像還在D大校園裡讀大學，但醒過來一看，原來自己已經三十歲了。」王麗感慨萬千起來。

「你不是才二十八歲嗎？」弋輝不解。

「那是周歲，虛歲不就二十九了嗎，馬上不就到了三十了……唉！女人一過三十可就徹底完了……」王麗感傷起來。

「不，我覺得你比我二姐都年輕。」弋輝實在不知該如何說話。

「謝謝你。」好久王麗才回了一句，淡淡地笑了笑，端起杯子和弋輝碰了一下。弋輝發現王麗的笑是硬擠出來的，這一笑眼角果然有了幾道淺淺皺紋。

「吃菜。」王麗給他夾了個大蝦。

「王姐，你是不是快要有孩子了？」弋輝一急竟說出來這樣一句話。

「孩子？和誰有孩子？和你？」王麗盯住弋輝苦笑著。

啊！弋輝被嚇了一跳，想不到王麗竟然說這話，一時間不知該說啥，臉紅赤赤地地瞅著桌上酒杯不敢抬頭。

「弋輝，不要害羞，我是逗你一下。」王麗見弋輝臉通紅，忙安慰他；跟著洩氣地說：「我都快要離婚了，還能有孩子？」

「你……」弋輝吃驚地抬起頭。

「對，最遲下個月辦手續，只是因為他最近在北京參加一個培訓班沒在家，要不現在已經離了。」

「姐……」弋輝叫了一聲……

王麗沒吱聲。

好大一陣子後，王麗聲音很輕地說：「弋輝，和姐跳舞去吧。」

「噢……」

飯店樓下就是舞廳，裡面燈光暗暗的，有幾個人已摟在一起正胡亂搖著……弋輝摟住王麗的腰跟隨著音樂慢慢晃了起來，他覺得出來王麗身子抖得厲害。

「王麗姐，你是不是身體不舒服？」弋輝輕聲問道。

「不，沒什麼」，王麗應道。她可能也覺出來自己情緒有些不對，把臉挨緊了弋輝，說：「弋輝，你是個好孩子……」

「我……」弋輝不解王麗為什麼要說這話，這不是大人哄小孩時才用的語言嗎……

「對，你是個好孩子。」王麗重複了一遍。

「弋輝，你是從農村出考上來的吧。」

「嗯。」

「我當年也是從農村考上D大的。」王麗忽然說起了自己。

「王麗姐，你家也是農村的。」弋輝驚奇地問。

王麗點著頭，把臉貼得更緊了。

好大一陣子後王麗忽然說：「小弋，錢市長對你挺有好感的，這次的事情發生後，他因為身份原因不好來看你，但是很關心你的傷勢，幾乎天天都囑咐我替他去醫院看你……前天又和我說起了你，他說他有預感，你肯定是農村考上來的孩子，因為農村孩子純樸，要比城裡孩子純樸得多，也可靠得多。」

王麗慢慢轉述著錢市長的話。

「我……」弋輝不知該如何對答。

「其實那年初夕晚上我們第一次在大富豪娛樂城相遇後，錢市長就對你印象很好。」

「噢。」弋輝立刻想起了那個難忘夜晚，但一時不知該說什麼，只是機械地應著。

「王姐，錢市長人挺好的。」弋輝也是好久才冒出這麼一句。

王麗沒回應，只是貼著弋輝的臉慢慢搖著……

一支舞曲結束了，王麗仍不鬆開他……

13

弋輝那天晚上意外受傷使得他和張瑞珍的關係發生了一個曲折。雖然王總把有關這事的詳細過程封鎖得嚴嚴實實，但張瑞珍還是對弋輝起了疑心。

「……路上遇到了幾個歹徒搶兩個女孩子錢包，聽到女孩子叫喊聲我就衝過去和歹徒搏鬥起來，後來被歹徒刺了兩刀，然後就什麼都不知道了……」

「編，編……你可真會編，剛在中文系念了幾天書就會編故事了，真沒看出來你還真是塊寫小說的料呀……」張瑞珍明顯感到這話是在騙她。

「我問你，那麼晚了你去機場高速公路那兒幹什麼？」

「我，我不是告訴你好幾遍了嗎，王總一個朋友從北京過來，他當時正好有事走不開，讓我替他去機場接一下客人。」這話是他剛醒來後王總教給他的，兩人怕說差了還在病房裡練了幾遍，又改了幾個細節。

「那你接上北京來的那個客人了嗎？」張瑞珍不動聲地接著問。

「沒接上，都被人捅倒了，還能去接人嗎？」

「那你這是典型的見義勇為呀！我明天寫篇文章先發在咱們校報上，然後再讓校報編輯設法找省報轉載一下，我再和電視臺那邊聯繫一下，給你搞個人物專訪。」張瑞珍認真地說著。

「不，不，這可不能。」弋輝急忙阻止著。

「為什麼？這年頭的人做夢都想著出名，現在機會主動來到了面前還能讓他跑掉，我回去就寫一篇通迅。」張瑞珍瞅著病房裡的病人堅定地說著。

張瑞珍來看弋輝是他醒過來第四天下午，要是照著王總的意思就是這事乾脆就不要讓學校知道，那天晚上司機把兩個女孩子接來後，兩人驚魂不定了一晚上，這事不能瞞陶書記和張行長，第二天早上王總簡單對陶張兩人說了一下情況。

兩人一聽先是被嚇了一跳，「唉呀！這事整得，當時要是弄出人命來那他們的官位子可說啥也保不住了。雖說別人沒事只是弋輝一人受了傷，幸虧這傷又不重，可萬一弋輝要是出個三長兩短的那不同樣麻煩了嗎……」陶書記當下就說這事還是不要讓學校知道為好，因為這畢竟不是什麼光彩的事，雖說這裡邊有見義勇為的成分，但根子不在這裡，這事要是傳出去的話不但弋輝不可能成為英雄模範，而且他兩也要成為政敵攻擊的靶子，搞不好還要連累到錢市長……三人緊急研究了一個不使他們受到一點兒牽連的辦法，就是儘量封鎖消息；弋輝對張瑞珍說得那些謊話就是他們共同編出來的……

因為王總再三囑咐過弋輝對任何人都不能說漏這事的來龍去脈，所以他一到快要漏餡時就用沉默來對付……

「說話呀，你是不是覺得這辦法出名還有些慢，那咱們就再商議個快法子。」張瑞珍盯住他追問著。

弋輝被她這番諷刺實在是整煩了，但又不好反駁，嘴唇動了幾下後還是閉上了。

「說話呀，你說不說實話。」張瑞珍見弋輝這樣子，更來氣了。

弋輝忍到最後實在忍不住了，只得說：「請你相信我一次，我說得都是實情，要是有什麼不明白地方，等我傷好後再細細告訴你，可以嗎。現在我要休息了，我頭疼得厲害。」說完用被子蒙住了頭。

張瑞珍見弋輝這樣子儘管心裡很生氣，但她怕真逼得弋輝再添上個別的病那就更麻煩了，只得停住話頭，暗自擦著淚水。

弋輝出院不幾天就趕上了期末考試，兩人忙於考試，也就顧及不上說這事，直到考試結束放暑假時，張瑞珍也沒像往常那樣主動問弋輝假期如何過，而是沒和弋輝打招呼一個人回了家。到了這時弋輝才覺出了事情的嚴重性。便趕緊買了張車票去了張瑞珍家。

見弋輝跟來了，當著家裡人的面張瑞珍不能發火，只得裝出什麼也沒發生的樣子招呼著弋輝。夏日天長，吃過晚飯後，張瑞珍父母要去地裡接著幹活兒，張瑞珍也要跟著去，弋輝見狀只得拽了她一下，說：「我有點兒頭痛，你能不能和我去你們村衛生所開點兒藥去。」

張瑞珍見弋輝這樣說，只得讓她父母先走了。

見家裡只留下了他兩，弋輝沒等張瑞珍問，先開口把那天晚上的事情一五一十、細細地告訴了張瑞珍，因為頭一年初夕晚上王麗丈夫到夜總會鬧事就是張瑞珍和弋輝兩人一齊幫著化險為夷的，弋輝覺得沒必要瞞著她，就把所有細節都告訴了張瑞珍，只是沒說他們學校陶書記當天晚上也在場，弋輝把陶書記換成了那年初夕晚上和錢市長一起去夜總會的陶部長……雖然弋輝說得全是實話，但邊說他邊有股自願當了一回皮條客的感覺……

弋輝這一細說才讓張瑞珍明白了整個事情的由來。

原來，在事情發生的第二天，D大校園裡就傳著一個能嚇死人的消息，說是有一個中文系學生為了救兩個女孩子打壞了三個黑社會的人，最後自己也被黑社會的人捅了十幾刀……消息被人傳得沸沸揚揚的，這年頭除了物價漲得快就數消息傳得快，張瑞珍她們女生宿舍就這事還議論了好一陣子，除她以外其他七個人都說，要是知道這個男生是中文系哪一個人的話，拚著命也要把他追到手，因為見義勇為的人現在可太難找了，嫁給這樣的人才最有安全感……直到第三天張瑞珍才知道這人原來竟是弋輝，這時宿舍的人就不再說這事了，見了她裝作什麼也沒說過的樣子。

張瑞珍知道這事還是弋輝二姐給她打電話告訴的，她這才知道這位見義勇為者竟是弋輝。張瑞珍一聽當下就急壞了，趕緊去了醫院，在去醫院的路上，她又聽車上的人在傳著一個消息，說是D大有個學生為了救兩個大富豪娛樂城小姐打壞了當地黑社會好幾個人，最後自己也被捅壞了；張瑞珍心裡頓時一驚，怎麼會是為了救大富豪娛樂城小姐，弋輝怎麼能和那裡的小姐有勾結呀……她聽了這消息心裡又急又氣，差一點兒暈過去，怎麼也想不通，當然更不信，她要向弋輝當面問個明白。

到了醫院後見弋輝傷得倒是不重，張瑞珍便放下心來，但弋輝回答話時支支吾吾的樣子則讓她心裡多了幾分疑惑，見弋輝這副樣子她不信也得信那些不同版本的傳說了。原來這個看似老實的人卻是一肚子壞水，還沒和她結婚就背著她到外面找小姐去了，並且還為了小姐和黑社會的人爭風吃醋差一點兒被人家給殺死，這種人誰敢和他交往，誰敢做他的老婆……張瑞珍越想越怕，就決定和弋輝分手。

可是，沒想到弋輝一直不說出原委竟然是這麼回事，也難怪他不說實話，這事能說嗎，張瑞珍想起了那一年大年三十晚上在大富豪娛樂城發生的事，就明白了弋輝當時的做法是迫不得已。

張瑞珍明白了事情真相後便原諒了弋輝。

見張瑞珍原諒了自己，弋輝頓時一陣激動，摟住她親了起來，不大功夫兩人喘成了一團……

這件事就這樣化解了。

弋輝在張瑞珍家住了幾天，幫她們家割完小麥後才回了學校，今年暑假D大團委決定搞一次大學生社會實踐調查活動。要求學生利用暑假期間到貧困地區進行社會調查，瞭解當地經濟狀況、工農牧業發展情況、脫貧致富情況、教育方面情況等等情況。

弋輝和同宿舍趙建國、江南、施然四人被分為一組，去的地方就是弋輝老家、S市弋水縣東方紅鄉太陽升村。

幾人在放假前約定好在學校集中後由弋輝帶路，但施然卻突然給他們留了個紙條說他要一個人到省內幾個寺廟走一趟，讓他們三個去搞社會調查吧，到寫調查報告時把他的名字添上去，要是實在不行的話他就寫一篇有關D省佛教事業發展情況調查報告。

「這小子真能折騰，還想寫篇佛教事業發展情況報告，還提升為事業，這不是明擺著和校團委唱對臺戲嗎……」幾人看了紙條後紛紛罵著。

「就是，這不是在給咱們組添亂子嗎？」江南氣憤地說。

「我看咱們還就讓他寫篇佛教事業發展情況報告吧。」弋輝說，因為他忽然間有了個主意。

「為啥？」江南問。

「因為校團委雖然定得是搞貧困地區社會調查，但他們也並沒有限制不讓搞其他方面社會調查。再說了，D大多少年來恐怕也沒搞過有關宗教方面社會調查，這反而是個新課題，我覺得很有意義。」弋輝解釋著，其實他的意圖是真想讓施然弄出一份宗教題材調查報告，到時看看校方有何反應，再說了，這正是施然的強項，何不發揮一下。

其他幾人一時也想不出個別的法子，就說，「好吧，聽你的，反正這次是你當組長，出了事你先挨批。」

「走吧，什麼批不批的，這又不是文革，還搞大批判？」弋輝捅了趙建國一拳。

到了弋水縣縣城後，弋輝讓幾人在一家小旅店住了下來，他先到縣政府接洽一下，瞭解一下相關情況，然後再往他家走。其實他是想看看他的高中班主任老師。讀高中那三年班主任老師對他非常好，不但高考志願是班主任幫他填的，就連現在使用的名字弋輝也是班主任給起的。因為他直到考上高中時名字一直叫弋狗拴，班主任問弋輝，這名字是誰給起的？不如改一個名字。弋輝說是父親給起的。他大哥叫弋虎拴，二哥叫弋貓拴，生下他時父親對母親說，按著順序排吧，母親當時正給弋輝餵奶，頭也沒抬，說：「行，按順序排吧。」父親就給他起了個官名叫弋狗拴。要說一輩子在農村種地的話，那叫什麼都無所謂，但是將來想要在城裡混個一下兩下的這名字可就太俗了，不但別人覺得俗，就連弋輝都覺得俗。弋輝自已想給自已改名字，只是他不知該改啥名字好聽，也就一直沒改。沒想到剛上高中，班主任老師就主動要給自已改名字，弋輝當然很高興，班主任見弋輝願意改名字，認真地想了好幾天，慎重地給他把名字改成了弋輝。

可是自打上了大學後卻一次也沒去看過班主任老師，弋輝心裡挺覺得虧歉。

班主任住在縣一中後院家屬樓，房子不大也就六十多平米，班主任今年剛五十歲，老家和弋輝是一個鄉的。班主任學歷不高，高中畢業就到了這所中學教書，前幾年流行文憑熱時，班主任跟隨大流讀了個中文電大專科，算是個專科文憑。但班主任語文課講得非常有名，他帶得高三畢業班高考語文總成績要比其他各科成績都好，只因為文憑不硬，職稱一直上不去，房子只能住面積最小的一套。

因為又一年高考結束了，學校放了假，班主任在家沒事幹正抱著本小說入神地看著。見是弋輝來看他，非常高興，忙招呼著弋輝坐下，倒上茶水後高興地說：「走了兩年也沒你一點兒消息，我只是從D大有一個和你當年高中同屆同學那裡打聽到一點兒你的情況，他說你在D大這兩年挺出眾的，不但入了黨，還認識了一個省城當大官的，那個大官對你挺好。不知道是不是真的？」

弋輝一聽先是一陣激動，想不到老師竟然這樣關心自己。接著又是一陣不安，這年頭消息怎傳得這麼快，那照這樣子的話是不是自己給那幾個大官當皮條客的事也傳到了老師這裡……他真不知該如何向老師彙報。

「唉，其實你上高三時我就想讓你入黨，只是當時給得名額少，最後把你給擠掉了。」班主任沒看出弋輝臉上表情變化，為弋輝上高中沒能入黨向弋輝表示著歉意。

「老師，這事你不要有歉意。說實話當時我在班裡學習成績並不是最好的，咱們班當年總共才入了三個人，按成績排只能是前三名同學入黨，而我最好名次也只是得過一次第九呀。」

「但是你的體育成績不錯。」

「唉！那也不能作為入黨的條件呀。」弋輝說這話的同時想起了他在今年校運會上的糟糕表現，又想起了他這次入黨經過……六月底時輔導員找他談話，說是支部經過對他這兩年的考察後，認為他已經具備了一名預備黨員條件，決定這次發展他入黨，並當場給了他一份入黨志願書。弋輝一聽就明白，這是校黨委陶書記說了話，當然，實質上的內因則是對他前不久那天晚上出色表現的獎勵……因為要是按照學校入黨規定：每一年綜合測評必須排在班裡前十名才能被確定為重點培養對象，而要到了發展那一步要求就更高了，弋輝學習成績只算個中等，其他社會活動也不怎麼參加，只是班裡一個中等學生，按常規根本就不可能被發展入黨的……弋輝想到這裡又是一陣臉紅。

「好了，不說這些了，說說你上大學這幾年的有趣事吧。」班主任見弋輝臉又紅了，以為他害羞，就轉了話題。

「有趣事……」弋輝臉更紅了，夜總會那些事件件都挺有趣的，可是能說嗎？說實話要是能說他真想頭一個就對班主任細細地說上一遍，但是這能說嗎？

努力使自己鎮定下來後，弋輝想了想就把平時學習、生活、以及他們宿舍裡的一些事和老師聊了一氣。

不知不覺中已到了中午，班主任一定要留他吃飯，弋輝堅決推辭，這倒不是因為別的，只是招待所裡還有兩個人在等他回去，來時弋輝說他頂多走一小時，這一走就是一上午，那兩個傢伙肯定等急了。

但班主任說啥也不讓弋輝走，他親自出去買菜，讓弋輝把和他一起來的那兩個同學叫來，一定要在他家吃飯，吃過飯才能走。

見班主任老師這麼盛情，弋輝只得去旅館把江南和趙建國叫了過來，一起在班主任家裡吃了一頓飯。

縣政府工作人員一開始對他們幾人很牛氣，帶理不帶理的，但等明白過來這是在為他們這個貧困縣作免費宣傳時，態度就發生了一個大轉變，就又非常熱情地幫他們尋找相關材料，因此只在縣裡待了一天多就把全縣農村改革開放以後發生巨大變化的情況收集了個差不多。

第三天，三人直奔弋輝家而去。

弋輝家鄉今年小麥熟得晚了幾天，他回去時正趕上收小麥時分，家裡正差人手，弋輝一下子領來兩個小夥子，頓時多了三個壯勞力，父母自然很高興，江南也是從農村考上來的，幹農活兒當然頂事，只是趙建國從小是在城裡長大的，一天農活兒也沒幹過，只割了一天小麥全身上下就像是被抽了筋似的，躺在弋輝家土坑上動不了窩。

見趙建國累成了這樣，弋輝父母有些著急，害怕真把兒子領來的這個同學給累壞了，第二天說啥也不再讓趙建國下地幹活了。

趙建國累得夠嗆，也實在割不了小麥，但是看到正是收割季節，弋輝全家人都在地裡緊張地搶收著莊稼，自己怎好意思待在家裡，他就還要掙扎著下地去，但是硬被弋輝父母給阻止住了，弋輝見趙建國昨天在地裡跟著忙碌了一天但是並沒幹出多少活兒，也就不同意他今天再去地裡幹活了。「這樣吧，你要是覺得待在家裡過意不去的話，就出去幹點別的活。」

「別的活兒？啥活兒？」

「啥活兒，你這幾天挨著村子走一圈，搞一下社會調查，」弋輝吩咐道：「你一戶人家都不要拉掉，詳細瞭解一下每一戶村民的歷史，現在的收入狀況，有什麼要求等等，這個村子是全縣有名貧困村，經常有上面各種調查組下來搞社會調查，但你這次的做法不要和他們一樣，你要用文革中訪貧問苦的辦法，一戶一戶地去訪問。」

「嘿！行，這是個好差事，」趙建國一聽當下就蹦了起來：「弋輝，你知道這次我為什麼要求跟你一個組，就是想下來認真地瞭解一下貧困地區農村老百姓的實際生活水準。說實話，我從小在城裡長大，真像毛主席說得那樣，肩不能挑，手不能提，幹農活確實是我的弱項。但是正因為這樣，我才更想瞭解農民生活狀況，所以我就跟著你來了。」趙建國說得挺動情的，弋輝一時間竟也被感動了。

「好吧，我讓我三叔給你帶一下路，他是村黨支部委員，熟悉情況。」

「不用，不用人帶路，這又不是八路軍打日本鬼子，還非得有個帶路的人。」趙建國連忙拒絕著。其實他是怕有人帶路村子裡的人不會說實話，趙建國想瞭解第一手情況。

「隨便，那你就一個人慢慢地瞭解吧，不過到最後要以咱們小組名義寫一份調查報告。」弋輝吩咐道。

「那沒問題。」趙建國答應著。

三人在村裡一共待了十幾天，江南和弋輝幫著家裡人把莊稼全部收割了回來，並且搶在雨季到來前把冬小麥也種了進去。有了他倆幫忙，家裡比去年整整提前五六天幹完了一年中最為緊張的農活，弋輝父母非常高興。

江南家是外省的，因為路途太遠，今年暑假本來不準備回家，不想就在他幫著弋輝家剛幹完地裡的活兒時，家裡就把電話打到了這裡，要他回去一趟，因為他姐姐要訂婚，江南只得先走了。

這次下來要說收穫最大的還要數趙建國。由於村子裡的人都在緊張地收割小麥，他白天找留在家裡歲數大的人瞭解情況，晚上再去第二趟，補充瞭解情況。再不就是白天在家裡整理材料，晚上出去瞭解情況。十幾天下來他已記了滿滿兩本子。這天晚上睡覺前，弋輝問：「瞭解得怎麼樣了，能回去交差不？」

趙建國拿出兩個記滿了材料的本子，高興地說：「全在這上面，回到學校交差是沒問題的。你們村共有八十九戶人家，總共是四百十六口人；人均可耕地面積為一畝九分；每年人均收入種地加上各種副業能有七百二十六塊錢；但是每年人均各種提留加上農業稅是一百六十一塊錢，另外每人每年還要攤上五十六元水利費，四十九塊錢電費，幾項合在一起總共是兩百五十六塊錢，除掉各項扣除外，每人每年收入為四百六十一塊錢；在全國各省、市、自治區中排名非常靠後，早已經到了國家貧困地區指標線以下了……」

「唉！這我知道，你不說我也清楚，要不全村只有支書和村長兩戶人家蓋起了磚瓦房，其他八十七戶人家還都住著土坯房呀……」弋輝洩氣地說。

「弋輝，」趙建國神情嚴峻起來，合住筆記本，盯住弋輝鄭重地說道：「自打上高中起我就一直在想著一個問題。就是我們國家現在到底處在一個什麼樣的發展狀況。每當你打開報紙，或者打開電視機時，你有時也會看到、聽到我國目前還有多少人生活在貧困線以下的報導；但同時看到、聽到更多的則是有許許多多的人已經脫貧致了富。每當這時，腦子裡就不由地促使我去思索一個問題，就是我們這個社會主義祖國已經發展建設了這麼多年，既然已經有許許多多的人脫貧致富了，為什麼還會有許多人生活在貧困線以下？那麼究竟還有多少人生活在貧困線以下？這才是我最想知道的事……」

「建國，只瞭解好的情況就行了，否則……」弋輝想不到趙建國當初非要跟隨著他來這裡的目的竟然是這。

「那不行，」趙建國看定弋輝，認真地說著：「小時候常聽老師講：『國家興亡，匹夫有責』。其實我覺得我們這一代青年生活在這個社會上，最大的責任是讓祖國富強，讓人民生活幸福。而我們讀大學的目的就是要發揚五四精神，完成五四使命。」

「完成五四使命？」弋輝不解，「什麼五四使命？五四時期的使命不是早就完成了嗎……怎麼你又在說要完成五四使命？」

「是的，勞麗詩在上次班會演講時那番話說得非常好，要說社會解放，推翻帝國主義統治，在這方面五四的歷史使命是完成了；但是，要說完成人的解放，民主、自由、社會富強，五四先輩們提出來的這一歷史使命並沒有完成……」

「對呀，那得到共產主義才能完成呀，你不能著急呀。」弋輝不滿地說：「你得堅信共產主義一定會在全世界實現。」

「對，沒錯，我肯定堅信。」趙建國說：「但是我在堅信的同時一直在問自己一個問題，那就是為什麼我們的國家已經建設了幾十年，可還是一窮二白，仍然有好幾千萬人還生活在貧困線以下。」

「不就是因為文革那十年被四人幫利用了嗎？」

「不對，只要說到中國的社會主義建設，總要說十年文革被四人幫耽誤了十年。但是四人幫為什麼能折騰那麼久呢？難道就沒有一個能制約他們的力量嗎？難道人民對他們真得無能為力了嗎？」

「這……」弋輝不知該說啥，但他覺得趙建國這問題思考得有些太沉重。

「前些天我在學校附近一家書店買到一本揭露四人幫罪行的書。看後好幾天被震驚得睡不著。書裡說：十年文革被四人幫迫害致死的中國人總數竟然高達幾千萬。」

「啊！有那麼多？」弋輝驚呆了……

「弋輝，上大學這兩年我讀過好幾本對我影響很大的書。一本是《十年文化大革命史》，另一本是《歷史在這裡沉思》，還有一本就是《遇羅克傳》。這三本書讓我明白了這其中的原因，那就是：是容忍個人集權，還是呼喚民主制度；是以人為本、尊重人權，還是踐踏人權；這是一個必須解決的問題。中國為什麼會是一個最能忍受專制統治的國家？中國人的人權意識為什麼會那麼差？我老在想，是不是因為中國有著數千年封建統治基礎才造成了這一現象的存在，是不是儒家、道家、佛家思想作得孽？」

「這……」弋輝可真沒思考過這些。

「其實中國人並不是一個甘願做奴隸的民族，中華民族實際上也是一個非常偉大的、敢於反抗任何專制壓迫的民族，因為我從遇羅克身上堅定地看到了這點。」

「建國，我覺得你真像是一個資產階級革命早期的思想啟蒙者，就像是當年的陳獨秀、李大釗、魯迅一樣。」弋輝被趙建國的話深深地觸動了，不由得稱讚著他。

「我可比不上這些革命先驅，」趙建國連連搖頭，他壓低了聲音，帶著激動的情緒繼續說道：「我這其實也是前輩們啟蒙的結果。我一直堅信，只要人民覺醒了，那任何反動勢力都是無法阻擋的，任何阻擋民主革命大潮的反動勢力，只能是螳螂擋車；因為人民一旦覺悟起來，他們就會知道做人與為奴的本質區別，這早已經被幾千年的歷史發展所證明……」

趙建國鏗鏘的聲音在弋輝家土屋裡迴盪著，後來就飛出了小屋，衝入黑沉沉的夜空裡去了。

14

開學後，弋輝成了大三學生，到了大三這一年，他們除了上課學習之外，同時就得開始為自己四年後的出路著想了。因此，輔導員兼班主任老師在開學不久專門召開了一次班會，鼓動大家考研，說這是一條最好的發展之路。

「是啊！這條道是不錯，可是研究生是那麼好考嗎？」江南問。江南自打入了黨後就不怎麼怕班主任了。

「好考？世界上有容易做成的事嗎！沒有。」班主任瞪了一眼江南，提高聲音說道：「這個世界上沒有容易成功的事情，就像天上不會掉餡餅一樣。但是這個世界上也沒有做不成功的事，就像沒有翻不過去的山一樣。珠穆朗瑪峰高不高？高，世界上沒有比它再高的山了，但是已經有許多人已經登到山頂了呀！做任何事要的就是一個恆心，就看你有沒有恆心。」

同學們沒人再說話了，雖說班主任這話是套話，人人都覺得耳熟，這話好像上小學時老師就給他們說過，但細想想還真是這麼個理，只要持之以恆，那就沒有做不成的事。

「那讀完研究生後該幹啥呀？」問話的竟是張瑞珍，弋輝不解地看了她一眼。

「讀完研究生？讀完研究生出路自然是更寬敞了。想工作你就找工作，想到大學裡教書你就去大學，從助教做起，然後是講師、副教授、教授，到了那時你就成了專家、學者了，你不管走到哪兒都會受到人們的尊敬。」班主任興奮起來，好像她現在就是大學教授似的。

「那你現在怎不教書呢？」又有同學問。

「我……」班主任沒想到會有人問這問題，她研究生畢業時挺想教書的，但D大規定必須先做四年輔導員才能從事教學工作，所以她現在還不能教書。

「我，我這是先暫時做幾年班主任工作，過幾年就會轉到教學這塊兒的。」班主任使勁兒瞅了眼下面，想看清是誰問的這話。

「那，那研究生好考嗎？」又有人問。

「是呀，老師，研究生好考嗎？」

「老師，聽說研究生難考了……」下邊聲音響成了一片。

「好考，好考，你們看看我不就全明白了嗎，我上大學時並不是班裡最用功的，但是我不但考上了，還畢業了呀。告訴過你們了，只要下定決心，沒有做不成的事；偉大領袖毛主席教導我們說：下定決心，不怕犧牲，排除萬難，去爭取勝利。」班主任一急竟然背了一段毛主席語錄。

「那是你呀！我們不行呀！」又有同學說，這些同學雖然小時候都聽過這段語錄，但此時卻沒能被這段毛主席語錄鼓起勁兒來。

「怎麼不行，是誰說不行。」班主任有些生氣了，瞅著下面的同學又背了一段毛主席語錄：「毛主席說過：世上無難事，只要肯登攀。這樣，我給你們舉個例子吧。」班主任略一沉思，先瞪了一眼下面那個插話同學，這才抬高聲音說道：「高考難不難？一個字，難！非常難，要比考研究生難多了，但是你們不都考上來了嗎。如果你們現在每一個人都能拿出當年上高中時一半用功力度，那我保證你們百分之百地能考上研究生。」

「是真的嗎？剛入學吳江老師就說過這樣的話呀……」同學們又被這話給振奮起了不小的熱情。

「當然是真的，我不會騙你們的。」班主任見同學們被鼓動了起來，心裡很高興。

「但是我聽說咱們系上一屆同學有一百二十多人報考，可是最後才考上了二十一人，剛剛六分之一。」張瑞珍問。弋輝聽出來她對考研挺熱心的。

「那是去年的事，上一屆同學是咱們系歷屆中最不愛學習的一屆學生。」

「好，那我要考。」仝工喊了一聲。嘿！想不到竟然是他第一個喊著要考研，要知道，當初也是他第一個在宿舍裡表態四年後決不會再考研的。

「我也考。」又有人說。

「我也考……」

考研動員會達到了高潮。

中文系八五級四班報名考研的有三十二人，是全系各班報名考研人數最多的，班主任為此受到了系領導的表揚。但是實際上全班能有那麼多人下定決心要考研並不是班主任開會動員的結果，而是動員會結束後當天晚上在宿舍裡議論這事時，弋輝給大夥兒說了兩個從王麗那裡聽來的例子的影響。這兩個例子的主人公其中有一個就是錢市長。錢市長是文革後第一屆考入D大中文系的本科生，一九八一年年底畢業時留在D大中文系當輔導員，但他同時考上了D大在職研究生，八十三年底提前畢業；當時正趕上中央大力提倡要培養有文化、年輕化幹部隊伍的指示精神在全國各地開展得轟轟烈烈之際，錢市長當下就被提到市政府當了祕書長，第二年升為副市長，半年後又成為常務副市長，又過了一年多升成了市長。王麗說還有一個姓刁的比錢市長還要厲害，這個老刁文革時期是一個公社革命委員會主任，文革結束時被做為「三種人」給抓了起來關了一陣子，放出來後待在家裡沒事幹就複習起了外語；因為文革前他是D省師範學院俄語專業畢業的，他就想也不能老是這樣在家裡待著，打算過了年就去縣一中教俄語去。可就在這時，國家改革了高考錄取制度，老刁就也改了主意想考研究生，他心想，研究生要是能考上的話，那我畢業後就能留在大學教書了，大學教書要比中學強不少。他這一改主意，還真考上了燕京大學中文系研究生。結果一九八一年剛畢業就被省委選中給省委書記當了祕書，一年後中央開始提倡幹部隊伍建設要高學歷化，學歷越高越被重視，越提拔得快，老刁就被提為省委祕書長，又過了一年竟然當了省委副書記，據說今年省委書記要退下來了，中央準備讓他接班；刁書記那份兒激動，就別提了，一有時間只要跟前沒外人，他就不由自住地要唱上一句，「書中自有黃金屋、書中自有顏如玉……」

正是弋輝給他們講了這兩個典故才一下子激起了大夥兒的考研熱情。

弋輝和張瑞珍也報了名，張瑞珍一下子報了兩個考研外語輔導班。因為班主任在班會上已經說過，考研最難的一科就是外語，其次是政治，報考本專業研究生專業課一般沒有不過線的。

弋輝此時並不太熱衷於考研，因為家裡的經濟情況實在是太差，就這本科四年要是單靠家裡供他的話，那根本不可能讓他支撐下來，多虧姐姐全力幫助，加上他有緣認識了錢市長和王麗，在王麗大哥工地上幫忙幹活兒，這才使經濟狀況有了一個根本性好轉。要是再繼續讀下去的話，那他咋好意思再讓姐姐出錢？大哥的傷也沒徹底好，看病也得錢，弋輝恨不得現在就畢業工作掙錢。

但是剛入學時小姐姐就讓他考研，現在張瑞珍又讓他也考研，弋輝不得不考，為這事不能讓小姐姐生氣，更不能讓張瑞珍不高興，再說了這是求上進的事，又不是幹別的。

雖說打算考研了，但是弋輝一時半會兒的還不能投入精力複習，因為王麗大哥工地還得他幫忙，弋輝最快也得等到這座宿舍大樓建起後才能有時間投入到複習中去。

不過，就在大夥兒都被弋輝給煽動起來積極備戰研究生入學考試時，有一個人卻決定不考研，這人就是大一時在全班頭一個宣布要考研究生的趙建國。趙建國剛入學時就下定決心在畢業時一定要考研，而他突然間改主意正是因為聽了弋輝講得那兩個例子。從那以後，別人聽得都是心裡邊一個勁兒地蠢蠢欲動，恨不得明天就能被提拔到省委當大官；只有趙建國當下像是吃了個綠頭蒼蠅，噁心得直想吐；強壓住胃裡的翻騰後，趙建國馬上宣布：他不考研了，這輩子也不打算考了。這個決定傳到家裡後，當下急壞了父母，他父親放下手頭工作連夜趕到了D大，可是無論父親如何勸說，趙建國始終不改主意，他父親只得無奈地走了。

冬天到了，天漸漸冷了起來，樹葉轉眼間就由嫩綠嫩綠模樣變成了枯黃，就像退了休的老頭、老太太似的，哆嗦著身子大清早的就開始滿校園裡微微顫顫地亂晃，隨著一陣陣秋風刮過，枯黃樹葉便不由自主地搖擺著身子掉了下來，校園裡條條小道很快鋪上了厚厚一層。

十八層高的三號研究生宿舍樓外部結構工程隨著季節的變換也到了竣工階段，大批裝修工人被抽到了這座工地開始對內部工程進行裝修。

這天下午沒課，弋輝吃過午飯就去了工地，王總昨天交給他一個任務，說是中央最近下了個文件，要求各地儘快清理拖欠農民工工資問題，將所拖欠的農民工工資立刻全部發給農民工。省裡根據中央這一文件精神，要求全省所有建築工地必須在近期把所拖欠農民工工資發給農民工，並且要寫出一個書面材料交到市解決拖欠農民工工資辦公室。王總讓弋輝寫一份報告，儘早交上去。

弋輝進了辦公室後，一個技術員把一些材料給了弋輝，說是王總吩咐過了，讓他先仔細看一下這些材料，然後再寫。弋輝接過材料細細看了起來。

看了不大一會兒，有人敲門，弋輝說了聲：「請進。」從外面進來兩個眉清目秀女孩子。弋輝細瞅一下，兩人長得挺耐看，但是不認識，就問：「你們找誰？」

其中一個說：「我們想問問什麼時候給我們發工資。」

「發工資？發什麼工資。」弋輝一時沒搞懂。

「什麼工資？我們應得的工資吧。」還是剛說話的那個女孩子答話。

「你們？這裡是建築工地呀，你們怎到這兒領工資來了。」弋輝仍不明白。

「噢，是這樣，我們就是這家工地的農民工。已經有六個月沒領到工資了，王總每次都說馬上就發，可就是不發；立冬都一個月了，可我們連件過冬衣服都沒錢買。報紙上說中央下了文件，讓各個工地立刻發放拖欠的農民工工資，我們想問一問，什麼時候給我們發工資。」

「這……這。」弋輝想不到這兩個女孩子竟然是這個工地農民工，說起來他在這裡業餘打工也有一年多了，可怎就一次也沒見過這兩個女孩子，怎麼王總建築工地竟然還有這麼漂亮的女孩子。

「是的，請你告訴我們一個準信，什麼時候給我們發工資？」另一個女孩子見弋輝有些發愣，又問了一句。

「那，那是誰讓你們來這裡的？」弋輝問，他真不知該怎回答這事，但他知道省裡和市裡都要來檢查，不能讓王總在這事上難堪。可是他也很吃驚，怎麼這裡竟然也拖欠農民工工資，材料上寫的是王總這個建築集團從沒拖欠過農民工工資，都是按月發放，這是怎回事呀？

「是呀，到底什麼時候給我們發工資？我們已來過好幾趟了，每次都是推來推去的，這次可不能再推了。」另一個女孩子跟著說。

「不，不會拖了。」弋輝趕緊說：「只是管這事的人不在，你們能不能先告訴我你們的名字，等管這事的人回來後，我馬上就給你們轉告。」

「管這事的不在，他們說你就是管這事的人呀，我們才來找你的，想不到你年紀輕輕的就不說實話。」嘴快的那個立刻回了一句。

「我……我只是臨時管一下。」弋輝被說得臉上紅一片紫一片的，這兩個女孩子，別看是從農村上來的，嘴真快，一點兒也不比城裡人差。

「那好，臨時管就成，王總找不到，我們只得找你這個臨時代辦，你說個話，什麼時候能給我們發工資？」

「王總昨天說過，學校欠建築公司的工程款最近幾天就能到位，他已經接到銀行通知了，所以就在這幾天發。」

「就這幾天，幾天？」嘴快的女孩子問。

「幾天，不出一星期吧。只要D大把工程款一劃到帳上，王總馬上就給你們發工資。」

「不出一星期，那我們就再等一星期，到時要是發不了的話，那我們可要上訪去討要了。」兩個女孩子一起說。

「沒問題，肯定會給你們發的，回去幹活去吧。你兩是幾隊的？」弋輝見兩人要走，就問了一句，得把這兩個女孩子的情況搞清，這麼大的工地，光是建築分隊就有好幾個，連他們是哪個隊的都不知道，王總回來怎麼對他說這事。

「我兩是第七工程隊的。」兩個女孩子痛快地告訴了她們的單位。

「那好，你們回去幹活去吧，很快會發工資的。」弋輝再一次保證著，把兩個女孩子打發走了。

女孩子走後，弋輝已沒了看材料的心情，據弋輝這一年多的觀察，王總這個工地不像是沒錢發工資的樣子。D大是國家重點高校，建這座研究生宿舍大樓又是由國家直接劃下來的工程款，王總好幾次私下裡說過，這座工程是他攬活兒這些年建築款最有保證的一個活兒。可是怎麼會拖欠工人半年工資呀？弋輝實在想不清這是怎麼一回事。

第二天下午弋輝才見到王總，就把昨天的事告訴了他，王總聽後恨恨地罵道：「肯定是那兩個四川婊子，怎麼這麼快就知道了消息？」

四川……四川話弋輝聽過，他們班就有幾個同學是從四川考上來的，但是這兩個女孩子說得卻是標準普通話呀！

「別理她們，她們要是敢再來，我非開除了她們。」王總恨恨地說。

弋輝一時不知該說啥，只是呆呆地看著王總。

材料送上去後，市裡果然派人來工地瞭解拖欠農民工工資情況。王總趕在市裡來人前一天給所有農民工發了兩個月工資，市裡來人瞭解情況時農民工都說了王總的好話，市裡對王總按時發放農民工工資這件事很滿意，並且還表揚了這家建築公司。

天氣越來越冷了，工地上的活兒也快結束了，學校想讓王總年前把活兒全搞完，這樣就能保證下一屆研究生住宿不會有問題。

王總加快了工程進度，每天晚上都讓工人加班到十二點多。

這天晚上弋輝沒去上自習，一個人蹓躂著去了工地。

他來工地是想幫仝工找一間已完工的空房間。仝工還沒聽班主任的動員演講就已經決定了要考研，他這決定算起來應是在大一放假幫著鄭重文幹了一個月活兒後做出的。昨天他對弋輝說：「這段日子學校考研的人比鎮上趕集的人都多，學校已經劃出了七十多個小教室作為考研專用教室，但是仍被那些高他們一級也就是大四學生占得滿滿的，大三同學也就沒了複習場地。」仝工對弋輝說他想在這座新宿舍大樓找個已經完工房間學幾天，不知弋輝能不能和王總說一說。

弋輝就和王總說了說，王總聽後猶豫了一下，弋輝馬上補充說：「這個同學是和我同宿舍的，關係特好，他實在沒地方學習，而他考研的心又很堅定，所以只是先借用幾天這座大樓地角，別的什麼也不用工地上的，就連學習時照明用的燈都是自己帶去的蠟燭。」王總又想了想咬下牙答應了。

民工們正在各個房間裡幹活兒，弋輝不想影響他們，打算到已經完工的樓層尋找一間屋子，慢慢地、一層層地上到了十三樓。

十層以上都已經完工了，房間門可能是剛刷過，發出一股嗆鼻油漆味，走廊上黑咕咚的什麼也看不清。弋輝上到十三樓後走了沒幾步，忽然聽到邊上一間房子裡好像有響動，頓時被嚇了一跳，啊！小偷，心裡想，王總對我挺好的，今晚讓我遇上了小偷，不能不管，不管就對不起王總了。就輕輕走了進去。

這間屋子雖然挺黑，但是弋輝仍然隱隱地能看見屋裡有兩團白晃晃的東西，頓時被嚇得不輕，但就在此時他聽見了非常熟悉的那種叫聲，弋輝一愣，不由「啊」了一聲……一團白晃晃的東西竟衝著弋輝喊了一聲：「誰？」

弋輝一驚，忙伸手摸到了開關，按著了燈。

原來是兩個女的，兩人脫得赤條條的坐在草袋子上，每人手裡拿著一個剝了皮的香蕉相互正往對方那玩意兒裡一下一下插著，兩人呼哧呼哧幹得正歡，邊幹還不時發出很響的叫聲。

弋輝雖說早已經領略過了男女交合之事，但是兩個女的相互間幹這種事還是第一次見，頓時驚呆在了地上。

猛地燈一亮，屋子裡竟然站著個男人，兩個女孩子也是一驚，嚇得手一抖，香蕉不巧都斷成了兩截，半截握在手裡，另半截被卡在了對方那玩意兒裡，急得兩人趕緊從對方私處掏出香蕉，抬起頭剛要發火，弋輝先認了出來，原來正是那天找他要拖欠工資的兩個女孩子。

兩個女孩子也認出了弋輝，先衝他笑了一下，才慢慢往上穿衣服。

弋輝一陣發暈，賊似得跑了下去。

寒假前一天，陶書記又到工地視察了一次。自打上半年出了那事後，陶書記來過好幾次工地，每次來了都要親切地和弋輝握手，同時還會衝著王總說一句：「小弋不錯。」王總一聽也就跟隨著像背書似地重複道：「小弋不錯。」弋輝見自己讀書的大學黨委書記竟然對自己如此親切，心裡感動得不知該說啥，想想當年上高中時那所中學校長換算下來其職務也就是一個科級，可是卻特牛逼，平時別說見了他們這些同學、就是見了那些優秀學生幹部都不搭理一聲。而陶書記的官要是換算下來那和老家S市市委書記一樣大，對他卻是這般親切，這怎能叫他不感動……弋輝心裡熱得像是有團火在滾動著。

這次視察是交工前最後一次，原來定的是寒假前交工，因為種種原因看來是交不成了，於是改在了下學期一開學交工，陶書記說這樣更好，這就能在寒假一個多月裡再把餘下的活兒弄細點兒，力爭在交工時保證工程品質，達到優秀目標。

工地上幹活的民工也知道了陶書記要來視察的消息，不少人聚集在大樓前面向王總要被拖欠的工資。王總沒想到民工會來這手，當下沒了招數。陶書記也沒想到民工會在這時鬧事，他一見是這種陣勢，趕緊讓跟隨來的校電視臺記者先關了機器，隨後和王總商議了幾句，便勸民工先去幹活，把活兒先幹完，活兒幹完就能交工了，一交工所有工程款就全到位了，工資自然能發給大家了。

但是民工們卻不幹，非要先讓王總把工資發了，因為他們要回家過年，雖然上回給發了兩月工資，但是到現在仍然欠著好幾個月工資，那怕給發上一半，也就是三個月工資就能回家過年了，不然的話手頭一點兒錢也沒有，怎麼回家，又怎麼有心情幹活？

弋輝見領頭的又是那兩個來找過他、並且還當著他的面就在屋子裡交歡的女孩子，心裡來了氣，心想，按說民工的要求不過分，不但不過分而且很正常，只是場合與時間有些不妥，這時候聚集在這裡鬧事，這不是要領導的好看嗎？

弋輝走到那兩個女孩子面前，兩個女孩子一見是弋輝，當下有些吃驚，還沒等兩人反應過來，弋輝說：「請跟我來一下。」說完先出了人堆。兩個女孩子不知所措地跟了出來。

到了人堆外面，弋輝四下裡看了一眼，問：「你兩是從哪裡來的？」

兩女孩子搶著說：「我們是四川來的。」

「四川可是出人才的地方。」

兩女孩子不懂這話意思，問：「出什麼人才了？」

弋輝鄭重地說：「鄧小平是不是人才，朱德是不是人才，劉伯承是不是人才？這些人不都是四川人嗎？」

兩女孩子這才聽明白，就說：「噢，你是說這意思呀。」

弋輝看定兩人、意味深長地說：「四川同時也是出人的地方。」

兩女孩子又是一副不懂樣，問：「這話是啥意思？」

弋輝說：「小時候學地理課時就知道四川是我國人口最多的省，有一億多人。等我長大了、懂事了，聽說因為四川人口太多了，中央準備把四川分成四川和重慶兩個省市，可是最近一看報，說是四川省的人口還是全國最多，這不是出人的地方嗎？」

兩女孩子這下懂了，點著頭贊同著：「還是你們這些讀書人懂得多，佩服，佩服。」

弋輝見兩人聽明白了，便放慢語速認真地說道：「剛才是先調節一下你兩的狀態，現在咱們言歸正傳。這所學校有個規定，凡是男女同學發生性行為的都要罰款三千元。另外本市也有一條規定，凡是男女間不是夫妻發生性關係的，一律要送勞動教養一年。你兩那天晚上的事我已寫了材料，因為我就是這家公司管這事的人，不能不寫這事。但我也不想把這事報上去，你們只要把那些工人勸散了，到工地幹活去，那就什麼事也沒有了，工資肯定會給你們補發的，肯定會讓你們拿著錢回去過年。但是得再等幾天，現在要做的事就是設法讓大家幹活去。不然的話我就把你兩那天晚上的事報給學校和市公安局，你們看怎辦好？」

兩女孩聽後馬上說：「你說得那是男女之間發生那事才那樣處理，可我兩都是女的，這規定對我兩不適用吧？」

「噢，這我忘了說了，關於同性戀D市也有規定，一般要勞動教養三年。」

兩女孩稍想了一下，便說：「聽你的，你說得都在理，我們設法讓大家先散了，但是你們一定得在我們回家前給我們把拖欠的工資發了。」

弋輝保證道：「沒問題，包在我身上。」

兩女孩說：「那行，我們讓大夥兒回去幹活。」說著就往回走。

弋輝忽然想起一事，趕緊對兩女孩說了一句：「下次幹那事時先把門從裡面插上。」

15

這個寒假弋輝又沒回家，不是不想回家，連外國人一到過年過節都拚命往家跑，更何況是最戀家的中國人。弋輝不回家一是因為經濟原因，現在火車票漲得很厲害，回一趟家來回就是擠硬座也得一百多塊錢路費，這些錢夠一個多月伙食費，所以他決定不回家了。另一個不回家的原因則是工地上的民工都回家過年去了，這幾天已走得沒了一個人。王總問弋輝過年回不回家，如果不回的話想讓他給看工地，大樓是完工了，但是還沒有最後交工，所以得有人在工地上看著，等來年開學後再最後驗收。要是願意看工地的話，看一個寒假給他三百塊錢。弋輝在這個工地業餘幫著幹了一年，開始王總說每月給他開一百塊錢，可實際上卻按每月二百塊錢給了他。王總拖欠別的農民工工資，但是弋輝的工資一天也沒拖欠，不但不拖欠而且每月都要多給一百塊錢，弋輝心裡自然很是感激，這次就是不給錢他也願意幫忙，更何況只是幫著看一個多月工地就掙三百塊錢，弋輝當然願意。再說回農村過年一來看不上電視，二來連個玩得地方也沒有，根本就沒一點兒意思，就是沒這個活兒也不打算回家過年，弋輝立刻答應了下來。

D大規定放寒假後本科生宿舍樓要封門，弋輝把被褥搬到了工地，在民工住的屋子找了個乾淨床位。剛安頓好還沒等喘均氣，仝工跑來找他，說是春節也不準備回去了，和弋輝一樣，也是因為經濟原因，只是現在還沒有住的地方，聽說弋輝寒假幫忙看工地，就問弋輝能不能幫他找個住的地方。

弋輝說：「和我住吧，這間屋子原來住二十多個民工，還不夠咱兩住。」

仝工四下裡瞅了一下，說，「行，這地方不錯，咱兩住夠寬敞的了。」

仝工回宿舍也把行李取了過來。

仝工剛安頓好，同宿舍李瑞聽到消息也來找弋輝。

李瑞家在外省，經濟方面雖然不差，但因為他準備來年考研，想呆在學校用功複習一個假期，只是學校沒地方住，正發愁這事時，聽說弋輝能給他們找到住的地方，也趕緊跑來找弋輝。弋輝一聽馬上答應道：「沒說的。」立馬又給他在屋子裡安頓了個地方，這下子屋子裡住了三個人。弋輝心裡挺高興，一來有人作伴兒，不用害怕了。二來有人和自己說話，不會孤單了。

整理好正要出去吃飯，藝丹領著個女孩子來找弋輝，說是寒假也不打算回家了，聽說弋輝在這裡看工地，問能不能給她們兩人安排個住的地方。

藝丹上學期就已經專科畢業了，一直在市裡四處打短工，她想考研，考D大新聞專業，過年就不想回家了，想住到D大找找感覺，剛才到宿舍找弋輝時，聽說弋輝在這裡看工地，就找了過來。

和她一起來的那個女孩子弋輝認識，也是中文系的的，姓茗，叫茗名，比弋輝低一級，弋輝和她同在學生廣告協會待過。弋輝印象中茗名是一個很優秀女孩子，聽說上小學時就發表小說了；這事是不是真的弋輝沒有考證過，但是這兩年校報上發表的小說幾乎全是茗名寫的卻是一個不爭事實。茗名寫得小說每一篇都很吸引人，很耐看，每次送來校報後弋輝總要先搶到手，讀完茗名的小說才幹別的事；弋輝早想接近一下一直崇拜的這個小作家，只是沒有機會，想不到現在竟由藝丹給領到了面前。

可是她今年才大二呀，過年怎麼也不回家？弋輝有些不解。

茗名家在C市，她不準備回家過年的原因是想參加考研外語輔導班，考研外語輔導班是D大一個退休教師辦的，上課地點就在學校裡面，所以她想在學校住，上課方便些。藝丹細細說了一番茗名不回家的原因，並且說也想在工地住，不知道行不行。

大二就準備考研了，這太讓人感動了。弋輝他們三個人聽得是感慨不已，弋輝馬上答應下來，說：「當然行了，我現在就是整座工地總經理。我說行就行，旁邊屋子是女民工住的，要是不嫌髒你兩住那間屋子吧。」

茗名一聽忙說：「嫌什麼髒，誰比誰乾淨多少，想要乾淨那就住賓館去了，我兩不嫌。」

弋輝領著兩人去看了那間女民工屋子，藝丹和茗名都說挺好，兩人就把行李搬了過來。

因為都是一個系的，相互間平日關係又不錯，幾人搬過來的第二天下午，仝工專門到Ｄ大附近市場買了點兒肉和菜，由藝丹掌勺，在民工做飯的大伙房裡做了一頓農村人愛吃的豬肉燴菜，為了使吃飯氣氛更濃厚一些，弋輝買了幾瓶啤酒，五個人連吃帶喝了起來。

幾杯酒進肚後，眾人知道了茗名的情況。

茗名父母都是Ｃ市師範學院老師，茗名是獨生子女，也是家裡的掌上明珠。當老師的父母非常想讓孩子考研、考博什麼的，經常有意識地給她灌輸這些東西。茗名是個聽話孩子，剛上大一就立志要考研，因此這兩年來她一直學得很刻苦。這次聽說Ｄ大有一位著名教授要辦輔導班，這人據說還是Ｄ省連續幾年研究生入學考試英語閱卷組組長，去年到歲數退了下來，退休後準備辦一個寒假考研英語輔導班，在校園裡到處張貼廣告，茗名看到廣告後和家裡說了這事，說是過年想留在學校參加輔導班，想及早進入考研狀態。雖說她不回來過年家裡想得不行，但是為了她的將來著想，父母同意她待在學校參加考研輔導班，茗名就沒回家。

這種精神聽得確實讓人感動，現在就連大四那些考研同學也大多都是臨陣磨槍，全校也找不出幾個能像茗名這樣從大二就開始刻苦的人，四個人感動不已輪著敬了茗名一杯。

敬過酒後，藝丹說：「茗名和我是在學生廣告協會認識的，後來我兩成了好朋友。可是快兩年了，我一點兒也不知道她竟是這般刻苦，和她一比，我這三年算是白混了。」

「藝丹你不能這樣說，我覺得能考上大學的人都是好樣的，但是我們也不能要求每一個人上完大學後都去考研，因為人各有志，不能說不考研就不優秀了，或許不考研的人畢業後還更了不得呢。」弋輝慢慢喝著酒說。這確實是他的心裡話，他不明白這年頭人們為什麼非要幹什麼事都一哄而起。

不想這話說得茗名竟嗚嗚哭了起來。幾人一時愣了，不知她怎了，更不知該怎勸。藝丹直後悔一定是自己說話引起了茗名傷心事，心裡挺愧疚的，忙掏出手絹遞給了茗名。

茗名擦掉淚水停止了哭，抬起頭看著幾個人慢慢說道：「我這考研其實也是迫不得已的事呀……」

眾人一驚，「啊……」

原來茗名父母當年都是老三屆高中生，畢業時正好趕上了史無前例的無產階級文化大革命，兩人都下了鄉。幾年後，兩人先後被抽上來到C市師範學校當了教師，後來師範學校被合併到師範學院後，兩人因為沒學歷教不成書，只得去省教育學院念了個專科，這才又回來上了講臺。雖然她父母課講得很好，但畢竟是待在了大學裡面，學歷則是最重要的升職稱資本，父母因為沒有這一資本這些年來只能當講師，職稱一直上不去。父母懊悔不已，就發誓要把女兒培養成博士後，給他們出出氣，也給家裡爭爭光，茗名正是抱著這樣的心理才要考研的。

茗名說完，幾人聽得長吁短歎了一陣子，弋輝見氣氛有些太低沉了，便給每人倒滿酒，說：「別說這些事了，咱們喝酒。」

眾人一聽，像是剛緩過來氣似地，齊聲說：「對，喝酒，今天晚上喝個痛快。」幾人便碰得杯子響了幾下，把杯裡的酒喝了進去。

喝乾杯裡的酒後，仝工忽然瞅著弋輝說：「為了高興，我提個議吧，咱們每人喊他一嗓子，同時也活躍一下氣氛。你們說行不行。」

眾人一聽忙應道：「行，這提議不錯，每人喊一段，弋輝你是主人，你先來吧。」

弋輝平時本來是不大唱歌的，不是別的原因，只是嗓子不行，但今晚上這場面不同往常，不能掃大家的興。他四下裡看了一下，大聲唱道：

又是九月九，
重陽節，
難聚首，
思家的人兒、漂流在外頭……
走、走、走、走、走啊走，走到九月九，
家中才有美酒，才有九月九……

唱到最後幾句時，其他幾人竟動情地一齊跟著唱了起來。

弋輝唱完，眾人齊說：「唱得好，乾一杯。」幾人端起杯乾了一下。仝工說：「這歌唱起了我的情緒，我給大家來一個。」說著他也大聲唱了起來：

仝工唱完眾人又是齊聲說好，又乾了一杯。就讓茗名唱一個。茗名想了想就唱了一首《黃土高坡》。茗名唱完李瑞唱了首今年挺流行的《童年》。這時只差藝丹了，她就說：「我一時也想不起來該唱個啥，但是你們唱得那些也太纏綿了，提不起勁兒來，我不想唱了。」

弋輝便說：「這不行，就差你了，不唱絕對不行。你要是實在想不起來那我給你點一首吧。」

眾人一聽便附和著說：「就是，點一首吧，不唱是不行的。」

藝丹沒法子了，只得說，「那就點吧，不過要是點我不會唱的歌那也是白點。」

弋輝說：「這你放心，我專挑你拿手的點，你就唱你參加全校歌曲大賽時唱的那首吧。」

「哪首？」藝丹一時竟想不起來。

「《我的祖國》，這首歌曲一點兒也不纏綿。」弋輝提示著。

好吧，藝丹清了下嗓子，高聲唱了起來：

一條大河，
波浪寬，
風吹稻花香兩岸，
我家就在岸上住……

藝丹的嗓音確實不錯，眾人聽著覺得比那次參加比賽時唱得要好，一齊讚美了她幾句，不想藝丹竟然也嗚嗚哭了起來，眾人這下子更是發愣了，一時不知該怎勸。

藝丹哭了幾聲後自己擦掉淚水，看著眾人慢慢說：「你們知道我有幾個春節沒回家了嗎？」

幾個人都搖了下頭，藝丹說：「自打上了大學我就一個春節也沒在家裡過。」

眾人又是一愣，藝丹又問：「你們知道我為什麼過年不回家嗎？」眾人又搖下頭。

藝丹看定眾人說道：「因為我沒有家，我父母離婚了。」

幾人又是一聲「啊」！愣神地聽了下去……

藝丹的家在縣城裡，她十歲那年，父親和一個女孩子好上了，就和她母親離了婚，她被判給了父親，但是父親找的這個後娘根本不要她，她只得待在農村爺爺家裡，由爺爺奶奶扶養，就在她考上大學不久，爺爺和奶奶相繼去世了，她也就沒了家可回。

啊！原來藝丹的命竟然這樣苦，眾人都聽得嗟吁了起來。

「別說這些掃興的事了，」還是藝丹自己解脫道：「畢業後這半年多我一直是四處漂泊，就因為是個專科學歷，所以我想去的單位都嫌我學歷低，逼得我沒辦法才決定考研的。」

「唉，考研真是讓這形勢給逼的。」弋輝贊同地接過了話，他們這屆學生準備考研的那些人都是看到現在提拔幹部專提學歷高的人，因而大家才覺得讀研究生是一條最佳當官之道。

「弋輝，你其實用不著考研的，陶書記對你挺好的，你畢業時找他幫幫忙，還怕留不在D大。」仝工忽然說。

「誰說陶書記對我不錯了。」弋輝吃了一驚。

「大家都說呀，有人還親自看見陶書記拍著你的肩說：小弋不錯……」李瑞補充著，同時拍了一下弋輝的肩。

「就是，這事大家都清楚。」藝丹也證明著。

弋輝只得支吾著說：「我只是認識他而已，哪談得上錯不錯呀……」

眾人見他這樣說，就不好再往下說這事。李瑞轉了話題說道：「明天外語輔導班就要開課了，聽說這位主講教授挺厲害的。」

「是的，我也聽人說這位教授水準挺高。」仝工補充道：「聽說這個輔導班是他和他女兒辦的，他女兒也是咱們學校外語系副教授，也挺厲害的。」

「這就太好了，看來茗名這次學費沒白交。」弋輝說。

「私人辦事情沒有辦不好的，你們就放心吧，要不各個國家都在搞私有化呢。」仝工又搶著介紹道：「聽說這個輔導班光是學費就要三百塊錢，這錢夠我們全家人三個月的開銷。價錢要是便宜些我也報名了。」

「三百塊錢確實有些貴。」弋輝也附和著。

「噎，我看差不多就散了吧，茗名明天還得早起占座位去，聽說報名人挺多的，你一定要占個好位子。」藝丹忽然想起了輔導班報名的事，叮囑著茗名。

「是的，喝差不多就吃飯吧。」李瑞也說。

「好，吃飯。」弋輝跳起來給他們盛飯去了。

剛上了三天外語輔導班，茗名就覺出了不一樣，她覺得這位退休老教授輔導水準確實厲害，經過這位退休老教授一番指點，茗名才明白原來英語是這麼回事，方才有一種恍然大悟的感覺，覺得這三百塊錢沒有白花。跟別人臨時借了三百塊錢報名的一個外校學生也對茗名說：「值，值……」頭一天聽完回到工棚後，就連跟隨著她一起去偷著旁聽了一天的弋輝、李瑞、仝工和藝丹也都齊聲誇老頭講得挺好。

另一個能證明這位老教授水準高的事是，茗名每天去聽課時都能見到十幾個同學因為沒能報上名而站在教室窗外旁聽的動人情景，按說這間能坐一百五十多人的教室報名參加輔導班的同學才一百二十多人，完全能讓這十幾個同學補個名，但是老教授卻說坐在後面會影響教學效果，不同意加人，這事讓茗名對老教授更加佩服起來。

補習了也就二十天樣子就到了初夕，老教授給大家放了三天假，從臘月三十到正月初二休息，初三開始繼續上課。

春節其實只是那麼一天，因為今天是三十、晚上一過十二點就是初一，一過初一大年不就過去了嗎？但是他們幾個人待在民工住的工棚裡電視看不上、娛樂活動欣賞不上，幾人並且是正處在青春期活蹦亂跳年齡段的大學生，春節就有些不好過了。臘月二十九晚上吃過飯後，幾人在工棚裡商議了一番，弋輝提議：「三十晚上包頓餃子吃，吃完看電視。」電視機由弋輝設法去借。初一白天大家去弋輝姐姐工作的大富豪娛樂城玩一天，初二去公園裡看舞龍和踩高蹺，好好玩三天。

這計畫挺合大夥兒心思，得到了一致贊同。第二天一早，藝丹和茗名去D大附近市場買肉買菜，弋輝出去借電視機。

弋輝知道借電視機不是個好差事，但是這五個人中還只有他一人這兩年在社會上交往多一些，認識了一些人，其他幾人都是從農村或者是外地來的，在這裡根本就沒什麼關係，弋輝便攬下了這個差事。

但是一直跑到下午四點多，弋輝也沒能借來一臺電視機。他一開始直奔王猛家。王猛和他一個宿舍住著，兩人平日裡關係就不錯，弋輝聽王猛說過他家裡有三臺電視機，其中兩臺是別人送的，平時就在那裡擺著，沒人看。這次想和王猛張一嘴。不成想坐車去了王猛家才知道，原來市裡有家大企業邀請市規劃辦公室的人春節期間去西藏旅遊半個月，王猛父親是辦公室主任，帶著王猛和他媽全家一塊兒旅遊去了。

王猛那兒沒借上。弋輝想到了王麗大哥王總，跟他張一嘴，看能不能給借一臺舊的。不成想電話打通後，王總說他已回了農村老家過年，昨天才回去的。問弋輝有什麼事，是不是工地上有什麼事了？弋輝就說什麼事也沒有，只是過年了給他打個電話問候一下。這下子兩處都落了空，電視機沒能借上。

聽了弋輝的訴說後，眾人齊聲安慰著他，「沒關係，沒電視看也能過年，看不看電視一到十二點就都過到了年的那一邊，不會因為看不上電視而被拉在年的這一邊的。」

藝丹已經包完了餃子，正燒水準備煮餃子，她邊往灶裡添著柴火邊跟隨著說：「弋輝，沒事，借電視機不就是為了看春節晚會嗎，小時候家裡哪有電視機呀，不也一年一年地過來了嗎。再說了，這幾年春節晚會一年不如一年好看，明星們只為了在春節晚會上露臉了，哪有精力去精雕細刻節目。最近報紙也報導說，已經有一個春節晚會總導演被逮進去了……」

「藝丹說得對，這一說我也想起了一件事。」李瑞接過話說：「這還沒過年，得說今年，對了，今年那場春節晚會不是讓觀眾投票選出自己最喜愛的節目嗎。於是有上百萬中國人被忽悠得真給投了票，但是後來有家報紙披露說，春節晚會選出的優秀節目根本不是按得票多少來的，而是由總導演自己圈定的，他把那些他力排眾議後弄上來的節目全給評上了一等獎，而觀眾選票則只作個參考，這不是愚弄全中國人民嗎……」

「真有這事？」弋輝問。他可真想不到連春節晚會也這麼……

「報紙上登的事還有假。」李瑞憤憤地補充道：「要不能連總導演也被逮進去？」

「這些腐敗分子，好好一個國家就這麼讓他們給折騰壞了……」幾人一齊憤怒起來。

「吃飯了，餃子熟了。」藝丹端著一大盤熱氣騰騰餃子喊道……

吃光了餃子，幾個人肚子都飽了，弋輝說：「不要撤桌子了，把咱們買的那幾個涼菜端上來，咱們邊喝酒邊嘮嗑，整他個通宵算了。」

幾人一聽都說這主意好，這比看春節晚會有意思，看春節晚會只能聽那些人跟耍猴似地在那上面亂折騰，而咱們這種過年法起碼能互動。

幾人把下午出去買來的涼菜擺上了桌子，打開啤酒喝了起來。

「我提個議吧，」幾杯酒喝進肚後，茗名說：「咱們每人說說自己在家裡過年時的有趣事吧。」

「那你先說。」幾個人一齊喊著，想不到平時不大愛說話的茗名竟然來了興趣，看來是有些想家了。

「好，那我先說。」茗名看著眾人慢慢說道：「小時候過年時，我最想讓媽媽領著我挨家挨戶地去親戚家拜年，同時最盼望別人來我們家拜年，你們能猜出來我為什麼喜歡那樣做嗎？」

「那還用猜，這是收錢的好機會呀！」藝丹搶先接話：「在那種時候誰能不給你壓歲錢，你肯定那時候盼望著要是能天天過年那才好呢。」

「對呀，只可惜你父母是個窮教師，你父母要是當大官的，那你這年可就過出水準來了，一個年過下來保證比舊社會地主一年收得租子都多。」弋輝認真地說。

「是呀！拜年這個詞到了今天它的意義可是真有了全新詮釋了。」仝工也附和著。

「不和你們說了。我這才說了個開頭，就招來你們一頓狠批，還讓不讓人過年了。」茗名裝出副生氣樣子。

「好了，咱們別再批判茗名了，我說說我小時候過年時的情形吧。」弋輝說：「我小時候家裡很窮，不過到現在也沒能脫貧。我們家現在沒電視，那時候則連收音機也沒有，過年時父母親不好意思，我們幾個孩子則想不了那麼多，都跑到我三叔家聽收音機，連大人帶孩子有六十多人擠成堆兒在那兒聽。」

「弋輝說得和我們家的情形差不多，」仝工說：「我們全村九十多戶人家才有三戶人家有收音機，所以一到過年時候有收音機的人家就遭殃了，許多人都跑來他家聽收音機，他們家還得給供上茶水、瓜籽等零食。第二天早上人們散了時，光是打掃衛生就得半個小時……」

「唉！過大年的別說這些掃興事了。」藝丹打斷他們的話：「咱們玩撲克吧。」

「好，玩撲克！」眾人嚷嚷著。

「玩啥呀？」弋輝問，他平時不玩撲克，不大會玩。

「玩啥，鬥地主吧。」藝丹說。

「對，鬥地主，就玩鬥地主。」仝工又附和著。

「鬥地主怎玩？」弋輝又問。

「你連鬥地主也不會玩？」藝丹吃驚地問。「現在全國人民都會玩鬥地主，怎麼你竟然不會玩鬥地主。」

「全國人民都會玩？這話怎講？」弋輝真不懂。

「你沒聽說過這個段子吧。說是有一天蔣介石他老人家在天上放心不下他當年失掉的這個江山，儘管他早已經升天了，但還是時刻想著要變天，想著在中國復辟資本主義，想著反攻大陸。這天早上就派他的大兒子蔣經國下到大陸偵察一下。蔣經國下去走了一趟回到天上向蔣介石彙報說：報告父親，大陸那十億人白天晚上都在鬥地主，你看現在動不動手？

蔣介石一聽當下哆嗦個不停，連連說道：不，不，不能動手，想不到這都過了好幾十年了，老百姓的階級覺悟還這麼高，看來我這幾十年又白等了……」

藝丹繪形繪色地說完了這個段子。

「打住，咱們喝酒，免談國事。」弋輝趕緊說，同時警惕地朝外面看了一眼。

幾人喝了起來。

第二天一早，幾人起床吃了飯，一起坐公車去大富豪娛樂城玩去了。

八十九路公車雖然D大是始發站，但由於是過年，仍然人不少，大富豪娛樂城在市中心，從D大坐車要走一小時，他們就想弄個坐位坐。結果弋輝五人等了兩趟車才算輪上有坐位。但不想剛走了一站地，上來個五十多歲老太太帶著個四五歲小男孩，弋輝和茗名一見趕緊站起來給老太太和那個小男孩讓了座位。老太太坐在茗名的座位上沒說話，小男孩衝著弋輝很響亮地說了一聲：「謝謝叔叔。」弋輝頓時激動得不行，忙說：「不用謝，不用謝。」

茗名瞅了眼老太太。

又走了幾站，車上人更多了，幾乎所有空隙處都站了人，三擠兩擠竟把弋輝和茗名給擠到了後車門處。又從一站開出後，忽聽車上喇叭響了起來：車上有需要照顧的乘客，請給讓個座位，車上有需要照顧的乘客，請給讓個座位……

這時，弋輝看見一個足有八十多歲的老頭，在一個中年人攙扶下顫顫微微地朝車後面擠了過來。正這時公車剎了一下車，老頭朝前一衝，差一點兒摔倒，他趕緊一把抓住旁邊座位扶手才沒倒。弋輝一看，這個座位正是茗名剛才讓給那個老太婆的，弋輝心想，老太婆要比這個老頭的年齡小多了，應當起來讓座位吧？但是老太婆看了眼老頭，仍穩穩地坐著不動，只是把臉扭向了車窗外。

正這時，只見坐了弋輝讓出座位的那個小男孩站起來朝著老頭說：「老爺爺，請坐這裡吧。」說著話走過去把老頭拉到了他的座位上。

老頭感動地坐了下來，坐穩身子後剛要道謝，不想那個帶小男孩的老太婆忽然衝著小男孩罵道：「你個小不死的，不大點兒的人就知道學雷鋒了。」說著話的同時竟朝小男孩臉上打了一巴掌。

老頭頓時愣了神，車上乘客一片譁然，紛紛議論了起來。老太婆見勢不對，衝著眾人發蠻道：「嚷什麼，我教育我的孫子，關你們什麼事。」

弋輝實在有些看不下去了，就說：「這位老人家，如果我沒猜錯的話，你應該就是伴隨著『學習雷鋒好榜樣』的歌聲成長起來的那一代人，學雷鋒學到今天差不多學了有幾十年了吧，怎麼學了一輩子雷鋒精神竟然全學到狗肚子裡了！你倒無所謂，因為畢竟沒幾天活頭了，最讓人可惜的是這麼好的一個下一代竟然插在了你們家這堆糞土上……」

「小夥子，你罵誰，知道我是誰嗎？我是剛退休的大律師，小心我告你誹謗罪的。」老太婆瞪著弋輝叫著。

「律師，嘿！牌子還夠大的。」弋輝冷笑一聲，衝著她狠狠地喊著：「你把律師的臉都丟盡了……」

老太婆氣得臉都歪了，惡狠狠地朝弋輝叫道：「你等著，等到站了再說。」

就在這時，不想平時老實得連說話都不高聲的茗名走到了老太婆跟前，邊拽她的衣服邊說：「起來，這個座位是我讓給你的，請你起來……」

茗名這動作老太婆可沒想到，她一下子愣了神，忙弄出副笑臉對茗名說：「謝謝你，好姑娘，謝謝你給我讓了座位，我沒有說你，我是……」

茗名沒理睬她的話，繼續拽她：「請你起來，這個座位我不讓你坐了，你是律師你就應該清楚，我這只能算是贈予，贈予合同是隨時都可以撤銷的。」

弋輝一聽也跟隨著說道：「起來，這不是你的座位，我們現在要學雷鋒了，這是雷鋒的座位，是讓給需要照顧乘客坐的位子。」仝工和李瑞也一齊跟著喊道：「起來，別在這兒丟律師的臉了……」

老太婆氣得鼻子和嘴都移了位，剛要和弋輝耍蠻，她帶得那個小男孩朝著她喊：「奶奶，該下車了，我看見三叔家房子了。」

老太婆氣乎乎地站了起來，狠狠瞪了弋輝一眼，罵罵咧咧地領著小男孩下去了。

弋輝剛想說話，旁邊一直觀看的一位中年乘客低聲說了一句：「唉，世道真是變了……」

弋輝發愣地想著這句話……

正月初三開始補課，茗名又忙碌了起來。年後補課基本上是由退休教授女兒講。弋輝跟著茗名去聽了兩天後覺得她的水準更是厲害。比如像她講：現代英語的發展趨勢是越來越簡單化，人們見面時相互間要說些事，擱過去的話就得有一定的介詞、形容詞、副詞等等來修飾、補充主語的力量，這樣一來句子無形中就被加長了，句子的負擔也就加重了，說話的和理解的都要多費不少力氣和時間，而現代英語正是適應著人們生活節奏的加快而漸漸地變得越來越簡潔；現在人們再要是見了面要說些事情的話，就不需要那樣多的介詞、副詞去修飾、補充了，常常只用一個ｓｏ就夠了，既省事又顯得簡潔明快。弋輝細想想這道理雖說簡單，但確實是那麼回事。

如何才能真正地學會英語，教授女兒也講透了這個一直困擾著許多大學生的問題。她說：「學英語的真正目的既不是考研，也不是考託福，學英語的真正目的應是能流利地和外國人交流，只有目的對頭，才能學會。另外就是，學外語首要一點就是要能聽懂並且敢於說，如果只是背書而不說，那你學得再好也是啞巴英語，而啞巴英語則肯定是永無出頭之日……」

再一個就是如何才能有效地提高聽力的問題。教授女兒就這個問題舉了一個她自己的例子。她說：有一年她去香港進修，剛去時一句粵語也聽不懂，她就用學英語的法子來攻克這事。每天晚上她都要坐在電視機前聽粵語解說，一遍又一遍地重複聽下去，四個月後，有一天，忽然間就聽懂了粵語，當時那份興奮勁兒用語言是難以表達的，其實學英語的道理也是這樣的。

退休教授女兒講得這些話對弋輝觸動非常大，好幾天晚上都和其他幾個人說這個話題，其他幾人也覺得是這麼個理，只是他們以前都沒往這上面去想。

弋輝就想，從中學到現在，學英語也有八九年了，看來以前都是白學了，今後我一定要照著這個女教師的話從頭來，我一定要把英語學會！

正月十六學校正式開學，培訓班定於正月十三結束，結束那天弋輝和其他幾人商議：「咱們這個臨時家也就要散夥了，學生宿舍樓明天就開門了，咱們今天最後在這裡住一晚上，我看今天晚上搞個散夥飯，怎樣？」

仝工覺得散夥這個詞不太吉利，就說：「搞是應該搞個活動，但是別說散夥這種字眼兒，有些太低沉了，換個說法，叫開學前最後一聚吧。」

「行，聽你的。」仝工這一解釋，弋輝也覺得散夥這兩個字不大好。

眾人也都跟著說：「就叫開學前大聚會吧。」都同意了仝工的提議。

接下來又是藝丹給分了工，由她和茗名出去買菜，弋輝和仝工、李瑞劈柴燒火，做準備工作，幾個人分頭忙開了。

但是到了中午快吃飯時，茗名卻突然說她剛才碰到西門林教授了，說是找她有點事，她想出去一趟，吃飯就不要等她了。

「西門林教授？誰是西門林教授？」弋輝問。

「啊呀，就是辦輔導班那個退休教授呀。」仝工說，「你怎麼聽課聽得連老師姓名都不知道。」

「唉呀，我只是旁聽了幾次他女兒的課，哪知道她爹叫什麼。」弋輝著急地解釋著。

「行，你去吧。我們給你把飯留在鍋裡，儘量早點回來。」藝丹囑咐著。

「行，我想可能是借書的事，昨天上最後一節課時，我想跟他借一下他講課用的那本教材，他說他當時要用，回家給我再找一本，可能是找著了。」茗名解釋著。茗名是那些參加輔導班的學生中最崇拜西門林教授的人，這一個月每天下課回來總要發表幾句感慨不可。當然了，她也是這些學生中最用功的一個，昨天結束時考試了一下，茗名竟考了個第一。

茗名沒吃飯就走了。

可是直到吃晚飯時她也沒回來，幾個人有點兒著急了，借本書能借半天時間？但他們也不知該去哪兒找茗名，只得在工棚裡等著。少了茗名，這最後一頓晚飯幾個人吃得沒了興致，藝丹燉了一鍋雞肉磨菇只吃掉了一勺半……

原來說好晚上要鬥地主，這時也沒有了一點兒玩的心思，幾人悶坐在工棚裡等著茗名。

「藝丹，你說茗名不會有什麼事吧？」弋輝心裡慌絲絲地問。

「不會，她那麼大一個活人能有啥事，就是小孩子出去也能找回來的。」藝丹肯定地說。

誰也沒想到茗名竟然一晚上都沒回來。第二天早上弋輝他們三個人正穿衣服時，藝丹急慌慌地進來衝著他們說：「呀，茗名昨天一晚上都沒回來，這可怎辦？」

三人一聽頓時慌成了一堆，還是弋輝稍鎮靜一點兒，他想了想說：「這樣吧，咱們分頭去找。我和仝工去西門林教授家，藝丹和李瑞在學校裡找，誰有了消息就趕緊回工棚通知其他人。」

幾個人急忙出去找去了。

在教師家屬樓打聽了好一會兒才打聽到西門林教授家住址，弋輝和仝工敲開門時，西門林教授家只有傭人一個人在家看門，傭人說西門林教授昨天中午出去後就一直沒回來，也沒告訴家裡人他去了哪兒，家裡人也著急得不行，西門林教授妻子和女兒已分頭出去找去了。

這消息讓弋輝和仝工聽得更是驚得不行，兩人邊走邊慌絲絲地分析著：「這下子壞了，肯定是被壞人給綁架了，肯定是綁架西門林教授時正巧碰上茗名也在，就連茗名也一起綁架了。」但這畢竟是猜測，沒有得到證實，既不能亂說，更不能去報案，只得回到工棚等消息了。

弋輝和仝工回到工棚後不大一會兒，藝丹和李瑞也回來了。她們去了宿舍樓，去了輔導班上課教室，還去了學校附近幾家旅館，但是一點兒線索也沒有，幾個人合計一番後，覺得還是先不要報案，再等等。

到了下午，還是不見茗名回來，幾人就商議讓弋輝留在這裡邊看工地邊繼續等茗名的消息，其他幾個人先把被褥送回宿舍，然後再四處找一找，晚上來這裡碰頭。不過有一條，千萬不要對任何人說這事。

直到第三天下午，藝丹才急匆匆地跑來告訴弋輝，說是茗名找到了，是她自己回來的，剛回來不大一會兒。

弋輝當下長吐了一口氣，這才把緊吊著的心放了下來，但不想藝丹接著說出的一番話卻讓弋輝驚得差一點兒昏過去……

原來，吃過午飯藝丹就去了茗名那棟宿舍樓，但是她沒有進去，她怕宿舍裡的人起疑心，就在宿舍樓前道上來回走著，想著看能不能趕巧碰上茗名。

不想這一次還真就碰上了茗名，茗名是坐一輛計程車回來的，一出車門當她看到藝丹時，上去抱著她哭了起來，邊哭邊把事情經過告訴了藝丹。

前天中午，茗名在D大北門見到了已等在那裡的西門林教授，西門林教授說茗名想借的那本書他又找到一本，還配有一套輔導材料；但是不在手頭，在他家裡，要茗名和他一起去家裡取書。茗名跟著西門林教授去了他家。

原來西門林教授在離D大有三裡地遠一個社區另有一套房子。他帶著不知情由的茗名坐計程車去了那套房子後，給茗名找出了書，對茗名說：「已經過了吃飯時間了，我帶你到附近小飯店吃飯吧。」開始茗名沒答應，因為她覺得就是要吃飯也應當是自己掏錢請西門林教授，而不是讓西門林教授請她。西門林教授就說，那好，你請我，咱們走吧。兩人去了一家飯店，飯後果然是茗名搶著付了錢。這時西門林教授就說：「出來時咱兩怎就忘了拿書了？回去取書吧。」兩人又回了西門林教授家。西門林教授就用電視上常演的套路，拿出事先放了麻醉藥的飲料讓茗名喝了，茗名被麻過去了，西門林教授把茗名強暴了。

「他……這……這不可能吧……」弋輝驚得頭皮直發麻，一個說話和和氣氣、親切可愛的老頭子竟然能幹出這事來？弋輝一點兒也不相信這是真的。

「現在的人什麼壞事不敢幹，只有你還在做天真夢。」藝丹氣乎乎地喊叫著。

「這，不……這，藝丹……那，茗名現在在哪兒？」弋輝結巴著問。

藝丹剛把頭轉向門外，茗名就進來了，眼睛通紅還腫下老高，顯然是哭過很長時間樣子，她一句話不說，倒在弋輝床上用被子蒙住了頭。

「畜牲，簡直連畜牲也不如……」弋輝氣得連連跺著腳罵道：「簡直是披著人皮的色狼，茗名都能做他孫女了，他竟然也下得了手……」

「現在罵什麼都沒用了，趕快商議一下該怎辦吧。」藝丹著急地說。

「怎辦？報案。咱們不到派出所，那兒效率太慢，咱們直接到市公安局刑警支隊報案去。」弋輝氣急地出著主意。

「報案以後呢？」

「以後？以後就等著公安局來人把那個老畜牲抓起來呀。」

「抓起來以後呢？」

「抓起來以後就等著審判，最好能把這個老畜牲槍斃了。」弋輝咬著牙罵道。

「那茗名怎麼辦？」藝丹冷冷地問。

「茗名……這……」弋輝還真沒想過這問題。

「你知道一個女孩子最重要的是什麼？」藝丹問。

「女孩子……」弋輝支吾著。

「女孩子最重要的就是自己的名聲……名聲！你知道名聲嗎？這要一報案，馬上就會鬧得滿城風雨，你讓茗名怎麼再在D大待下去？你想過嗎……」藝丹高聲叫著，眼裡要冒出火似的，好像弋輝就是那個強姦犯。弋輝被狠狠嚇了一跳，他認識藝丹幾年了，從未見她這樣子。

「那……那就把仝工和李瑞叫來一起商議一下看這事該怎辦。」弋輝支吾著。

「你還嫌知道的人少，是不是？」藝丹指著弋輝的頭叫道：「我告訴你，這事就咱兩知道，要是有第三個人知道了這事，我饒不了你。」

弋輝嚇得不敢吱聲了。

弋輝，藝丹帶著哭聲說：「茗名和你一樣，剛來到這個學校就認識了我，我兩已處了快兩年了，像親姐妹一樣，這次是我鼓動她報名參加了這個輔導班，也是我讓她和我一起找你來這裡住的。現在她遇上了這事，我有責任呀。」藝丹說不下去了，嗚嗚哭了起來。

弋輝不知該說啥話，愣神地看著藝丹。

「藝丹姐，這事與你沒一點兒關係。」茗名忽地掀起了被子：「不該來的事你想讓他來他也來不了，該來的事你想躲也躲不掉。」

「茗名，你……」弋輝叫了一聲，剛要說話，忽聽門外有人敲門：「請問弋輝是在這裡嗎？」

弋輝稍一驚，問：「誰？」

門被推開了，令幾人吃驚的竟然是西門林教授走了進來，雖然他仍是上課時那副神色，但能明顯感覺到他這是裝出來的，眼睛裡閃著的全是驚恐的光。

「呀，藝丹也在呀。」西門林教授搓著手說，眼睛同時四下裡掃了一遍。

「你……」弋輝努力讓自己穩住神，問：「你到這兒幹啥？」

「我……我……我想找茗名。」西門林教授結巴著說。

「她不在。」弋輝氣乎乎地回了一句。

「不在，那，那我就走了。」西門林教授神情有些失望。

「我在，我還沒找你呢，你竟找上門來了。」不想茗名又一掀被子，衝著西門林教授吼道。

「小茗，我……」西門林教授回頭看了一眼弋輝和藝丹，猶豫著說：「我想和茗名單獨說一會兒，行嗎？」

「不行。」弋輝馬上回絕道。他剛要接著說下去，藝丹拉了他一下，藝丹冷冷地朝西門林說道：「我們先出去，你和茗名談吧。」說完使勁兒拽著弋輝出了工棚。

出了工棚後，兩人沒敢走遠，怕茗名不一定有什麼事叫他們，兩人就站在附近商議了一氣；可怎麼想也想不出西門林教授突然來找茗名會玩什麼花樣，但是也想不出個辦法來解決這事。兩人愁苦地歎著忽長忽短的氣。

半個多小時後，茗名竟然又跟著西門林教授出來了，茗名對藝丹說：「我出去一會兒，晚上咱兩再在這裡睡一晚上，行不。」

藝丹被整愣神了，只是機械地答應著：「行，我等著你。」

茗名走遠了，弋輝和藝丹望著她的背影仍在發著愣……

這件事最後的解決完全出乎弋輝的意料。第二天早上，當藝丹幫著把茗名的被褥搬到宿舍後，又特地跑來告訴弋輝，這事已經解決了，西門林教授願意拿出十萬塊錢作為對茗名的精神補償，這事也就到此為止。茗名表示同意，因此就沒事了。

「西門林教授給了茗名十萬塊錢？」弋輝吃驚地問。

「嗯。」

「茗名要了？」

「嗯。」

弋輝發愣地瞅著藝丹……

當天，茗名就用化名把那十萬塊錢寄給了一所希望小學。

這事就這樣過去了。

16

大三最後一學期是弋輝自打入學以來課程最多的一個學期，可能是校方考慮到大四學生不是考研就是找工作，根本不會全身心地投入到學習中來，所以就把本應在大四開的課也提前到了大三後一學期，除了五門專業必修課外，還有六門選修課要選，一星期得上十一門課，一天到晚忙得暈頭漲腦的。

但是，最讓弋輝擔心的是他和張瑞珍的關係又發生了變化，雖說那次救兩個小姐的事已向張瑞珍作了全盤交代，並且也得到了她的諒解，但此後弋輝還是覺得張瑞珍對他不像從前那樣好了，許多時候根本就是一副不想理他的樣子。比如說，這次寒假本來弋輝想讓她也留在學校，但是張瑞珍卻堅決不幹。當然了，那種事就更是免談了，雖說弋輝身子骨早已養好了，但他知道張瑞珍是不會讓他再碰一次了。

不過，由於功課一多弋輝也就顧及不上想他和張瑞珍之間的事，就是靜下來時，他也常常會想起著名那天在工棚裡說的那句話：不該來的事你想讓他來他也來不了，該來的事你想躲也躲不掉……弋輝來回捉摸著這句話的意思。

五門專業必修課《修辭學概論》、《西方美學史》、《當代文學思潮史》、《古漢語詞源》、《古代文論》，一門比一門難學，尤其是《古漢語詞源》，講得全是那些死了好幾千年老祖宗的那些古董話，為什麼非要和幾千年前的古人去對話呢？弋輝實在是整不明白；因而每節課都聽得是昏昏欲睡，但他又不能不來上課，因為這位講《古漢語詞源》的老師每節課都要點名，每次點名前還要先來個小諷刺：「各位聽好了，不是我非要點你們的名，你們來不來是你們的事，教不教是我的事。就是課堂上沒有一個學生，我也照拿每節課五塊錢講課費，所以你們來不來是你們的事。但是，他說到這塊兒來了個轉折：但是，我們都聽過這麼個順口溜，說是『大一傻乎乎，大二氣乎乎，大三油乎乎，大四不再乎……』這個段子源自何處現在暫不追究，但是我要讓你們在我這裡油不起來才行……」

老先生這樣一嚇唬，學生就不敢不來聽課了。

不過六門選修課裡有幾門倒是挺有意思，比如像《台港武俠小說研究》、《當代反腐小說研究》、《海明威研究》等等，這些專題性研究課不但題材選得好，而且與他們這一代青年人的個性與興趣也正好合上了拍，所以不只是弋輝，其他同學也都覺得挺好的，講這些課的老師不用點名每次都坐得滿滿的。

選修課課時少，不等期末就結束了，選修課不用考試，老師提前一周就布置了下去，下周最後兩節課不講課了，每人交一篇作業就是期末成績。《海明威研究》這門選修課老師布置的題目是《從海明威的自殺看現代作家的精神自我解脫》，老師並且說，下周大夥兒可以就各自的作業在課堂上發言討論一番。

這題目有意思，弋輝打算好好表現一下，趕緊跑到圖書館查找資料去了。

圖書館有十本《海明威傳》，弋輝去得夠早的了，可是他在書架上只找到了一本，而且這本書封面破舊得厲害，弋輝想另找一本好些的但是怎也找不到，他想肯定是被下手更早的人給借走了，只得得拿了這本書去借書處辦手續。

剛出圖書館大門，碰到了張瑞珍，這段時間課程緊得弋輝差不多有半個月沒見張瑞珍，便問：「你也去借書？」

「對，不借書我去圖書館幹啥？」張瑞珍口氣很不好。

弋輝只得繼續搭著話：「你也想在討論會上發言？」他知道張瑞珍也選了這門課。

「對，你呢？」張瑞珍這次口氣好了一些。

「我也是，」弋輝問：「你是不是想借《海明威傳》。」

「對。」

「別去了。」

「為什麼？」

「沒有了。」

「沒了？」

「對，都讓人給借走了。」弋輝看著她說。

「唉！這事整的，我還合計著我可能是去得最早的人呢，原來有人比我還早。」張瑞珍洩氣了。

「我剛好借到了最後一本，就是封面破得很，你先看吧。」弋輝把書給了張瑞珍。

「那，那我就先看了。」張瑞珍稍有點遲疑，還是接過了書。

「瑞珍，咱兩到那兒走一走吧。」弋輝說，他想再做一次努力，修復好兩人間的關係。

張瑞珍稍遲疑了一下，跟著弋輝朝那塊三角戀愛區走去。

弋輝沒想到這次的努力仍以失敗告終。張瑞珍聽到了一些有關弋輝寒假期間的傳聞，她對弋輝說：

「學校裡的同學都在傳說著：弋輝等三個男同學和兩個女同學寒假期間在外面租了間房子住到了一起，白天合夥做飯、吃飯，到了晚上五個人輪換著做那事……」張瑞珍說，這事在D大傳得可邪乎了，還說D大領導本來準備處理他們五個人，只是因為弋輝和陶書記關係好才沒處理……

沒等張瑞珍說完弋輝就氣炸了，眼裡像是要噴火，面前站著的要不是張瑞珍，那他準保把這人打翻在地了。弋輝肚皮氣得一鼓一鼓的，但就是說不上來一句話，臉色當下成了紫黑色。

張瑞珍見他這副樣子不知是因為被自己說中了，還是別的什麼原因，認真地看了一眼弋輝，這才走了。

《海明威研究》選修課最後兩節課堂討論進行得很不錯，同學們也不知是因為對這個作家本人感興趣，還是對外國文學有興趣，還是對這種考試方式感興趣，總之所有選課同學個個爭先恐後地發言，因為時間太短，只有兩節課，每節課四十五分鐘，兩節課合在一起才九十分鐘，有不少同學就沒輪上發言，只得很遺憾的把自己寫好的發言稿交給了老師。

弋輝第一個發言，一來他確實對海明威有興趣，二來他自打上高中後就特別愛看外國文學作品，幾年下來讀過的外國文學作品竟然比中國文學作品都多，海明威自然是他讀得最多的一個外國作家。他自認為他大概是班裡對海明威知道最多的人，老師話音一落他就第一個開口：「同學們，今天我主要想從海明威的創作歷程來解讀一下這位作家的人格魅力。我們知道，海明威寫出他的成名作《太陽照樣升起》和《永別了武器》的時間是一九二六年與一九二九年。寫出他的代表作《喪鐘為誰而鳴》的時間是一九四〇年。寫出他的獲獎作品《老人與海》的時間則是一九五二年。這四部作品典型地反映了作家一生中三個最為重要的階段。二十世紀二十年代末正是第一次世界大戰結束後難得的一個短暫穩定時期。這一時期法西斯勢力暫時受到了遏制，但同時資本主義國家正經受著第一次世界性經濟危機嚴重衝擊，作為二十多歲年輕的海明威來講，對於前途、未來以及人生路程等等，都面臨著種種困惑，他一時間摸不清前途在哪兒，路在何方；作家自己正處在一個迷惘的十字路口，因此他就用全部心血寫成了《太陽照樣升起》。書中主人公是一群參加過第一次世界大戰的青年，他們精神苦悶，生活無目的，整天喝酒、鉤魚、看鬥牛，有的人陷入三角戀愛中，相互間經常發生無謂爭吵；這既是作家當時心態的真實寫照，也是他們那一代青年人共同現實境遇，海明威也成為了『迷惘者一代』的代言人。

二次世界大戰爆發後，海明威和許許多多美國人一樣，再一次被法西斯的暴行所震醒，他立刻從迷惘中醒過來，認識到人類和平是當今世界各國人民所共同為之奮鬥的首要目標；因此，他本人不但再一次成為一名堅定的反法西斯戰士，同時也用筆寫下了代表作品《喪鐘為誰而鳴》。到了戰後五十年代，生活在和平環境下的海明威更多地感受到了安定生活的來之不易和普通勞動人民在精神生活方面的高尚追求，同時他自己也在經歷了這麼多年風雨磨練之後，對生活、對人生有了一個更為全新的詮釋；那就是任何一個普通人都應該樹立起一種堅強的人生信念，這種信念也就是他在《老人與海》中借助老人之口說出的那句名言『一個人生來並不是要給打敗的，你儘管可以把他消滅掉，但是你永遠打不敗他』這也就是『精神不敗』信念，這種精神不敗亦是一種典型的『硬漢精神』。作品中的老人以及老人身上的『硬漢精神』就是海明威一直想要告訴世人的『他自己一生的人生寫照』。雖然海明威年輕時曾迷惘過、困惑過，也曾迷失過方向，但是『精神不敗』的信念一直在支撐著他……直到他最後自殺也是在用這一方式告訴人們，海明威是一個硬漢，一個在精神上永遠不會被打敗的人……」

「我不同意弋輝同學的觀點。」弋輝朝下面看過去，想不到竟是張瑞珍站起來反駁他，這讓他有些吃驚，自打那次在戀愛三角林兩人不歡而散後，弋輝明白他和張瑞珍的關係怕是要黃了，女人最愛吃醋的事情就是自己的戀人和別的女人有染，就是毫無根據的傳聞也不行；而張瑞珍聽到有關弋輝的傳聞卻恰恰都是這方面的傳聞，而且還不是一次，而是兩次，這能不信嗎，這擱誰身上誰都得信。弋輝也覺得自己此時的任何解釋只能是「此地無銀三百兩」。他只有沉默，他想讓時間來證明一切，但是越到後來他覺得張瑞珍對自己的誤會是越發深了，他想要不算了吧，兩人乾脆各奔東西吧。但是又不好先提出來，因為他一直對張瑞珍那次因他所造成的打胎而深深愧疚著，但是張瑞珍也一直不說散夥的話，兩人就這麼僵持了下來……嘿！想不到她竟先朝我開火了，弋輝集中起注意力聽了下去。

「我認為海明威一生都生活在一種迷惘中，關於這點《迷惘者的一生》一書的作者、美國新澤西州普林斯頓大學卡羅斯・貝克教授曾多次說道：海明威一直生活在迷惘之中，無論是他作為一名戰士，還是作為一名記者，他不曾有過別的……

實際上我們從他的作品中同樣可以感受到這點，《太陽照樣升起》不用說了，寫得全是一群迷惘青年人；《喪鐘為誰而鳴》裡的主人公、也就是來到西班牙幫助打獨裁者的那個美國大學教師同樣迷惘，因為他直到犧牲時也並沒有真正對他參加的這場戰爭能有一個清醒認識，他只是認識到人的一生不過就是一場悲劇，而人的唯一價值和出路就是面對死亡時能無所畏懼，實際上這亦是一種孤獨和絕望，這同亦是迷惘。《老人與海》中的老人雖然在經歷了八十四天的空手而歸經歷後終於捕到了一條大魚，但這條大魚最終卻被鯊魚吃了個精光則又一次證明了作者的這一思想。儘管老人最後還能睡著，還能夢見獅子，但獅子在西方寓言裡是是被用來象徵迷惑者的。到了最後海明威的自殺則更是想要告訴我們，作者在經歷了一生的迷惘之後也未能尋覓到一條擺脫之路，只得用自殺來給他的一生迷惘劃上一個問號。從中也可看出，作者想要告訴給讀者的就是，其實任何一個作家都要比普通人更迷惘……」

「我不同意張瑞珍同學的發言。」弋輝順著聲音朝後面看過去，是趙建國，弋輝就想，趙建國可是個有思想的人，他在此時說話看來是要贊同我的觀點。但不料趙建國接著卻說：「當然，我也不同意弋輝同學的觀點。我認為海明威一生都處在一種清醒之中，他用筆來批判當時社會中的那些迷惘者，目的是想要喚醒整個一代人，當他的這一目的無法實現時，只得用自殺來作一次最後提醒……

首先，海明威的清醒表現在了『硬漢子』這點上。在青年時，海明威就清醒到地認識到，法西斯發動的戰爭是人類所受到的最大災難，因此他義無反顧地來到歐洲參加了第一次世界大戰，雖然在搶救一名傷患時中了敵方炮彈，身上中了一百多塊彈片，在他背著傷患到急救站的途中又被子彈打斷了大腿，但是他仍然憑藉著頑強的毅力把那個傷患拖出一百多米遠，這足以證明了他身上的硬漢子氣質在他青年時期就已形成……

而這種硬漢子氣質我認為也只有在清醒者的身上才能具有。

儘管隨著第一次世界大戰的結束給年輕的海明威帶去了一個短暫時間的迷惘，但他此時的迷惘則是在不知如何認定當時的社會和以後的路該如何走時，內心生出的種種矛盾心理的外在表現。這是一個有著很強社會責任感的青年人對世界的認真探究，因而從這一層面上說，此時的作者並沒有迷惘……

第二次世界大戰開始後，海明威再一次來到了歐洲戰場，雖然這一次他不是作為一名軍人、一位戰士來的，但是此時的他在經歷了第一次世界大戰以及戰後的現實生活，已經清醒地認識到人類的自由民主生活首先應取決於獨裁者的滅亡，他決心用手中的筆喚起各國人民的反獨裁意識。也就是說，他想告訴世界各國人民，只有打敗法西斯侵略者，才能有真正的和平，同時他亦努力想要揭示出和平對於人類生活的重要性，以及人類對和平的嚮往……可以說，對美好生活的嚮往是他創作中以一貫之的主題。因此，縱觀海明威的一生，他並不是生活在迷惘的境界裡……」

「迷惘並不只是外國人的專利……」說話的是仝工：「在我們中國知識份子身上同樣也能找到那種迷惘，對於這點著名作家錢鍾書先生在他的《圍城》裡就表現了出來，也就是那個有名的『城外的人想進來，城裡的人想出去……』」

討論進入了高潮……

「是的，我同意仝工的觀點，我覺得迷惘這個詞不僅僅表現在上世紀的美國青年身上，就是在二十世紀的今天，各國青年都會不同程度地遇到這種情況，都會產生這一現像，關鍵是我們如何去認識這一現象。本世紀二十年代，海明威他們那一代青年之所以會迷惘，主要原因是當法西斯暫時被打敗後，各個國家的資本主義勢力開始了經濟上的瘋狂掠奪，而普通勞動人民的生活卻並沒有因為戰爭的結束而有明顯改善，加上美國少數人在當時所推行的種族歧視政策等等所造成的種種不合理現象，就使得許多有著強烈正義感、信仰感的美國青年感到了迷惘和困惑，這正是他們對真善美的期待和對假醜惡憎恨的表現……但是當這些東西都如漫天洪水混雜而過時，他們心中的那份美好理想頓時被無情地沖垮，新的理想價值觀卻沒能建起，那他們也就只有迷惘和困惑，這種迷惘和困惑其實是對新的理想與信仰的探索，並不是像人們所評論的那樣，作者生活在迷惘與困惑之中……」勞麗詩的話讓弋輝聽著似乎像老師在做總結。

這場討論進行了三個多小時，收到了意想不到的效果，直到教學樓管理員催促著要關門時，同學們才不得不散去。

到最後連老師也激動得不行了，給所有同學的成績都打了優秀。

17

就在專業課考試前一星期，弋輝正忙著複習時，藝丹到教室找弋輝，她要回家了，今年不考研了。

「為什麼不考了？」

「因為我已經找到正式工作了，我不想放棄。」

「什麼工作？」

「到我們縣一中教書。」

「這工作……」

「怎麼，不好？」

「不……不是，你……什麼時候走？」弋輝心裡一陣亂折騰，根本就不知該說啥。

「明天走，所以來和你告別一下。」

「唉！」弋輝歎了一口氣，「這樣吧，今天晚上我做東，把咱們那幾個住工棚的人都請上為你送行吧。」

藝丹說：「算了吧，別折騰了，你們就要期末考試了，這就算和你們告別了吧。」

弋輝馬上說：「那不行，說啥也得請你一次，這事你就不要管了，定好飯店後我通知你。」

藝丹見弋輝真要請，只得依了他。

王總給他發的工資已經花光了，這幾天正好手頭有姐姐前幾天來看他時給留下的三百塊錢，弋輝想，馬上就放假了，別的花銷也沒有，這次請藝丹吃飯一定要讓她覺得滿意才行，把這三百塊錢全花了算了。這些錢差不多能上一家稍講究些的飯店，弋輝到離D大有一個街區一家名叫「全聚福」的酒店定了個包廂。

晚上，仝工、李瑞和茗名早早趕了過來，比弋輝來得都早，這讓藝丹很是感動。她連聲對弋輝說：「找家小點兒的飯店就行了，何必到這麼高消費的地方。」

弋輝說：「這哪能算高消費，只因咱們現在的身份還是窮學生，所以只能在這地方為你送行，要是以後咱們五人中不管誰混出了人樣子的話，那就得讓他在『太平洋』酒店擺一桌才行。」

仝工一聽馬上應和著：「對，誰要是將來發達了，必須在太平洋擺一桌。」

李瑞和茗名也說：「對、對，必須讓他在太平洋擺一桌。」

菜上來了，弋輝端起杯說：「我們這次主要是為藝丹送行，藝丹和咱們同一個系，我來D大第一天第一個認識的人就是她，我和茗名還在她的介紹下參加了學生廣告協會。這些咱們就不說了，正是上學期咱們在一起度過的那個寒假，讓咱們成為了比親姐弟還親的人。藝丹是要回家了，在座的其他人也要先後離開這個學校，但是我想咱們之間的友情卻不能因為時間而被沖淡。所以我提議，為藝丹今後的前程，為我們之間的友誼天長地久，乾杯！」

「好！」幾人都激動地叫了一聲，算是響應，同時把杯裡的酒喝了進去。

喝了幾杯酒後，仝工問藝丹：「藝丹姐，你要去哪兒？」

「回老家。」

「啥單位？」

「縣一中教書。」

「你是不是縣一中畢業的？」弋輝問。

「是的。」

「工資不錯吧。」仝工又問。

「是的，聽人說一個新分去的教師比D大教授都掙得多，我就是奔著這個好處才去的。唉！我也是讓家裡一代一代的窮怕了，我們家幾代人才好不容易出了我這一個大學生，脫貧希望全寄託在了我身上了。」藝丹的語調中全是淒慘。

幾人一時不知說什麼好，默默地看著藝丹。

「藝丹，你為什麼不在省城找份工作？」仝工問。

「省城？哼！要能在省城找到合適工作，我能回老家嗎，我又不是有病。」藝丹氣憤憤地說。

幾人一時間又不吱聲了……

「來，我提議一下吧，」弋輝見話題有些沉重，端起杯說：「能夠同學幾年全是一種緣分。我一直在想，小說裡描寫那些過去的戰鬥英雄最愛說的話就是『戰友間的感情最深。』這話對，戰爭年代確實要數戰友的感情深厚，要不也不可能把天下打下來。但是現在是改革年代，這年代要找那種感覺應該在同學之間去找……」

「對，這話對。」幾人立刻一起回應。

「這話說得太對了，這和平年代還就是同學最親，」仝工站了起來，端著杯子說：「我想如果各位不嫌棄的話，就把這感情再結深點兒，咱們幾個乾脆來他個新時代的桃園五結義算了。」

「好！這主意好，藝丹你同意嗎？」弋輝高興地問。

「我當然同意了。」藝丹贊同道。

「那咱們報一下年齡，排一下大小。」弋輝馬上操作起來。

幾人報了各自年齡，藝丹二十四，最大。李瑞和她同歲，生日比藝丹小兩個月，弋輝二十二，仝工也是二十二，但生日比弋輝小，茗名才十九，最小；幾人就依次排藝丹為老大，李瑞老二，弋輝老三，仝工老四，茗名老五。

排好後，五個人學著古代好漢結義的方法用牙籤刺破手指，把血擠進酒杯裡，一人一大口，把結義酒響響地喝乾了。

藝丹走了，回老家中學教書去了。弋輝和仝工、李瑞、茗名把她送到了火車上，直到看不見了火車影子，幾人還是朝遠處使勁兒瞭著。

送走藝丹後，幾人悶悶不樂地朝出站口走去，快到出站口時，一直不怎說話的茗名忽然對仝工和李瑞說：「你兩先回學校吧，我想讓弋輝幫我辦點事。」

仝工和李瑞便說：「行，我們先走。」兩人就走了。

仝工和李瑞走後，茗名說：「先在月臺上走一會兒吧。」弋輝不知道她此時想要幹啥，被動地跟在她身後在月臺上慢慢走著。

走了一會兒後，弋輝見茗名心事重重的樣子，好像要說什麼，但一時間又下不了決心似的，就主動找話問她：「聽說前幾天你參加了六級考試？」

「就只許你們參加，不許我參加。」茗名沒好氣地回答。

「不，我不是這意思，我是說我們參加六級考試是想先投個機，這次要是能過了，將來真要考上了研的話就不用再學外語了。這幾年各高校都規定，研究生期間外語過不了六級就不許畢業，但是如果過了六級就不用學外語。我們這是在早做準備，但你這麼早就做準備，可真是太厲害了。」弋輝趕緊解釋。

「厲害什麼，我才不厲害，我看你是沒見過厲害的人。大二考六級的人全D大又不是只有我一個人，聽說南京有一個高二學生六級考試得了九十一分，杭州市有個六歲小孩就報名參加四級考試，這些人才叫厲害……」

「對，這事我也聽說過。」弋輝忙應和著，但他真不知道茗名心裡有了什麼事，自打那個老畜牲寒假禍害了茗名後，弋輝真不知她用了多大毅力才從這場災難中挺了過來。

一名車站工作人員見弋輝和茗名老在月臺上徘徊，以為他倆可能是想逃票，就過來問他們要票，兩人便拿出剛買的站臺票讓那人看了一下，那人有些不解地走了。

「弋輝，我想讓你幫我辦一件事。」茗名終於說話了。

「啥事？你儘管說，只要我能辦到的，沒問題。」弋輝連忙表態。

「下學期我想休學半年，你不是和陶書記認識嗎，找他幫我請個假吧。」

「休學，你要休學？」弋輝吃驚地問：「念得好好的為什麼要休學，你不是去年就開始準備考研了嗎？」

「是的，我是早就準備考研，可是現在事情有了變化。」

「什麼變化？」

「我……我懷孕了。」茗名咬著嘴唇說。

「啊！你懷孕了……」弋輝眼睛瞪了老大。

「對。」

「是那個老畜牲的嗎！」

「還能有誰？」

「這……這……」弋輝嘴張下老大、半天都合不住。

「那……那你打掉吧，我陪你去。」好大一會兒弋輝才想起來說這句話。但他同時想起了那年陪張瑞珍打胎時的情景，心裡麻似地亂成了一團。

「不，不打，我決定把孩子生下來，因為孩子是無辜的。」茗名瞪著弋輝，好像弋輝就是那個糟蹋了她的老畜牲。

「生下來！那……這……你家裡人能同意嗎？」弋輝心裡慌得像是他自己要去打胎。

「想法子讓他們同意吧。事已如此了，該怎辦？再說了，現在大學生早戀早已不是什麼新鮮事，我媽所在那所師範學院比咱們學校要低幾個檔次，可每年都有幾個打胎大學生，所以我打算把孩子生下來。」

「那……大概在什麼時候？」弋輝小心翼翼地問。

「估計在十一月底，所以我想休學一學期，你幫我請假時編個理由吧。」

「這……行，我肯定幫你把這事辦好，你放心，但是你要注意自己的身體呀。」弋輝像是有好幾把刀子正在絞著他的心……

「謝謝你，我會注意的。」茗名感激地應著，臉上露出了笑容。

回到學校後，弋輝根本沒心思去吃飯，一個人跑到那片三角戀愛區狠命地擊打著一棵老樹，邊擊打邊低聲抽泣著。

新學期開學第一天，恰好趕上了D大、也是全省各高校最大面積的研究生新宿舍樓正式投入使用剪綵儀式。D大校園裡一派熱鬧非凡景象，從高大漂亮的新宿舍樓頂一直掛到底的一條條彩色條幅就像萬噸輪船下水似的特別壯觀，樓前草坪四周插著一面面彩旗被風吹得晃個不停，猶如歡迎遠道而來的客人，好幾個打滿了氣大氣球個個都做出一副等不及了的樣子。

省長和主管副省長以及市領導都應邀前來參加了剪綵儀式。為了讓這一活動做到萬無一失，學校專門成立了一個工作小組，由團委出面找了些學生幫忙，可能是陶書記點了名，弋輝也被抽到工作小組為這一活動服務。

錢市長自然要來，但卻是錢市長先看見弋輝，錢市長一見到弋輝就先伸出手握著弋輝的手高興地說：「小弋也來服務了。」

弋輝激動地說：「錢市長好。」

旁邊的王麗解釋道：「錢市長可能不知道，這項工程也有弋輝的汗水。」

「是嗎？」錢市長來了興趣。

「是這樣，」王麗見錢市長想聽下去，就接著說：「當時工地上差個搞宣傳的人，我就出面推薦讓弋輝兼職。這一兼還真是幹得不錯，後來這個工地還被評上了全市建築工地宣傳工作先進單位呢。」

「嗯，小弋不錯。」錢市長鬆開手，笑著和別人打招呼去了。

剪綵儀式進行到一半時，王麗把弋輝叫到一邊，問：「大四了吧。」

「是的，今天是第一天。」弋輝回答著，但他不知道為什麼王麗要問這事。

「想沒想過畢業後的打算？」

「我姐姐讓我考研。」弋輝底氣不足地說。

「考研，挺好呀，」王麗接著又問：「張瑞珍呢？」

「她也想考研。」

「好，這想法好。你和張瑞珍的關係還挺好吧，我好久沒看見她了。」王麗轉了話題。

弋輝當下有些激動，想不到王麗這樣關心他和張瑞珍，但他的情緒立刻又低了下去，低聲說：「我和她已經吹了。」

「吹了，你們這一代人可太厲害了，幹啥事都講究個速度。」

「王姐，別諷刺我了，這事也不能怨我，等有時間我再仔細對你說說。」弋輝一提這事就像有滿肚子苦水似的。

「好吧。」王麗見有人過來，打住了話頭，朝前面去了。

弋輝這時卻想起了茗名，苦絲絲地望著臺上正講話的那個領導。

大四第一學期只有兩門選修課，弋輝和一多半同學都修夠了規定學分，就沒有再選課。而少部分學分不夠的同學儘管選了這兩門課，但是也基本上不怎來聽課，每到上課時教室裡只稀稀拉拉地坐著七八個學生，老師也沒了講課情緒，有一句沒一句地講上一會兒，就讓同學自己看書去了。

不過到了這時學校所有教室不論白天還是晚上，座位全是滿滿的，都被準備考研的同學給占了，就這還有不少同學因為去得晚占不到座位而不得不到外面路燈下站著看書，唉！還不是因為現在的社會太重學歷了！站著看書的同學鬱悶地說。

中文系每到這時都要留出四個考研專用小教室，但是仍不夠系裡近二百名考研大軍用，團總支就做了個規定，把要考研的人分成三部分，分別在上午、下午和晚上使用，這才算是解決了教室難找的問題。

弋輝恰好和張瑞珍一同分在了晚上那一班。弋輝主動幫張瑞珍占了個位子。雖說不是對象了，但還是朋友吧，還是同學呀，改革開放年代不是數同學最親嗎？弋輝想起了那天晚上吃飯時他們幾人說過的話。

張瑞珍也沒反對弋輝給她占位子，她可能也是覺得做人不能太小氣了，畢竟兩人有過那段呀。再說了，到什麼時候都是同學，哪能小家子做法。於是不但兩人每天晚上坐在一起複習，教室關門時她還主動讓弋輝送她回宿舍，只是兩人間都似乎找不到了過去那份感覺，都表現得挺君子的。

弋輝準備報考D大中文系外國文學專業，因為自打那次課堂討論後，教「海明威研究」課的老師就喜歡上了那天晚上發言有一定思想的幾個同學，當聽到他們有考研想法時，便主動鼓動這些學生報考這個專業，弋輝知道這個老師正帶著這個方向研究生，就向他說了自己想考他的研究生。這位老師馬上答應下來，說只要外語和政治課過了，那保證要他。不過弋輝知道這位老師最想要的人是趙建國，弋輝聽班裡同學說這位老師曾找過好幾次趙建國要他考研，後來還給趙建國父母寫信說了他的意思，想讓家裡人做做工作，只是趙建國堅決不考研，那位老師惋惜得好幾天都沒睡著覺。

張瑞珍決定報考燕京大學新聞學專業。要考就考最好學校，高考時就想報這所大學，只是臨場發揮得不好才上了D大。張瑞珍曾對弋輝說過好幾次這話，這次看來她是要再次圓這個夢了。

「你為什麼要考研？」張瑞珍問，自打兩人的事吹了後話就少了許多，實在沒情緒複習又找不到話題時，兩人便相互問這不著邊際的問題。

「你為什麼要考研？」弋輝反問她。

「因為窮吧。」

「考上研就不窮了？」

「那倒不一定，但肯定是離不窮不遠了。」張瑞珍好像有人給注射了一針強心劑似的，興奮起來：「碩士生雖說還不行，但是可以再往上考呀，一個剛畢業的博士生，D大就給八萬購房補助費，另給一萬塊錢安家費，市裡還連續三年每年給一萬塊錢博士補貼，這合下來有多少錢……」

「還要念博士，這得苦多少年呀，這不得念到頭髮白了嗎……」弋輝洩氣地說。

「是呀，有錢誰願意成天念書，我要是現在有一百萬，我肯定連大學也不念了，待在家裡吃利息就夠了。」張瑞珍憤憤地說。

弋輝一愣，這話他早就聽其她女同學說過，去年開班會時，讓他想不到的是新選上的團支部書記竟然也在會上說這話，現在連張瑞珍也是這想法，這世界到底怎麼了？難道現在的人才真成了「迷惘者的一代」嗎？弋輝多少年後都沒能解開這道題。

18

研究生入學考試時間是一月二十二日，D大這時已經放了寒假，但是允許考研同學住到考試結束。剛一考完弋輝就回家了，連著兩年過年沒回家，這一次不回可說不過去了，正好弋琳也想回，弋輝就和姐姐一起回去了。

父母見弋輝和弋琳一起回來過年，當然是非常高興，雖說弋輝沒給家裡拿回一分錢，但姐姐卻帶回來兩千塊錢，這些錢足以讓全家人過好幾個大年了。

多少年了，因家裡太窮買不起電視，年年都得去弋輝三叔家看春節晚會，今年一下子有了這麼多錢，怎也得買一臺。但是到臨買時弋輝父母又捨不得了，老兩口就說：「村裡大能人雷和平常年在上海收舊家電，經常有那有錢人把剛買來看了沒幾天的新彩電幾十塊錢就賣給雷和平了，咱到他家看看去，要是有那差不多的貨，咱給上他個三二百塊錢就能買回來。」

弋輝姐姐一聽就火了，大聲叫著：「小農意識，只知攢錢不知花錢。不把這些舊錢花掉哪會有新錢來咱家。再說了，這又不是花你們掙的錢，有啥心疼的。」

弋輝父母這下子不說話了。姐姐叫上弋輝到鎮電器商店花一千八百多塊錢買了臺二十一英寸長虹大彩電，全家人這才算是頭一次舒舒服服地在家裡看了一回春節晚會。

開學剛回到學校，茗名給他宿舍打來了電話，說她在去年十二月一號那天順利生下一個小男孩，起名叫小虎，一切情況都挺好，只是由於孩子還在吃奶期，她一時回不了學校，讓弋輝幫她再請上半年假。

啊！還要請一學期假……這個電話讓弋輝接得心慌意亂，頭暈腦漲，一時間肚子裡翻騰起了好幾十幾種滋味。

上學期他拿著陶書記的條子找系團總支書記給茗名請假時，團總支書記告訴弋輝，全系上一學年綜合排名剛剛搞完，茗名第二學年學習成績又是全班第一名，不但得了個一等獎學金，而且系裡準備發展她入黨。團總支書記挺惋惜地說：「她要是不請假的話，年底前肯定能解決她的組織問題，不過……」團總支書記沒再往下說，因為自打上一次陶書記親自打電話讓系黨總支重點關注一下弋輝的入黨問題時起，團總支書記就明白弋輝和陶書記關係不一般；這年頭只要頭上頂著官帽子，哪怕這頂帽子小得比蒼蠅屎都小，但是官場悟性都會高得不能再高。團總支書記沒再說啥，只是讓弋輝把茗名得的一千塊一等獎學金錢代她領走，因為系裡要結帳。

唉！多優秀的一個學生，就這麼……弋輝不敢再往下想，氣惱至極地又跑到那片樹林裡拚命踢打了一個多小時一棵老樹。

藝丹回去後給弋輝來過幾封信，說她在縣城中學工作得很好，每月能掙三百多塊錢，一年後就能轉正，轉正後工資可以漲到四百塊錢。弋輝心想：行呀，工資挺高，不行得話畢業後我也回我們縣中學，那裡D大學生沒幾個，還能不要我？弋輝心情好了起來。

三月初考研成績出來了，弋輝外語考了五十六分，政治六十六分，專業課九十分，專業基礎課八十五分，綜合課八十一分。總分三百七十六分。弋輝把成績抄下後左右瞅了一眼，見沒人注意自己，就掏出早已抄好的去年D大研究生錄取線條子對了一下，去年錄取線為：外語五十二分，總成績三百六十五分。弋輝細細對了兩遍後，心想，要是按去年分數錄取，那就沒問題，但是今年會不會還是去年的分數線那就說不準了，聽說今年考研人數比去年多了百分之七，那今年分數線就怕是要比去年定得高了。要真是那樣，我這成績還真說不定，弋輝心裡有些發慌，一時間不知該怎辦。

怎辦？這時候只能等，等著錄取線公布，誰還能有別的辦法，弋輝和其他考研同學一樣，天天焦急地等著錄取線公布出來。

錄取分數線每年都要到四月初才能定，還有三十天時間。這些考研的學生在這三十天裡天天都有種度日如年的感覺，弋輝當然也不例外。錄取線定不下來，但小道消息卻天天不斷，最讓弋輝吃驚的是，不少人都在傳著今年外語成績可能要定在五十七分，總成績和去年差不多。

外語五十七分？那我不就差了一分嗎，我怎連一分都多考不了……這可毀了，這一年多不白折騰了嗎？這可害慘我了……弋輝聽到這一小道消息後，當下如霜打了的茄子，身子骨軟得連路都走不動了。

四月初錄取線下來後，小道消息傳得並不準，今年D大外語錄取線是五十四分，總成績是三百七十分，弋輝穩穩地上了分數線，和弋輝一樣，所有報考D大並且上了分數線的考生都收到了複試通知書。

仝工和李瑞報得也是D大，也都上了分數線，兩人外語都考了五十四分，剛剛壓線，總成績倒是不錯，比弋輝還高了幾分，兩人也都收到了複試通知書。

複試順利通過後，據說被錄取就沒什麼問題了，但此時弋輝卻又高興不起來了，原來他和大部分同學被錄取為自費研究生，整個考生中只有少部分同學被錄取為公費研究生。公費研究生顧名思義就是不用交學費，免費就讀。而自費生則需要個人交納學費方可。D大規定自費研究生每年學費為三千塊錢，三年下來總共要交九千塊錢。這筆錢對於像弋輝這種家庭的人來講無疑是一個天文數字，弋輝自然高興不起來。

「『車到山前必有路，船遇頂風也能開，』愁斷大腸也不會讓你愁來一分錢，走，喝酒去，該樂還得樂。」仝工翻身從上鋪跳到地下，衝著弋輝說。仝工和李瑞這次也被錄取為自費生，仝工家境比弋輝還要差，讓弋輝最不能理解的事是，仝工當年剛一入學就公開宣布他四年後絕對不會考研，可是大三時老師一動員他竟然第一個報名要考研，人的變化怎麼會這麼大？是不是自己在宿舍裡講錢市長當年如何快速升官的例子真把這傢伙兒給打動了？

就是，愁又愁不來錢，只能愁壞自個兒的身子，仝工說得對，出去喝一頓慶賀慶賀吧。李瑞也正躺在床上胡亂想著，雖說他家裡經濟條件還算可以，不差錢，但是自費生這三個字還是讓他感覺像是比別人矮了一大截，這些天不但沒有一絲高興，反而覺得堵得慌；現在讓仝工這一說，心裡更亂了，就也嚷嚷著要喝酒。弋輝知道他兩這是想借酒消愁，但這時候不去消愁你也借不來錢呀，弋輝跟著他兩走了。

三人在飯店裡邊喝酒邊說著湊錢的事，仝工說從現在起每天幹三份工作，幹上幾個月，看看能掙多少，差下的再讓家裡想辦法借。李瑞說，「這辦法不行，現在社會上打工的人工資最高一個月也就三百塊錢，你就是幹三份工作一個月下來也掙不到一千塊，但關鍵是一天幹三份工作身體受不了，不要說一個月，三天你也幹不下來就得被放倒，到時不但錢掙不上還得倒貼一筆醫藥費……」

仝工一聽歎著氣說：「這話有道理，看來這不是個出路，我看賣血算了，聽說現在一百毫升血就能賣五十塊錢，一次賣三百毫升就是一百五十塊，三天一次，一個月也能掙個一千多……」

「三天一次，那還不把你小子抽死，你身上總共才有多少血？」李瑞馬上反駁道：「不行，這法子更不行。」

「哪！哪咱們該怎辦？」仝工發愁地問。

「你說說，弋輝，咱們宿舍還就數你這四年弄得路子最廣。」李瑞衝著只低頭喝酒的弋輝說。

「廣個屁，我這頂多是在夜總會裡當個保安，哪路神仙能看上我。」弋輝放下杯子發愁地說：

「唉！我要是個女孩子該有多好呀，只要把大腿左右一分開，那不就什麼都有了嗎？」

「我操！這話還用你說，我要是個女的，我連大學都不念，嫁給誰還不養我一輩子！」仝工忿忿地叫了起來。

「是呀，誰讓咱們轉錯了胎，現在說啥也不頂了。」李瑞洩氣地說。

一直喝到晚上十點多也沒喝出個主意來，直到飯店要關門，老闆過來催了幾次，三人才爭著把錢付了，搖晃著出了飯店。

剛出飯店走了沒幾步，仝工被風一吹，酒勁兒湧了上來，彎下腰「哇」地吐了一口，把弋輝和李瑞嚇了一跳，仝工吐完站直身子對弋輝和李瑞說：「我想起來個好主意，咱們學《水滸傳》中的好漢，打家劫舍去吧。」

「胡說八道些什麼。」弋輝剛罵了一句，不想仝工竟放開嗓子吼道：「路見不平一聲吼啊，該出手時就出手呀，風風火火闖九州啊……」

仝工嗓音很亮，在黑暗中傳出很遠很遠，前面人行道上走著的一對男女被嚇了一跳，那男的回過頭罵了一句：「抽瘋啦！」

還不等弋輝反應過來，仝工竟然「噌」一下子竄到了那對男女面前，攔住兩人，大喝一聲：「留下買路錢再走。」

那對男女根本沒防住這手，那女的被一嚇，「媽、呀」……兩字喊出來一個半，餘下的半個字卡在嗓子眼處怎也下不來，整個身子抽成了一團。

那個男的也被嚇壞了，撲通一下跪在了仝工面前：連聲叫著：「好漢饒命，好漢饒命……」

仝工沒想到會是這場面，一時竟愣在了那裡。

弋輝趕緊跑過去把那個男的拉起來，連忙說：「對不起，我這位朋友喝多了，他這是和你們開玩笑。」

那個男的還是緩不過勁來，嘴唇哆嗦著想說什麼，但就是說不出來……

李瑞也趕緊跟過來對那個男的說：「你不要害怕，我這位朋友只是和你們開個玩笑，你們走吧，沒事的。」

那男的這才定住了神，先扶住那個女的問了幾聲，見沒什麼大礙，又瞅了眼空蕩蕩的馬路，瞪了一眼仝工，扶著那個女的急急走了。

弋輝和李瑞上前扶住仝工，三人搖搖晃晃地朝學校走去。

有不走運的、就有走運的，世界上的事情就是這麼辯證唯物主義。弋輝他們班同學中也有人這次考上了公費研究生，光是D大就從他們班錄取了三名公費生，班裡另有四人則考上了外地高校公費生，全班總共有十四人考取了碩士研究生，公費和私費正好各占了一半。

不過全系最幸運的人還要數張瑞珍。她竟以很高的成績被燕京大學錄取為公費研究生，去北京複試回來後，張瑞珍臉上的光彩比春節晚會演節目的演員都要亮好幾度。

弋輝本來想找張瑞珍一起吃一頓表示一下他的祝賀之意，但張瑞珍好像換了個人似的老和他擺著譜，拿著架子說：「沒時間，等以後再說吧。」說完不等弋輝說話就走了，弄得弋輝挺掃興的。心想，既然你這樣牛逼，那就不能怨我不仁義了，弋輝氣乎乎地不想理她了。

到了四月下旬，就在離畢業還差兩個月時，從北京傳來了消息，北京一些高校的大學生開始鬧起了學潮，課也不上了，天天上街示威遊行，要求懲治腐敗，要求民主，要求在中國實行政治改革。很快，省城D市也開始了響應，D大學生在校園裡討論、演講、集會，並且也上街遊行，遊行很快演變成了反革命暴亂。

幾天後，就在各高校準備給今年被錄取的研究生發放錄取通知書時，上級下發了一個通知，通知內容是：凡是參加過這場反革命暴亂的學生，一律不准錄取。

D大根據這一通知立刻貼出了一個校方決定，今年本校畢業的本科生考上了D大研究生凡是參加了這場反革命暴亂，全不錄取。

不但D大宣布了這樣的決定，其他高校同亦如此，勞麗詩父親頭一天打電話問南開大學時，校方說勞麗詩已經被錄取，明天就給寄錄取通知書。可是第二天南開那邊卻又主動給勞麗詩打電話，據D大校方反映她也參加了這場反革命暴亂，所以南開大學決定不錄取她了……又過了幾天，勞麗詩正在家裡吃飯時，來了幾個公安局的人把她帶走了，因為她是這場反革命暴亂中D省的頭目，抓她時還是吳江親自為公安局的人帶的路。

這下子可慘了，弋輝他們班十四個考上研究生的同學有十一人參加了那場反革命暴亂，因而全部被取消了錄取資格。

考研前，王麗曾幫他聯繫好了去市政府辦公廳當祕書，因為考研上了線，弋輝就說不去了，結果這個指標被江南頂了。現在學校突然又不錄取他了，而市政府那邊也去不成了；最讓人害怕的是自己現在成了反革命暴亂分子，不說別的，僅僅是前面的「反革命」三個字就足以能嚇死人，更不用說還加了一個更為可怕的後置補語「暴亂分子」，這要再連在一起念：「反革命暴亂分子」！我的媽呀！不要說當今的中國人，就是武松、魯智深現在還活著，也得被嚇個半死。因此弋輝此刻既不能再去找王麗，也不能去找陶書記，更不能去找錢市長；如果硬去找了他們，這些領導不但無法幫他找工作，而且還會因為和反革命暴亂分子接觸而受到不必要的連累。

「唉！」弋輝長歎了幾聲後，只得趕緊四處跑著找工作；費了好大的勁兒才由他讀高中時的班主任給推薦聯繫好到他原來就讀的縣一中教書。在學生處辦好派遣手續後，弋輝洩氣地在校園裡四下亂轉著，腦子裡亂糟糟地想著剛剛過去的這場學潮，想著就要離開這所待了四年的大學校園。

一輛黑色轎車開了過來，剛要從弋輝身邊開過去，車子又停了下來，弋輝正疑惑地看著車裡，只見車窗搖了下來，陶書記在裡面叫了一聲：「小弋」。

弋輝一愣，接著又是一驚：「陶書記」。

「小弋，你上車，我和你說句話。」陶書記招呼他。

弋輝趕緊上了車。

在車上，陶書記關心地問了他的近況，弋輝把研究生沒錄取和等知道結果後再找工作就不好找了，尤其是各個單位都不要參加過反革命暴亂的畢業生，他只得回老家中學教書等情況告訴了陶書記。

陶書記聽後想了想問：「你願意轉專業嗎？」

「轉專業？往哪兒轉？」弋輝沒聽明白。

「是這樣，你要是願意跟著我讀研究生的話，我可以幫你爭取一下。」陶書記親切地看著他。

「願意，我願意。」弋輝剛一聽完就像大熱天有人遞給他一個霜淇淋，心口亂跳個不停。

回到宿舍後，弋輝才想起來陶書記是馬克思主義哲學專業（鄧小平理論方向）碩士生導師，他這下子是徹底轉了專業，但是到了這時就是讀任何一個專業也要比回縣一中強吧。弋輝心裡再次高興起來。

在陶書記關照下，弋輝果然重新被Ｄ大錄取為馬克思主義哲學專業碩士研究生，拿到錄取通知書後，剛看了一眼心就狂跳起來……可是這次跳了沒幾秒鐘，一個身影忽地在眼前閃了一下，雖然閃得很快，一眨眼功夫就消失了，弋輝還是看清了這個身影……

轉眼間到了畢業離校時間，Ｄ大規定今年畢業生離校安排是六月二十四號發畢業證，六月二十六日離校。在這最後幾天裡，幾乎所有找到或者說沒找到出路的同學都返回了學校。

但就在這時，系裡卻傳出一個驚天消息，張瑞珍失蹤了。

最早發現張瑞珍不見了的是同宿舍的團支部書記，她對系團總支書記回憶道：自打從北京複試回來後，張瑞珍的情緒就特別地好，後來經常有人往宿舍打電話找她，每次接了電話張瑞珍都要出去，開始我們也沒大注意。也就五月中旬樣子，她說要回家一趟，她家離市裡不遠，我們以為她頂多過兩三天就能回來，但是沒有想到直到現在也沒回來……

張瑞珍沒參加反革命暴亂。張瑞珍沒參加反革命暴亂的原因是那些日子她不在學校，因而燕京大學按時給她寄來了錄取通知書，她順利地被錄取為燕京大學研究生。

雖說Ｄ大歷來對畢業同學都是網開一面，比較放鬆，但是一走這麼長時間，並且既沒請假也沒續假，團總支書記有些擔心了，她照著張瑞珍留給系裡的地址往她家所在村子村長家打電話，一會兒功夫，張瑞珍父親被村長叫到了電話機旁邊，他說張瑞珍自打開學後就沒回過一趟家，也沒給家裡來過信，家裡也不知道她的情況如何。團總支書記一聽先趕緊對張瑞珍父親說：沒有事，可能是到哪個單位參加社會實踐去了，過幾天就能回來。這幾天好多學生都不在，學校都讓問一下家裡，因為學校有規定，社會實踐不能回家實踐，所以問一下是不是回家了……張瑞珍父親一聽是這回事也就沒多想。

團總支書記放下電話卻更加著急了，這要是不在家裡那可就更不妙了，這人恐怕就是真失蹤了，那可就麻煩了，但她又不能確定，所以就不能有進一步行動。團總支書記真不知此時該怎辦。

就在系裡所有人都急得不行時，張瑞珍給系裡寫來一封信，團總支書記看了信後當下差一點兒氣得昏過去。

原來，張瑞珍在信中說她已決定不去讀研究生了，甚至連畢業證也不想要了，因為她要重新給自己的人生一個定位，她要開始新的生活，也就是說她要嫁人，要嫁給一個在D市開工廠的臺灣商人。那個商人給她買了房子、轎車和其它所有她想要的東西，只要她做一件事，就是整天待在家裡過共產主義生活，所以什麼讀研究生、找工作、畢業證等等，對她已失去了任何意義。

雖說離市區稍稍遠了一點兒，但這裡的環境絕對一流，一棟一棟全是獨立別墅式建築，每棟別墅前面都有一塊不算小的草坪，社區內漂亮的網球場、健身房、游泳池等設施，外人一看就能覺出這絕對是有錢人方可入住之地。

剛按響門鈴，弋輝就後悔來這裡了，本來團總支書記來找張瑞珍時只是無意間向他瞭解了一下張瑞珍的家庭情況。問完話剛要走，弋輝猛地一激凌，說了一句：「林老師，我能不能跟你去一趟？」林老師稍一遲疑，才答應道：「好吧，一起去吧。」就這樣，弋輝跟隨著林老師來了這裡。但此時弋輝才猛然間覺得來這裡沒一點兒意思。

一個約四十歲樣子的傭人給開的門，「找誰？」態度不怎麼好，可能是富貴人家都這樣，連傭人都高人一等。

「請問張瑞珍在這裡住嗎？」林老師問。

「你們是誰？」傭人很警覺地問，警惕性很高。

「我們和她是一個學校的，我姓林。來看看她。」林老師說。

傭人有些放下心來，說：「等我先進去說一聲，太太剛起床。」傭人又把大門關上，進去了。剛起床？弋輝看了眼已照到當頭頂的太陽，愣住了，這時候了才剛起床？

不大工夫，傭人又出來了，給開了門，說：「請進來吧。」

這是座三層別墅，寬敞大客廳裡裝璜得非常豪華，漂亮的波斯地毯竟然鋪滿了屋子，這讓剛換上專用拖鞋的弋輝竟不敢把腳踩上去。

「太太讓你們稍等一下，她馬上就下來。」傭人對林老師和弋輝說，說完順著白銅扶手樓梯上樓了。

弋輝四下打量著，同時心裡暗暗估著價：那次去王總鄉間別墅是他第一次開眼，但今天單看這間客廳裡這般豪華，弋輝覺得王總那套房子和這套比起來又算得上是小巫見大巫了……心裡亂絲絲的，就定了神去看那只有半人高大魚缸裡各種叫不上名字的金魚。

「啊！是林老師來了。」隨著脆亮的聲音，張瑞珍從樓上款款地下來了，雖然還穿著睡衣，但脖子上掛著一條沉甸甸的白金項鍊和項鍊上鑲嵌著的碩大藍寶石當下把弋輝晃得像是被電焊孤光刺了眼一般，趕緊穩了好幾下神才沒被晃倒。

張瑞珍上前和林老師握了下手，隨後又朝弋輝伸了過來，弋輝一見竟不知是該握還是不該握，不過還沒等他反應過來，張瑞珍以為弋輝不和她握手，就把手縮了回去，手指上的金戒指晃得弋輝眼睛頓時又有股被刺痛的感覺。

這陣勢可太鎮人了，也不知張瑞珍是不是有意這樣子給他們一個下馬威。弋輝當下沒了精神，發愣地看著林老師。

林老師這時也有些不知所措，她根本沒想到她的學生幾天不見就成了這樣，並且似乎是在用這樣的法子來向她或者說是向D大示威。

「你寫給系裡的信系領導收到了，今天我就是受系領導的委派來找你的。」林老師好大一陣子才鎮定下來，說著開場白。

「噢，林老師，我不知你今天來是不是來勸我的。但我還是想和你說一下，你說啥都沒用，就像我在信中說的那樣：我的主意已定，這其實也是我多少年來一直在尋找的東西，或者說這就是我的人生追求與人生理想，我也沒想到我的人生目標能夠實現得這麼早，所以我是不會再回到學校去的。但是我也不會消沉下去，因為我畢竟接受過四年高等教育……」

林老師可能是自打踏進這個家門就想到會是這麼個結果，所以她只是聽張瑞珍說，沒反駁。

「不管怎說我還是很感激你們來看我。」張瑞珍像是要結束談話。

「我想問一句可能是我不該問的話，你和他認識有多久了？」說話的同時林老師指了下牆壁上那幅張瑞珍和一個約五十多歲男人的合影。

這張合影裡張瑞珍竟然穿著婚紗，臉緊貼在那個男人臉上，那男人雖說化了精妝，但仍能看出臉上一條條很深皺紋，就像春天剛犁過的地一樣。

「到昨天剛好一個月，所以昨天晚上我兩特地慶賀了一番，因此睡得比平時晚了一些。」張瑞珍回答著，臉上同時蕩漾起一層幸福感。

「一個月？」弋輝一驚，脫口叫了一聲。

「怎麼了？這又啥可大驚小怪的，這不正好應了你挺愛說的那句話『深圳速度』了嗎！」張瑞珍怪怪地看了一眼弋輝。

「那你兩啥時結的婚？」弋輝早想問這話。

「結婚！結啥婚？他三十年前就結過婚了，他兒子六年前也結過婚了，我和誰結婚呀……」張瑞珍真誠地笑了笑。

「那……你……」弋輝驚得嘴張下老大。

「你也太老土了，這都啥年代了，愛一個人還非得和他結婚才成，兩人願意住一起不就一切都解決了嗎……」

「弋輝，咱們走吧。」林老師站了起來，她知道再說啥也沒用了。

「吃了飯再走吧。要不下次來我再好好招待你們。謝謝你們來看我。」張瑞珍作出了一副送客架勢，對弋輝揚下手，囑咐著：「告訴同學們到我家裡來玩。」

回去的路上，弋輝見林老師情緒很低，就大著膽子試探著問：「林老師，你今年有沒有二十五歲？」

「二十五？我都三十了。」林老師苦笑一下。

「那你結婚了嗎？」

「哼！我這輩子也不打算結婚了……」林老師狠狠地說著，一腳把路邊一塊石頭踢下老遠。

最後離校時間還差一星期，班裡同學開始聚餐了，大夥兒管這叫做吃散夥飯。先是全班聚了一次，接著是本地區老鄉聚了一次，而後是學生廣告協會成員、公關協會會員……這會那會的都要找個名頭聚上一次，就連學生勤工儉學會也耐不住了寂寞把弋輝他們這一屆畢業生中所有參加了勤工儉學會的同學都集中到一起聚了一次。最後一次聚會則是弋輝他們宿舍聚餐，因為一直找不到時間，挪來挪去的只得定在了離校前一天。

幾人閒扯了一會兒別的，大家起身要往飯店走時，宿舍老七、也就是施然鄭重地對大家宣布：他決定出家當和尚了，明天就走。出家的地方是湖北武當山不遠一座大山的寺廟，師傅就是那年他領來的那個老和尚。

老和尚這次也跟了來，施然說話時老和尚正盤腿坐在施然床上打坐，聽到這裡睜開眼說要帶著施然一起走。

嘿！這個班怎麼竟出這妖娥子，前幾天是張瑞珍，這次又是施然，看來這回團總支書記這個官真怕是不好當了。弋輝暗暗替林老師叫著苦。

「出家？什麼時候決定的，我們怎麼一點兒也不知道？」弋輝問，他心裡確實憋得厲害，怎麼四年書竟然把人給念成了這個樣子。

「三年前我就決定了，只是時機不成熟，所以我一直沒宣布。」施然鄭重地說。

「你這純粹是胡扯蛋，你要是打算出家，那你念這幾年鳥書幹啥。你乾脆四歲那年出家不就得了，就像西藏十一世班禪那樣，修煉到現在怎也能弄個副主持或者說副長老什麼的，搞得好的話說不定黨和國家領導人還能接見一下你呢……」趙建國火衝衝地連罵帶諷刺道。

「就是，你這不是胡扯雞巴蛋嗎，花了家裡那麼多錢念到現在竟然要出家，你是非得把你爹媽氣死不可。」仝工也跟隨著罵道。

「就是，你這純粹是想氣死你爹媽，你純粹是一個逆子。」李瑞也幫腔著。

「我說你們不要罵人好不好，畢竟同學了四年，臨分手了還得挨你們一頓罵。」施然委屈地說：「我這次出家既不是一時心血來潮，也不是趕時髦，我確實早就有了這想法。但是為什麼直到今天才做出這個決定，只是我覺得現在世界的發展越來越看重知識，在當今社會裡沒有知識是根本不可能做成事情的；就是佛家也同樣如此，知識不但可以救國，同時也可以振佛，如果你有了一定的知識，你接受過高等教育，那你對佛的悟性與理解力就要比其他人強，你就可以在弘揚佛教方面比別人做得更好，我覺得這也正是佛祖所認同的……」

嘿！施然這話還真有點歪理，眾人一時竟被他給說住了。

「阿彌陀佛」，老和尚忽然念了一句，聲音很亮。

「我說施然，這事還真不是個小事。按說你早過了十八歲，自己有了獨立民事行為能力，但是作為同宿舍的人一塊兒住了四年，我還是想說你幾句。我覺得他們幾個說得有道理，家裡千幸萬苦地把你供到今天，容易嗎，你要多為父母想一想，一個人做事不能太自私。」江南這話說得更能讓人接受，施然這次聽後沒吱聲。

「施然，這事你應該先和父母商量好然後再做決定。」王猛也說。

「我父母都信佛，他們肯定會同意的。」施然肯定著。

「對，應該和你父母說通這事，不能在這裡想當然地他們肯定同意，信佛歸信佛，同意歸同意，這事不能草率。」仝工也跟隨著勸道。

老和尚此時忽地睜開眼又說了一聲：「阿彌陀佛。」

「行，聽你們的，那我和師傅先去我們家一趟，等我父母同意了我再走。」施然無奈地看著眾人。

「這就對了。」弋輝看著他說。

「走，吃飯去。」王猛喊了一聲。

「走，吃飯去。」其他幾人也發一聲喊，湧出了屋子。

去飯店的路上，弋輝瞅了眼前面邁著方步仰著頭走路的老和尚，心裡忽然湧上股說不清的感覺，轉身看旁邊正和仝工說話的施然，心裡一時不知該想些什麼……

（完）

SHOW小說04　PG1021

農民兒子上大學
——中國高校小說

作　　者 / 崔銀河
主　　編 / 蔡登山
責任編輯 / 黃姣潔
圖文排版 / 詹凱倫
封面設計 / 陳佩蓉

發 行 人 / 宋政坤
法律顧問 / 毛國樑　律師
出版發行 / 秀威資訊科技股份有限公司
114台北市內湖區瑞光路76巷65號1樓
電話：+886-2-2796-3638　傳真：+886-2-2796-1377
http://www.showwe.com.tw
劃撥帳號 / 19563868　戶名：秀威資訊科技股份有限公司
讀者服務信箱：service@showwe.com.tw
展售門市 / 國家書店（松江門市）
104台北市中山區松江路209號1樓
電話：+886-2-2518-0207　傳真：+886-2-2518-0778
網路訂購 / 秀威網路書店：http://www.bodbooks.com.tw
國家網路書店：http://www.govb ooks.com.tw

2013年7月　BOD一版
定價：360元

國家圖書館出版品預行編目

農民兒子上大學 : 中國高校小說 / 崔銀河作. -- 一版. --
臺北市 : 秀威資訊科技, 2013. 07
面； 公分. -- (SHOW小說 ; PG1021)
BOD版
ISBN 978-986-326-139-1 (平裝)

857.7 102012502

讀者回函卡

感謝您購買本書，為提升服務品質，請填妥以下資料，將讀者回函卡直接寄回或傳真本公司，收到您的寶貴意見後，我們會收藏記錄及檢討，謝謝！
如您需要了解本公司最新出版書目、購書優惠或企劃活動，歡迎您上網查詢或下載相關資料：http:// www.showwe.com.tw

您購買的書名：______________________________

出生日期：______年______月______日

學歷：□高中（含）以下　□大專　□研究所（含）以上

職業：□製造業　□金融業　□資訊業　□軍警　□傳播業　□自由業
□服務業　□公務員　□教職　□學生　□家管　□其它____

購書地點：□網路書店　□實體書店　□書展　□郵購　□贈閱　□其他

您從何得知本書的消息？
□網路書店　□實體書店　□網路搜尋　□電子報　□書訊　□雜誌
□傳播媒體　□親友推薦　□網站推薦　□部落格　□其他______

您對本書的評價：（請填代號　1.非常滿意　2.滿意　3.尚可　4.再改進）
封面設計____　版面編排____　內容____　文／譯筆____　價格____

讀完書後您覺得：
□很有收穫　□有收穫　□收穫不多　□沒收穫

對我們的建議：______________________________

____

____

____

請貼
郵票

11466
台北市內湖區瑞光路 76 巷 65 號 1 樓
秀威資訊科技股份有限公司 收
BOD 數位出版事業部

（請沿線對折寄回，謝謝！）

姓　　名：＿＿＿＿＿＿＿＿ 年齡：＿＿＿＿ 性別：□女　□男

郵遞區號：□□□□□

地　　址：＿＿＿＿＿＿＿＿＿＿＿＿＿＿＿＿

聯絡電話：(日)＿＿＿＿＿＿＿＿ (夜)＿＿＿＿＿＿＿＿

E-mail：＿＿＿＿＿＿＿＿＿＿＿＿＿＿＿＿